單字量夠多，
不會文法和句型也能猜懂**70%**英文！
單字量不夠，
口語再好也表達不出意思！

「蜂巢式記憶法」
串聯生活必備單字，
無限擴充你的單字量，
只需一眼就能牢記萬年！

　　英文單字量不足，會影響口語、閱讀能力，但許多人總是認為英文單字好長、好難背、不知如何有效記憶單字，導致以死記的方式記單字，背了又忘，沒有真正吸收進大腦。因此這本書透過「蜂巢式記憶法」，層層堆疊學習單字，用圖像化讓記憶更紮實！

　　什麼是「蜂巢式記憶法」？用這個方法學單字有什麼好處？從下圖可以很明顯地看出蜂巢結構的特性：

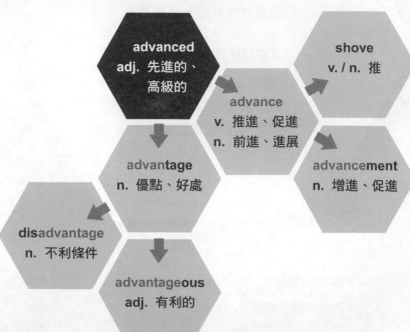

蜂巢是由多個六角形緊密組成的，因此蜂巢式記憶法運用蜂巢特有的結構，將聯結性強、環環相扣的單字放入六角形中，藉由圖像化整理出單字間的聯結關係，來加深單字的記憶。感官刺激越多，記憶效果就越強！記1個單字衍生出2個單字，再由2個單字衍生出4個單字，發揮聯想力將4個單字衍生成8個、16個、32個……，就能輕鬆無限擴張單字量！

大家可能就會問，要怎麼樣可以有效地連結單字、聯想記憶呢？其實英文就是字母的排列組合，單字間的組合往往有跡可循，透過觀察單字的結構，就能有效的記憶單字，也能一看到單字就知道含意！

英文單字	延伸單字	關聯變化
advance	advancement	詞性變化
advantage	disadvantage	反義詞
advantage	advantageous	詞性變化
advance	shove	近義詞

抓住單字間的關聯性，就能有效的速記英文單字，搞懂長得很像的單字，無限擴張單字量！

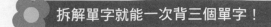

拆解單字就能一次背三個單字！

- **山崩**（land**slide**）就是地面（**land**）太滑（**slide**）
- **地震**（earth**quake**）就是地球（**earth**）在震動（**quake**）

看字首變化就能知道單字關聯和含意！

- 字首加dis就是反義詞

  覆蓋（**cover**）的反義就是揭開（**dis**cover）

- 字首加re就有往回的意思

  疲憊（**tire**）就退休（**retire**）

字尾加個字意思大不同！

- 字尾加上r：**冷凍**（freeze）變**冷凍庫**（freeze**r**）
- 字尾多es：**布料**（cloth）變**衣服**（cloth**es**）

子音、母音影響大！

- 母音換一下：**鈴鐺**（be**ll**）變**鳥嘴**（bi**ll**）
- 子音換一下：**盲人**（blin**d**）會**眨眼**（blin**k**）

　　其實英文單字並無想像中的難記，運用蜂巢式記憶法，發揮聯想力，單字量無限擴張延伸，輕鬆迅速記憶單字！

目錄

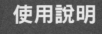

使用說明

1 蜂巢式記憶法，蜂巢特有六角形結構，層層聯結單字

蜂巢獨有的六角形結構，串聯單字，藉由六角形的圖像，使單字間關係層次分明，加深單字的記憶，層層推衍聯想更多單字，單字量倍數成長！

Able [ˋebl] | adj. 有能力的

用來表示「有能力」和「無能」的單字有好多，able, disable, ability, capacity……等都可以由able衍生而來，所以，記住這個單字就對了！

disability

disable

capable

enable

capacity

capability

蜂巢式生字表圖

Layer 2

Layer 3

第一層	第二層	第三層
able *adj.* 有能力的		
	disable *v.* 使無能力	
		disability *n.* 無能、無力
		enable *v.* 使能夠
	capable *adj.* 有能力的	
		capability *n.* 能力、才能
		capacity *n.* 接受力、吸收力

★你可以繼續發揮聯想力，完成第四層！

2 蜂巢式記憶法，蜂巢特有六角形結構，層層聯結單字

你知道agree with/agree to/agree on有什麼差別，要怎麼用嗎？listen和hear都是「聽」，他們有什麼差異？只學單字是不夠的，單字學了就要會用！精選最常見、最好用的生活片語；整理出最容易被混淆的單字；收集字義相近的單字，讓你將單字記得牢、用得好、用得巧，英文程度更上一層樓！

A

生活片語這樣用

e able to...　　　　能夠⋯
e disabled from (doing)...　被剝奪（做）⋯的能力
nable sb. to (do)...　　使某人能夠（做）⋯
e capable of (doing)...　有能力（做）⋯

易混淆單字一次破解

lity / competence / capacity 三個字都有「能力」的意思。
ility既可以指天賦的能力，又可以指後天培養的能力，主要用於人。
mpetence強調勝任某項工作的能力。
pacity主要指容納和吸收的能力，既可用於人，也可用於物，後接介
詞for或of。
We have faith in her **ability** to handle this affair.
我們相信她有能力處理這件事。
There is no doubt of his **competence** for this task.
毫無疑問，他能擔負這項任務。
The theater has a seating **capacity** of seven hundred.
這個劇場的座位可以容納七百人。

單字小試身手

. I am _____ to finish my work this week.
　1. disable　　　2. able　　　3. enable

3 學完趁記憶猶新趕快複習，學習效率大大提升！

學習完養成複習的習慣，能讓記憶更深入地留在大腦中。收錄典型試題，除了透過測驗檢視自己的實力，同時也藉由複習加深單字記憶！

A: 2. able（我這個星期可以把工作完成。）
be able to表示「有能力、可以」的意思，與之相反的用法是be unable to，
表示「沒有能力、無法」的意思。

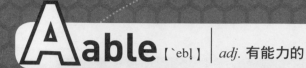

Able 【`ebļ】 | *adj.* 有能力的

用來表示「有能力」和「無能」的單字有好多，able, disable, ability, capacity……等都可以由able衍生而來，所以，記住這個單字就對了！

蜂巢式結構圖

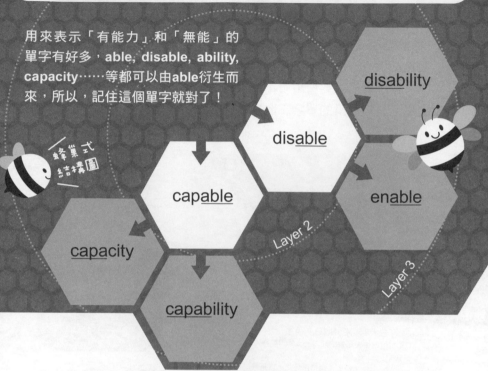

disability

disable

enable

capable

capacity

capability

Layer 2

Layer 3

第一層	第二層	第三層
able *adj.* 有能力的		
	disable *v.* 使無能力	
		disability *n.* 無能、無力
		enable *v.* 使能夠
	capable *adj.* 有能力的	
		capability *n.* 能力、才能
		capacity *n.* 接受力、吸收力

★你可以繼續發揮聯想力，完成第四層！

生活片語這樣用

1. be **able** to...	能夠…
2. be **disabled** from (doing)...	被剝奪（做）…的能力
3. **enable** sb. to (do)...	使某人能夠（做）…
4. be **capable** of (doing)...	有能力（做）…

易混淆單字一次破解

ability / competence / capacity 三個字都有「能力」的意思。

ability既可以指天賦的能力，又可以指後天培養的能力，主要用於人。

competence強調勝任某項工作的能力。

capacity主要指容納和吸收的能力，既可用於人，也可用於物，後接介系詞for或of。

➲ We have faith in her **ability** to handle this affair.
  我們相信她有能力處理這件事。

➲ There is no doubt of his **competence** for this task.
  毫無疑問，他能擔負這項任務。

➲ The theater has a seating **capacity** of seven hundred.
  這個劇場的座位可以容納七百人。

單字小試身手

Q. I am _____ to finish my work this week.

   1. disable　　　2. able　　　3. enable

A: 2. able（我這個星期可以把工作完成。）
be able to表示「有能力、可以」的意思，與之相反的用法是be unable to，表示「沒有能力、無法」的意思。

Aadvance [əd`væns]

v. 推進、促進
n. 前進、進展

開頭是 a d v a n 的單字有好多，
advance, advanced, advantage…
等都是，把這些單字一起記，可以省
下很多時間哦！

蜂巢式
結構圖

advancement

advanced

advantage

push

disadvantage

Layer 2

advantageous

Layer 3

第一層	第二層	第三層
advance v. 推進、促進 n. 前進、進展		
	advanced adj. 先進的、高級的	
		advancement n. 增進、促進
		push v. 推、推進
	advantage n. 優點、好處、利益 v. 促進、有助於	
		advantageous adj. 有利的
		disadvantage n. 不利條件

★你可以繼續發揮聯想力，完成第四層！

生活片語這樣用

1. in **advance** 　　　　　　預先
2. to take **advantage** of sb. 　　佔某人便宜
3. be **advantageous** to 　　　　有助於

易混淆單字一次破解

advance / push / further這三個字的共同含義是促進已在進行的活動。
advance指有意識地堅決促進好事，但也可以指助長不好的事。
push是口語，指利用自己的活動或影響來推進某事。
further可以指對好事的促進，也可以指對壞事的助長。

⊃ The selfless patriot tried his best to **advance** the cause of resistance.

　　這位無私的愛國者竭盡全力促進反抗事業。

⊃ He is too modest to **push** his own plans.

　　他太謙虛了，不肯鼓吹自己的計畫。

⊃ The absence of adequate medical care **furthered** the spread of the disease.

　　缺少醫藥的情況助長了這種疾病的傳播。

單字小試身手

Q. He will go abroad for _____ study after graduation.

　　1. pushing 　　　2. advance 　　　3. further

A: 3. further（他畢業後將出國深造。）
further可當形容詞，意思是「更進一步的」，所以further study就是進一步的學習，也就是「深造」的意思。pushing表示推進，advance表示前進。

Aagree 【əˋgri】 | v. 同意、贊同、一致

想想看，哪些英文單字中含有gree的字根？除了以下列出的agree, disagree, greet, disagreement…之外，你還可以想到哪些單字？動手把它們記下來吧！

蜂巢式結構圖

disagreeable

disagree

greet

disagreement

welcome

Layer 2

greeting

Layer 3

第一層	第二層	第三層
agree v. 同意、贊同、一致		
	disagree v. 不同意、不符合	
		disagreeable adj. 不同意的
		disagreement n. 不同意、意見不同
	greet v. 問候、迎接	
		greeting n. 問候、祝賀
		welcome v./n. 歡迎 adj. 受歡迎的

★你可以繼續發揮聯想力，完成第四層！

生活片語這樣用

1. **agree** with sb.　　　　與某人意見一致
2. **agree** to + V　　　　　同意
3. **agree** on...　　　　　　對…取得一致意見

易混淆單字一次破解

greet / **welcome**這兩個字都有「歡迎」的意思。

greet是見面時用，熱情友好或使人感到愉快的言語或行動，對人表示致意或歡迎。

welcome指迎接新來的人或外出又返回原單位的人，常指熱烈的、官方的或正式的歡迎。

⊃ He **greeted** us by shouting a friendly "hello".
　　他大聲地對我們說「哈囉」，向我們致以友好的問候。

⊃ They **welcomed** him as soon as he got off the plan.
　　他一下飛機就受到了他們的歡迎。

⊃ They **greeted** him with a strained silence.
　　他們以緊張的沉默迎接他。

單字小試身手

Q. I don't agree _____ you _____ this matter.

　　1. with / on　　　2. to / with　　　3. with / of

A: 1. with / on（在這件事情上，我不同意你的看法。）
同意某人的看法，要用agree with sb.；同意某件事可以用agree on sth.，所以正確說法應該是agree with you on this matter。

Aaid 【ed】

n. 援助、促成、助手、輔助物
v. 援助、促成

aid, help, favor…都有「幫助」的
意思。想想看，還有哪些英文單字也
有相同或相反的含義？把它們一一列
舉出來吧！

蜂巢式
結構圖

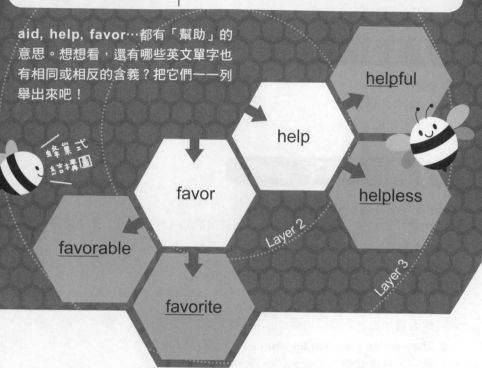

helpful

help

favor

helpless

favorable

Layer 2

favorite

Layer 3

第一層	第二層	第三層
aid *n.* 援助、促成、助手、輔助物 *v.* 援助、促成		
→ **help** *v.* 幫忙、促進 *n.* 幫助、助手		
	→ **helpful** *adj.* 給予幫助的、有用的	
	→ **helpless** *adj.* 無助的	
→ **favor** *v.* 有助於、喜愛 *n.* 喜愛、贈品		
	→ **favorite** *n./ adj.* 最喜愛的	
	→ **favorable** *adj.* 贊成的	

★你可以繼續發揮聯想力，完成第四層！

生活片語這樣用

1. **aid** sb. in sth.　　　促成某人做某事
2. **help** sb. out　　　　使某人脫離困境
3. in **favor** of　　　　支持、贊同

易混淆單字一次破解

aid / **help** / **assistance** 這三個字都有「幫助」的意思。

aid 側重於援助、援助物質。

help是最普通的用詞，可與其他兩個彼此互換，但它強調使受助者達到目的或側重受助者對幫助的需要。

assistance表示幫助、支持、協助，有輔助作用，為正式用語。

➲ My brother is deaf so he has to use a hearing **aid**.
　我哥哥耳聾，所以得帶助聽器。

➲ Please give me a **help**.
　請幫幫我。

➲ He can walk only with the **assistance** of crutches.
　他只能靠拐杖走路。

單字小試身手

Q. When people lose their job, they really need someone to _____ them out.

　　1. assist　　　2. help　　　3. aid

A: 2. help（當人們失業時，他們真的需要有人幫助他們脫離困境。）
help sb. out有「幫助某人脫困」的意思，這個片語是固定用法，不能用assist或aid來取代。

Aalter 【ˋɔltɚ】 | v. 更改、改變

alter, shift, change…都有「改變」
的意思。想想看，還有哪些英文單字
也有相似或相反的含義？把它們一一
列舉出來吧！

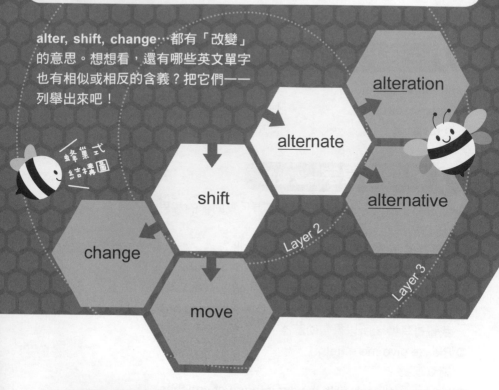

蜂巢式
結構圖

alteration

alternate

alternative

shift

change

move

Layer 2

Layer 3

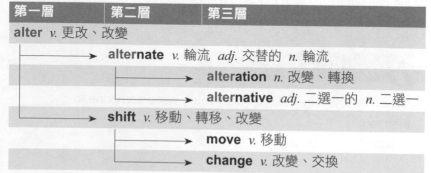

第一層	第二層	第三層
alter *v.* 更改、改變		
	alternate *v.* 輪流 *adj.* 交替的 *n.* 輪流	
		alteration *n.* 改變、轉換
		alternative *adj.* 二選一的 *n.* 二選一
	shift *v.* 移動、轉移、改變	
		move *v.* 移動
		change *v.* 改變、交換

★你可以繼續發揮聯想力，完成第四層！

生活片語這樣用

1. the **alteration** of sth. 　　　　某事的變化
2. **alternate** with... 　　　　　　與…交替
3. **alternate** in (doing) sth. 　　在（做）某事（過程中）輪流替換
4. **alternate** between A and B 　在A和B之間交替

易混淆單字一次破解

shift / move這兩個字都有「移動」的意思。
shift強調改變、轉變；另有輪班的意思。
move則指移動、搬動、遷移和活動等。

➲ The wind **shifted** from north to south.
　　風向由北轉南。

➲ She **moved** the desk to the classroom by herself.
　　她自己把課桌搬到教室。

單字小試身手

Q. The wind has _____ from north to east.
　　1. change 　　　2. moved 　　　3. shifted

A: 3. shifted（風向由北轉向東。）
shift表「轉變」時，與change同義。
shift主要指位置、方向、立場的改變，change的用途較廣泛，只有當change
也指方向等的改變時，兩詞可互換。本題是指風向的改變，因此可用shift和
change，但因為是完成式，has後面要接過去分詞，即shifted或changed，
所以答案是shifted。

Aamid 【əˋmɪd】 | *prep.* 在…中間

字首為mi-和字根為mid、medi、mean，都有「中、中間」的含義。想想看，還有哪些英文單字也含有相同的字根或字首？把它們一一列舉出來吧！

蜂巢式結構圖

midst

mid

middle

mix

blend

Layer 2

Layer 3

mingle

第一層	第二層	第三層
amid *prep.* 在…中間		
	mid *adj.* 中央的、中部的、中間的	
		midst *n.* 正中、中央
		middle *adj.* 中間的 *n.* 中心
	mix *v.* 混合 *n.* 混合物	
		mingle *v.* 混合
		blend *v./n.* 混合、混雜、攪雜

★你可以繼續發揮聯想力，完成第四層！

生活片語這樣用

1. in the **middle** of...	在…的中央、在…的正中間、正在…中
2. **middle** age	中年
3. **Middle** Ages	中世紀
4. **mix** with...	與…混合
5. **mingle** with...	與…混合
6. **blend** with...	與…混合

易混淆單字一次破解

blend / **mix**這兩個字都有「混合」的意思。

blend是把同類的幾樣東西調和在一起，使其產生一種特殊的特質。

mix把不同種類的東西混合成不可區別的狀態，比如水和麵粉的混合。

➲ They **mix** coffee just as I like it.
他們混合的咖啡正合我的口味。

➲ Green results from **blending** blue and yellow.
把藍色和黃色混合在一起可得綠色。

但有時兩者也可通用，如以下的句子：

➲ Oil and water don't **mix** / **blend**.
油和水不會混合。

單字小試身手

Q. She put the flour, eggs, etc. into a bowl and _____ them.

　　1. blend　　　2. mixed　　　3. mingle

A: 2. mixed（她把麵粉、雞蛋等放入碗中混合起來。）
blend、mix、mingle這三個字都有混合的意思，但由於本句是過去式，所以只有mixed符合文法規則，所以答案選2。

Aanger 【`æŋgɚ】 | v. 激怒、使發怒 n. 生氣、憤怒

字根ang是「勒死、窒息」的意思。
除了anger之外，想想看，還有哪些
英文單字也有「憤怒」的意思？把它
們一一列舉出來吧！

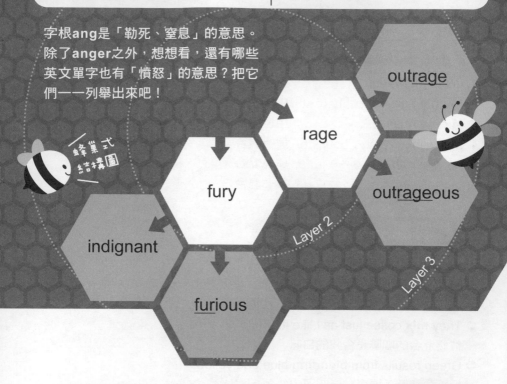

蜂巢式結構圖

outrage

rage

fury

outrageous

indignant

Layer 2

furious

Layer 3

第一層	第二層	第三層
anger v. 激怒、使發怒 n. 生氣、憤怒		
⟶ rage n./v. 狂怒、暴怒		
	⟶ outrage v. 施暴力於 n. 暴力	
	⟶ outrageous adj. 暴力的、不道德的	
⟶ fury n. 憤怒、狂怒		
	⟶ furious adj. 狂怒的、憤怒的	
	⟶ indignant adj. 憤怒的	

★你可以繼續發揮聯想力，完成第四層！

生活片語這樣用

1. be / get **angry** with sb.　　　　生某人的氣
2. be / get **angry** at / about sth.　因某事而生氣
3. be **indignant** with sb.　　　　對某人感到憤慨
4. be **indignant** at / about sth.　對某事感到憤慨
5. be (all) the **rage**　　　　　　短暫盛行、風靡一時
6. be **furious** with sb.　　　　　對某人大發脾氣
7. be **furious** at sth.　　　　　　對某事大為生氣

易混淆單字一次破解

anger / **rage**這兩個字都有「憤怒」的意思。
anger常用於被動語態，表示使他人發怒或激怒他人。
rage指發怒，但強調怒斥。

➲ He was clearly **angered** by the question.
　= The question clearly **angered** him.
　這個問題顯然激怒了他。

➲ "That's unfair." He **raged**.
　「這不公平。」他憤怒喊道。

單字小試身手

Q. Japanese-style miniskirts are all the _____ now.

　1. rage　　　2. outrage　　　3. anger

A: 1. rage（日式風格迷你裙現在超流行。）
rage、outrage、anger這三個字都有憤怒的意思，但只有rage有「流行」的意思，all the rage是固定用法，所以答案選1。

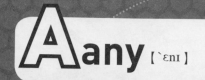

Aany [ˋɛnɪ]

adj. 任何的　*pron.* 任何
adv. 稍微

any和some常常一起出現，或被拿來比較，anybody, anything, somebody, something, anywhere, somewhere…等含有any和some的字都是很常用的，瞭解這些字的用法，對你的英文實力將大大有幫助！

蜂巢式結構圖

somebody

anybody

anything

everybody

everything

something

Layer 2

Layer 3

第一層	第二層	第三層
any *adj.* 任何的　*pron.* 任何　*adv.* 稍微		
→	**anybody** *pron.* 任何人　*n.* 重要人物	
	→	**somebody** *pron./n.* 某人、有人
	→	**everybody** *pron.* 每人、人人
→	**anything** *pron.* 任何事	
	→	**something** *pron./n.* 重要的事物、不確定的事物
	→	**everything** *pron.* 每件事、一切、最重要的東西

★你可以繼續發揮聯想力，完成第四層！

生活片語這樣用

1. **any** more　　　　　　　再、更、已經
2. **some** more　　　　　　　再多點的
3. **anything** but　　　　　　根本不、絕不
4. have **something** to do with... 與…有關（本片語是have的慣用語）

易混淆單字一次破解

any / some這兩個字常常被拿來比較。
原則上some用於肯定句，any則用於疑問句、否定句中。不過也有例外，像下列情況就要用some。

➲ 預期肯定的回答時：

　Do you have **some** money with you?（你帶錢了嗎？）

➲ 想給別人東西時：

　Will you have **some** more tea?（還想要點茶嗎？）

➲ 向別人請求時：

　Could you lend me **some** money?（能借我些錢嗎？）

單字小試身手

Q. They must think he really is _____.

　1. somebody　　2. someone　　3. anybody

A: 1. somebody（他們一定以為他真是個大人物呢。）
somebody和anybody均有「重要人物」之意，但anybody多半用於表示懷疑，而somebody則表示證據確定，且有諷刺意味。本句含有明顯的諷刺意味，所以答案選1。至於anybody的用法如下：He doubts if the businessman is anybody.（他懷疑這商人是否為重要人物。）

Aapproach 【ə`protʃ】 v./ n. 靠近、接近

approach有「接近」的意思，想想看，還有哪些英文字也有類似的意思，把它們一一列出來吧！

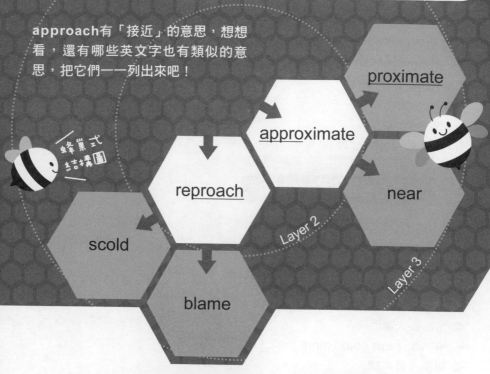

蜂巢式結構圖

proximate

approximate

reproach

near

scold

blame

Layer 2

Layer 3

第一層	第二層	第三層
approach *v./ n.* 靠近、接近		
	approx**imate** *adj.* 近似的、大概的 *v.* 相近	
		proximate *adj.* 接近的、親近的、直接的
		near *adj.* 接近的 *adv.* 靠近 *prep.* 附近 *v.* 接近
	rep**roach** *n./ v.* 責備、指責、批評	
		blame *v./ n.* 責備
		scold *v./ n.* 責罵

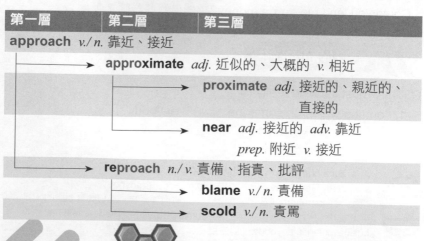

★你可以繼續發揮聯想力，完成第四層！

生活片語這樣用

1. **blame** sb. for sth.　　　　因某事而責備某人
2. **blame** sth. on / upon sb.　　把某事歸咎於某人
3. easy / difficult of **approach**　（場所）是易／難接近的

易混淆單字一次破解

blame / **scold**這兩個字都有「責罵」的意思。
blame指一般的「歸咎於」，不含言語責罵之意。
scold是嘮嘮叨叨的「數落」，常用於母親對孩子、老師對學生。

● She doesn't **blame** anyone for her failure.
　她沒把自己的失敗歸咎於任何人。

● He **scolded** them for arriving late.
　他嫌他們遲到，訓了他們一頓。

單字小試身手

Q. He put a chair _____ the window.

　1. approach　　2. proximate　　3. near

A: 3. near（他在窗戶附近放一張椅子。）
approach, proximate和near均有「附近」之意，但approach當作動詞和名
詞使用，proximate則當作形容詞使用，只有near可以當作介系詞使用。本
句的空格需填介系詞，所以答案選3. near。

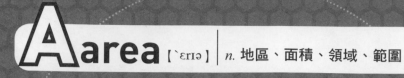

Area [ˋɛrɪə] | n. 地區、面積、領域、範圍

area, region, zone…都有「區域」的意思，想想看，還有哪些英文字也有類似的意思，把它們一一列下來吧！

蜂巢式結構圖

dominate

domain

region

dominant

belt

Layer 2

regional

Layer 3

第一層	第二層	第三層
area n. 地區、面積、領域、範圍		
	domain n.（活動、思想等）領域、範圍、領地、勢力範圍	
		dominate v. 支配、統治
		dominant adj. 支配的
	region n. 地區、區域	
		regional adj. 區域性的
	belt n. 地區、地帶、腰帶	

★你可以繼續發揮聯想力，完成第四層！

生活片語這樣用

1. in the **region** of...　　　在…領域
2. **area** code　　　（電話的）區域號碼
3. seat **belt**　　　安全帶

易混淆單字一次破解

area / **region** / **zone** / **belt**這四個字都有「地域、區域」的意思。

area指為某一特定目的或服務的地方。

region指較大範圍的區域。

zone指「地帶、環帶」，是某一個特定的地方或特定部位。

belt「地帶」，指種植某作物的地區。

➲ a parking **area**
　　停車場
➲ the Arctic **region**
　　北極地區
➲ high-tech **zone**
　　高科技地區
➲ the country's corn **belt**
　　國家的產糧區

單字小試身手

Q. She is an authority in the ＿＿＿ of education.

　　1. zone　　　2. region　　　3. belt

A: 2. region（她是教育界的權威。）
in the region of...表示「在…領域」之意，belt和zone均不適用於此，所以
答案選2. region。

Aargue [`argjʊ] | v./ n. 談論、議論

argue, debate, dispute…都有「爭論」的意思,看到這些字讓你聯想到哪些英文字呢?把它們一一列下來吧!

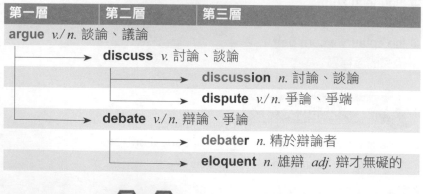

蜂巢式結構圖

discussion

discuss

dispute

debate

Layer 2

eloquent

Layer 3

debater

第一層	第二層	第三層
argue v./ n. 談論、議論		
	discuss v. 討論、談論	
		discussion n. 討論、談論
		dispute v./ n. 爭論、爭端
	debate v./ n. 辯論、爭論	
		debater n. 精於辯論者
		eloquent n. 雄辯 adj. 辯才無礙的

★你可以繼續發揮聯想力,完成第四層!

生活片語這樣用

1. **discuss** about...　　　　討論關於…
2. **debate**... with sb.　　　與某人辯論…

易混淆單字一次破解

discuss / **argue** / **debate**這三個字都含有與其他人談論某事以求查明真相或說服別人等意思。

discuss指為尋求真理或圓滿解決問題而友好的商討。

argue指彼此用一定的理由來說明自己對事物或問題的見解，辯駁和爭論問題的是非，以求最後得到正確的認識或共同的意見。

debate指對某一問題公開的爭論、辯論時辯論者明顯分為兩方，各自陳述自己的觀點，是激烈的交鋒以求駁倒對方。

○ They **discussed** how to improve the quality of products.
  他們討論如何提高產品品質。

○ We're always **arguing** with each other about money.
  我們總是為錢爭吵。

○ They have been **debating** on the gender issue.
  他們一直就性別問題進行辯論。

單字小試身手

Q. Please _____ the topic with your partner for five minutes, and then make a brief report later.

  1. discuss　　　　2. argue　　　　3. discussion

A: 1. discuss（請和你的同伴討論這個主題五分鐘，之後做一個簡短的報告。）
老師請學生以小組方式在課堂上討論問題，通常是不具任何火藥味的，較適合用discuss，又因為此處需填動詞，所以答案選1. discuss。

B bake 【bek】 | v. 烤、烘

想到麵包和糕點，你會聯想到哪些英文單字呢？bake, cake, bread, pie…令人忍不住口水直流。你還能想到其他的英文單字嗎？把它們一一列下來吧！

蜂巢式結構圖

第一層	第二層	第三層
bake v. 烤、烘		
	bakery n. 麵包廠、麵包店	
		bread n. 麵包
		sandwich n. 三明治
	roast v. 烘烤、愚弄 adj. 紅燒的 n. 烘烤的肉、揶揄	
		toast n. 吐司 v. 烤、烤麵包
		oven n. 烤箱、烤爐、小窯

★你可以繼續發揮聯想力，完成第四層！

生活片語 這樣用

1. a loaf of **bread**	一條麵包
2. **roast** duck	烤鴨
3. be **sandwiched** between A and B	夾在A和B（兩者）之間

易混淆單字 一次破解

bake / **roast** 這兩個字都含有「烘烤」的意思。
bake是在烤爐裡烘烤。
roast是在火上烤，或指炒堅果、豆子等。

➲ The **bread** is baking.
　正在烘焙麵包。

➲ The meat is **roasting** nicely.
　這肉烤得很好。

單字 小試身手

Q. I want to buy a sandwich, a ＿＿＿＿ of bread and a ＿＿＿＿ of cake.

　1. loaf / loaf　　　2. piece / piece　　　3. loaf / piece

A: 3. loaf / piece（我要買一個三明治、一條麵包和一塊蛋糕。）
英文的量詞雖然不像中文的量詞那麼複雜，但還是有一些固定用法，應該要
把它們記起來，例如a loaf of bread（一條麵包）、a piece of cake（一塊蛋
糕）、a bunch of flowers（一束花）等。

B ball【bɔl】 | *n.* 球 *v.* 使成球形

與球和球類運動相關的英文單字有很多，像是baseball, basketball, volleyball…等都是。除此之外，你還能想到其他的英文單字嗎？把它們一一列下來吧！

蜂巢式結構圖

第一層	第二層	第三層
ball *n.* 球 *v.* 使成球形		
	ballroom *n.* 跳舞廳	
		ballet *n.* 芭蕾舞
		balloon *n.* 氣球
	football *n.* 足球、足球運動、橄欖球	
		foot *n.* 腳、足
		shoot *v./n.* 射門、射擊

★你可以繼續發揮聯想力，完成第四層！

生活片語這樣用

1. have a **ball**　　　　玩得痛快
2. on **foot**　　　　　　徒步、步行
3. on one's **feet**　　　站著的、獨立的

易混淆單字一次破解

ball / party這兩個字都含有「舞會」的意思。
ball解釋為「舞會」時，與party同意，兩詞有時可互換，但一般說來，
ball指隆重的正式舞會，party指親友相聚的小型聚會。

‣ How did you enjoy the **ball**?
　你們在舞會上玩得快樂嗎？

‣ We will have a **party** this Saturday.
　我們要在這星期六舉行派對。

單字小試身手

Q. What kind of _____ is your favorite? Football, baseball or
basketball?
　　1. ball　　　　　2. sport　　　　　3. exercise

A: 2. sport（你最喜歡哪一種球類運動？足球、棒球，還是籃球？）
籃球、棒球、足球等球類運動，可以用sport來總括。ball指的是一般的球，
但不專指球類運動。而exercise指的是其他運動或身體的鍛練等，如游泳、
跑步等都可以算是exercise，而不是sport。

B base [bes]

n. 底、基礎
v. 把⋯建立在某基礎上

base, basis, basic⋯這些字是不是都長得很像呢？你能分辨它們的差異嗎？還有哪些英文單字也跟它們相關呢，把它們一一列下來吧！

蜂巢式結構圖

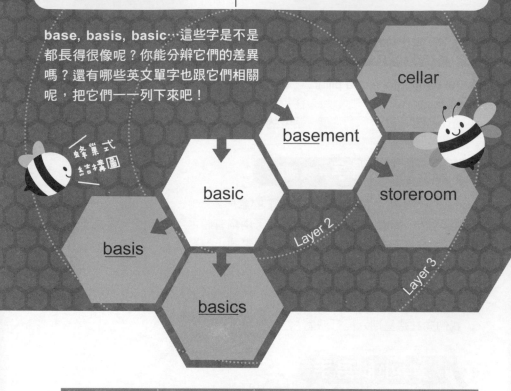

第一層	第二層	第三層
base *n.* 底、基礎 *v.* 把⋯建立在某基礎上		
	basement *n.* 地下室、地窖	
		cellar *n.* 地窖、地下室 *v.* 儲存於
		storeroom *n.* 儲藏室
	basic *adj.* 基礎的	
		basics *n.* 基礎、原理
		basis *n.* 根據、基本原理

★你可以繼續發揮聯想力，完成第四層！

生活片語這樣用

1. the **basic** stone of a pillar　　柱子的基石

易混淆單字一次破解

base / **basis** / **foundation** / **bottom**這四個字都含有「基礎、底部」的意思。

base 多指具體物體的基部、底部或支架，也指基地，特別是軍事或工業方面的基地。

basis主要用於比喻，指信念、概念的基礎。

foundation強調基礎的牢固性或雄偉性，有時也用作比喻，指事物的根本或根據。

bottom指（物的）底部，如海底、湖底、河床等。

⊃ The machine rests on a concrete **base**.
　機器放在混凝土的基座上。

⊃ What's the **basis** of your argument?
　你爭論的依據是什麼？

⊃ Goods exported from this port usually go in British **bottoms**.
　這一港口輸出的貨物通常用英國船裝運。

單字小試身手

Q. They had found the _____ of an ancient city.

　1. base　　　2. basis　　　3. foundation

A: 3. foundation（他們發現了古城的城基。）
古城的城基是一種大而堅實的結構，所以必須用foundation。base一般指較小的底座，如機器的底座等。而basis則是指抽象事物的基礎，如意見的基礎等。

B beat [bit] | *v./n.* 打

中文的「打」這個字，在英文裡有很多單字都有類似的含意，除了beat, hit, knock…等，還有哪些英文單字也是呢，把它們一一列下來吧！

蜂巢式結構圖

battle

bat

hit

batter

punch

Layer 2

knock

Layer 3

第一層	第二層	第三層
beat *v./n.* 打		
→	**bat** *n.*（棒球）球棒、（乒乓球）球拍、蝙蝠	
		→ **battle** *n.* 戰役、戰爭 *v.* 與…交戰
		→ **batter** *v.* 連續打擊 *n.* 打擊手
→	**hit** 同 *v./n.* 打擊	
	→	**knock** 同 *v./n.* 敲、打
	→	**punch** 同 *v.* 用拳擊、在…打出孔 *n.* 打孔機

★你可以繼續發揮聯想力，完成第四層！

生活片語這樣用

1. **beat** down   打倒、平息、（太陽光等）強烈的照射下來
2. **beat** up   痛打、狠揍
3. **hit** it   說對、猜對
4. **knock** about / around   到處遊蕩、粗暴地對待

易混淆單字一次破解

beat / **hit** / **knock**這三個字都含有「打、擊」的意思。
beat指連續不斷地「打、擊」。
hit指「打一下」，強調結果，表示擊中。
knock指「敲、撞擊」。

⊃ He was **beating** a drum.
　他正在敲鼓。

⊃ He **hit** me on the head with a bottle.
　他用瓶子打我的頭。

⊃ I've been **knocking**. I don't think anybody's in.
　我一直在敲門，我想屋子裡沒有人。

單字小試身手

Q. Could you _____ one more hole in my belt?
　　1. beat　　　2. pound　　　3. punch

A: 3. punch（你可以在我皮帶上多打一個洞嗎？）
punch有「打孔、打洞」的意思。beat和pound則只是一般打擊的意思，所以答案是2. punch。

Bbeg 【bεg】 | v. 乞討

beg（乞討、請求）這個字會令你聯想到哪些英文單字呢？是bet, bed還bell？把它們一一列下來吧！

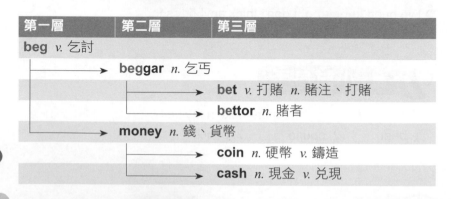

第一層	第二層	第三層
beg v. 乞討		
	beggar n. 乞丐	
		bet v. 打賭 n. 賭注、打賭
		bettor n. 賭者
	money n. 錢、貨幣	
		coin n. 硬幣 v. 鑄造
		cash n. 現金 v. 兌現

★你可以繼續發揮聯想力，完成第四層！

生活片語這樣用

1. **beg** off　　　　請免於⋯、請求原諒
2. **beg** of sb.　　　懇求某人
3. **cash** down　　　用現金支付
4. **cash** in on...　　靠⋯賺錢、從⋯中撈到好處

易混淆單字一次破解

beg / ask這兩個字都含有「請求」的意思。

beg是下級或晚輩一再請求上級或長輩給予某種東西或滿足迫切的要求。

ask是一般用語，指某人向對方提出自己的意願，希望得到滿足。

➲ She **begged** the teacher not to tell her parents.
　她懇求老師不要告訴她的父母。

➲ He **asked** me to write a letter for him.
　他請我替他寫封信。

單字小試身手

Q. The poor put out his hand and _____ for more money.

　1. beg　　　2. beged　　　3. begged

A: 3. begged（那個窮人伸出他的手，想要更多錢。）
本題主要是測驗時態，因為本句的put是過去式，所以答案也要選過去式，
beg的過去式是begged，所以答案是3. begged。

B begin 【brˋgɪn】 | v. 開始

有哪些英文單字代表「開始」或「結束」呢？begin, start, finish, end, create…，這些單字還真不少，把它們一一列下來吧！

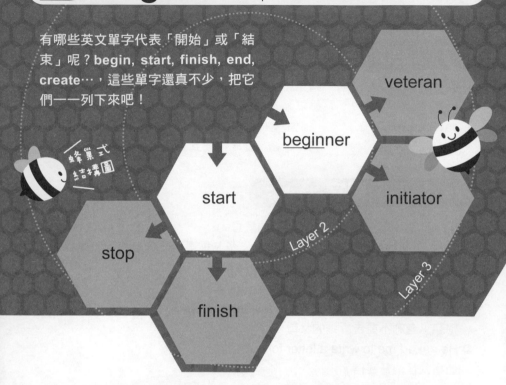

蜂巢式結構圖

veteran

beginner

start

initiator

stop

finish

Layer 2

Layer 3

第一層	第二層	第三層
begin *v.* 開始		
→	**beginner** *n.* 初學者、創始人	
	→	**veteran** *n.* 老手、老兵
	→	**initiator** *n.* 創始者
→	**start** *v./n.* 開始、引起	
	→	**finish** *n./v.* 結束、完成
	→	**stop** *n./v.* 停止

★你可以繼續發揮聯想力，完成第四層！

生活片語這樣用

1. to **begin** / **start** with...　　首先是…、第一是…
2. **start** on　　　　　　　　開始進行、著手處置
3. **start** out / off　　　　　出發、動身

易混淆單字一次破解

begin / **start**這兩個字都含有「開始」的意思。二者可以互換使用，但也有區別。

begin是一般的用詞，start則強調突然開始或開始的時間點。

➲ It **started** / **began** to rain at ten.
十點開始下雨了。

➲ He **began** to teach English in October, 2001.
他從2001年十月開始教英語。

➲ The movie **starts** in five minutes.
還有五分鐘電影就開始了。

單字小試身手

Q. We'll have to _____ early.

　1. begin out　　　　2. start off　　　　3. start on

A: 2. start off（我們必須早點動身。）
start off、start out和set off都有「出發、動身」的意思，這是固定用法的片語，所以答案是2. start off。

B bell【bɛl】| n. 鈴、鐘

想到bell（鈴）會讓你聯想到哪些英文單字呢？**Christmas, ring, Santa Claus**⋯等都是和聖誕節有關的單字。你還可以想到其他的單字嗎？把它們一一列下來吧！

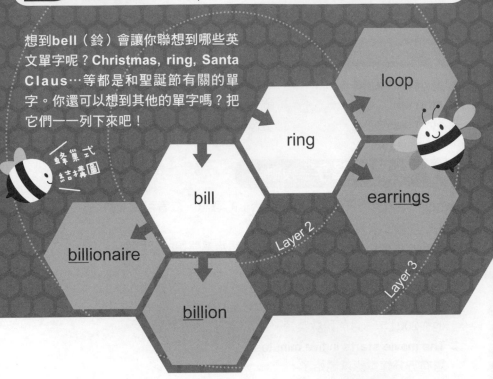

蜂巢式結構圖

loop

ring

bill

earrings

billionaire

billion

Layer 2

Layer 3

第一層	第二層	第三層
bell *n.* 鈴、鐘		
→ **ring** *v.* 搖鈴 *n.* 鈴聲、環、戒指		
	→ **loop** *n.* 圈、環、環狀物	
	→ **earrings** *n.* 耳環	
→ **bill** *n.* 帳單、鳥嘴 *v.* 付帳單		
	→ **billion** *n.* 十億	
	→ **billionaire** *n.* 億萬富翁	

★你可以繼續發揮聯想力，完成第四層！

生活片語這樣用

1. give sb. a **ring**　　　　打電話給某人
2. **ring** off　　　　　　掛斷電話
3. foot the **bill**　　　　付帳

易混淆單字一次破解

bill / **beak**這兩個字都可以指「鳥禽類的嘴」。
bill多指直嘴，beak多指彎的或帶鉤的嘴。

➲ Some birds have big and long **bill**.
　有的鳥嘴又大又長。
➲ The eagle had a chicken in its **beak**.
　老鷹嘴裡叼著一隻小雞。

單字小試身手

Q. Please give me a _____ after you get home.
　1. phone　　　2. ring　　　3. bell

A: 2. ring（你到家後請給我一通電話。）
「打電話」的英文說法是give a ring、give a call或give a phone call，這三
種說法都是對的，所以答案是2. ring。

Bbind 【baɪnd】 | v. 綁、捆、包紮

哪些英文單字有「捆、綁」意思呢？
bind, bundle, bunch…等都是。你
還可以想到其他的單字嗎？把它們
一一列下來吧！

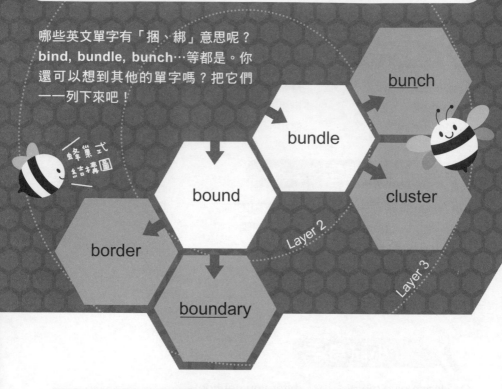

蜂巢式結構圖

bunch

bundle

bound

cluster

border

Layer 2

boundary

Layer 3

第一層	第二層	第三層
bind v. 綁、捆、包紮		
→	**bundle** n. 捆、包	
	→	**bunch** n. 束、捆、串
	→	**cluster** n. 簇、串 v. 使成簇、群集
→	**bound**（**bind**的過去式和過去分詞）	
	adj. 受約束 v. 跳躍、與…接壤	
	→	**boundary** n. 邊界、界線
	→	**border** n. 邊、邊緣 v. 毗鄰

★你可以繼續發揮聯想力，完成第四層！

生活片語這樣用

1. **bundle** up... 　　　　　　把…捆紮起來
2. **bound** to 　　　　　　　　一定會

易混淆單字一次破解

border / **boundary**這兩個字都有「邊界」的意思。

boundary多指地圖上的領土、分界線（山脈、河流等形成的天然「邊界線」）。

border指邊境地帶、範圍較廣的地區。

⮕ The enemy troops crossed the **border**.
　　敵軍越過了邊界。

⮕ Please mark the **boundaries** of the football field.
　　請劃出足球場的邊界。

單字小試身手

Q. He is _____ to do what he has promised.

　　1. helpful 　　2. superior 　　3. bound

A: 3. bound（他一定會做到他所承諾的。）
be helpful to表「有益於」；be superior to表「優於…」；be bound to表「一定會…」，根據題意，答案選3. bound。

B bird [bɝd] | *n.* 鳥、禽類

和bird（鳥類）相關的英文單字有哪些？**wing, dove, nest, cage, beak**…等都是。你還可以想到其他的單字嗎？把它們一一列下來吧！

蜂巢式結構圖

claw

fowl

feather

paw

nest

wing

Layer 2

Layer 3

第一層	第二層	第三層
bird *n.* 鳥、禽類		
	fowl *n.* 鳥、野獸	
		claw *n.* 爪 *v.* 抓
		paw *n.* 爪子、腳掌 *v.* 用爪抓、用蹄扒
	feather *n.* 羽毛	
		wing *n.* 翅膀
		nest *n.* 巢、窩

★你可以繼續發揮聯想力，完成第四層！

生活片語這樣用

1. a **bird** in (the) hand
2. **Bird** of a feather flock together.
3. in the **wings**
4. under a person's **wing**

到手的東西、已成定局的事情
【諺】物以類聚。
已準備就緒的、就在眼前的
在（某人）庇護下

易混淆單字一次破解

claw / paw 這兩個字都有「爪子」的意思。
claw指貓和鳥類爪子尖端彎曲的指甲，也可指蝦蟹的鉗子。
paw指貓、狗等的爪子。

➲ Cats have sharp **claws**.
貓有鋒利的爪子。

➲ The dog **pawed** the bone.
狗用爪子抓骨頭。

單字小試身手

Q. Kill two _____ with one stone.

　1. birds　　　2. nests　　　3. eggs

A: 1. birds（一箭雙雕。）
中國諺語「一箭雙雕」的英文說法是Kill two birds with one stone.，所以答案是1. birds。

B blind 【blaɪnd】 | *adj.* 瞎的 *v.* 使失明

和blind（瞎的）相關的英文單字有哪些？blink, deaf, mute…等都是。你還可以想到其他的單字嗎？把它們一一列下來吧！

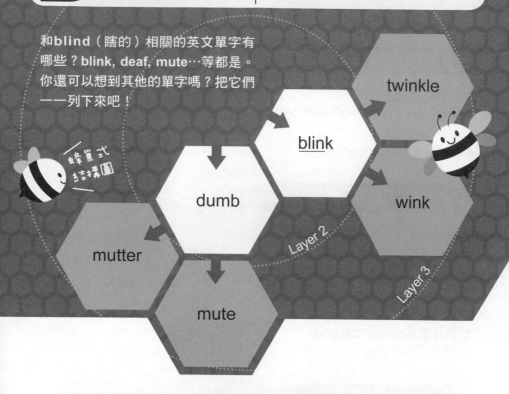

蜂巢式結構圖

twinkle

blink

dumb

wink

mutter

Layer 2

mute

Layer 3

第一層	第二層	第三層
blind *adj.* 瞎的 *v.* 使失明		
	blink *v./n.* 眨眼、（遠處燈光的）閃爍	
		twinkle *v./n.* 閃爍
		wink *v.* 眨眼（示意）、使眼色
	dumb *adj.* 啞的、（因驚恐等）說不出話的、沉默的	
		mute *adj.* 啞的 *n.* 啞巴
		mutter *v./n.* 低聲嘀咕

★你可以繼續發揮聯想力，完成第四層！

生活片語這樣用

1. turn a **blind** eye (to...)　　　（對…）視而不見、假裝看不見
2. go **blind**　　　　　　　　　　失明
3. **blind** spot　　　　　　　　　　盲點、眼網膜上無光感部分
4. **wink** at sb.　　　　　　　　　向某人眨眼
5. **wink** at sth.　　　　　　　　　對某事睜一隻眼閉一隻眼

易混淆單字一次破解

mutter / **murmur**這兩個字都有「低聲」的意思。

mutter指生氣或抱怨而小聲咕噥。

murmur指說話聲音低而輕，聽不清，或指低聲自言自語。

➲ He **muttered** an answer.
　他咕噥地做了回答。

➲ Granny **murmured** a prayer.
　奶奶低聲祈禱。

單字小試身手

Q. I'm nervous of strangers, so I will never go on a _____ date.

　　1. blind　　　2. dumb　　　3. strange

A: 1. blind（我對陌生人感到緊張，所以我永遠不會和素未謀面的人約會。）
blind date指的是未曾謀面的初次約會，這是固定用法，所以答案是1. blind。

B body [ˋbɑdɪ] *n.* 身體、軀體

和body（身體）相關的英文單字有哪些？chest, stomach, skin, head…等都是。你還可以想到其他的單字嗎？把它們一一列下來吧！

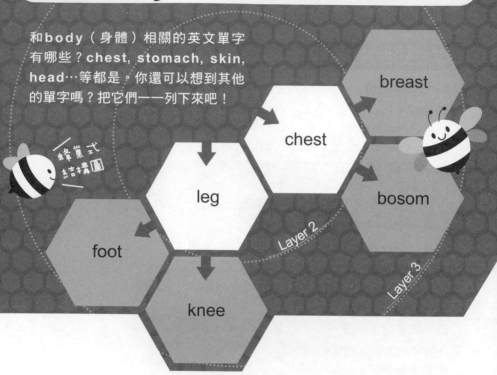

蜂巢式結構圖

chest
breast
bosom
leg
foot
knee
Layer 2
Layer 3

第一層	第二層	第三層
body *n.* 身體、軀體		
	chest *n.* 胸	
		breast *n.* 胸脯
		bosom *n.* 胸懷、懷中
	leg *n.* 腿	
		knee *n.* 膝蓋
		foot *n.* 腳、足部 *v.* 步行、安裝

★你可以繼續發揮聯想力，完成第四層！

生活片語這樣用

1. have cold **feet**   感覺害怕或沮喪、失去信心
2. My **foot**!   （口語）胡說、真是笑話
3. **foot** it   （口語）步行、走著去

易混淆單字一次破解

breast / **chest**這兩個字都有「胸、胸部」的意思。

breast指胸部，常指女性的乳房。

chest指胸或胸膛。

⊃ A baby is feeding at his mother's **breast**.

   小孩在吃奶。

⊃ My **chest** pains.

   我胸部疼痛。

單字小試身手

Q. A hope _____ is used by a young woman for clothing and silver, in anticipation of marriage.

   1. box   2. chest   3. case

A: 2. chest（嫁妝箱是女人用來裝布料和銀製品，為婚姻做準備。）
hope chest是未出嫁女人用來裝布料等的箱子，是固定用法。chest通常指有蓋、可鎖、用於存放東西的大木箱，也可指分格的櫥櫃。box也指箱子，其本身可大可小，通常不如chest大。case有兩種，一種是裝貨的，比box大，但也可指小匣子，比box小。

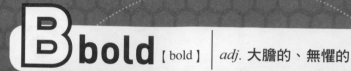

B bold【bold】 | *adj.* 大膽的、無懼的

可以用來形容「勇敢」和「膽小」的英文單字有哪些？除了最常使用的 **brave** 之外，你還可以想到其他的單字嗎？把它們一一列下來吧！

蜂巢式結構圖

bravery

brave

cowardly

valiant

cowardice

Layer 2

coward

Layer 3

第一層	第二層	第三層
bold *adj.* 大膽的、無懼的		
	brave *adj.* 勇敢的、無畏的	
		bravery *n.* 勇敢、勇氣
		valiant *adj.* 勇敢的
	cowardly *adj.* 膽小的、怯懦的	
		coward *n.* 膽小鬼、懦夫
		cowardice *n.* 膽小、怯懦

★你可以繼續發揮聯想力，完成第四層！

生活片語這樣用

1. make / be so **bold**　　（尤指在社交場合）冒昧地
　　　　　　　　　　　　　（做某事）、擅自（做某事）
2. (as) **bold** as brass　　厚顏無恥

易混淆單字一次破解

bold / brave 這兩個字都有「勇敢」的意思。
bold指勇敢，有勇往直前、不顧困難、富於冒險的意思，也可指「值得稱道」的事、但有時bold含有貶義，有「莽撞、無禮」之意。
brave比較常用，多用於口語或非正式文中。

➲ You are **brave** to defy convention.
　你公然蔑視習俗是很勇敢的。

➲ It is very **bold** of us to venture to go to sea.
　我們冒險航海是很大膽的。

單字小試身手

Q. The ＿＿＿＿＿ fellow simply put out his hand and asked for more money.

　1. brave　　2. coward　　3. bold

A: 3. bold（這個無禮的傢伙逕自伸出手來要更多的錢。）
brave是勇敢的意思，通常是褒義。coward是懦弱的意思。只有bold可以解釋為「無禮」，所以答案是3. bold。

B break 【brek】 v./ n. 損壞、裂口

break這個字有許多用法，還有許多相關的片語，例如break up, break down, break off…等，不妨把這些容易混淆的片語都列下來，好好地做一番比較吧！

蜂巢式結構圖

breakfast

breakdown

crack

daybreak

Layer 2

firecracker

cracker

Layer 3

第一層	第二層	第三層
break v./ n. 損壞、裂口		
	breakdown n. 故障、崩潰	
		breakfast n. 早餐、早點
		daybreak n. 黎明、拂曉
	crack n./ v. 破碎、凍傷、劈啪聲	
		cracker n. 薄脆餅乾
		firecracker n. 鞭炮

★你可以繼續發揮聯想力，完成第四層！

生活片語這樣用

1. **break** in 　　　　　　　　非法闖入、打斷、插嘴
2. **break** off 　　　　　　　　中斷、突然停止
3. **break** out 　　　　　　　　爆發、突然出現、逃脫
4. **break** through 　　　　　　突圍、衝破、取得突破性成就
5. **break** up 　　　　　　　　打碎、分手、散開
6. Give me a **break**! 　　　　夠了！住嘴！饒了我吧！
7. **crack** up 　　　　　　　　（精神）崩潰

易混淆單字一次破解

break / smash 這兩個字都有「打碎」的意思。
break為一般用詞，表示一般的破碎、打破。
smash一般較強烈，指粉碎、打碎。

➲ I **broke** a cup last night.
　我昨晚打破了一個杯子。

➲ He **smashed** two windows.
　他打碎了兩扇窗戶。

單字小試身手

Q. I _____ with him last month.
　　1. broke out 　　　2. broke off 　　　3. broke up

A: 3. broke up（我上個月和他分手了。）
break out表「爆發」，break off表「中斷」，break up表「分手」，所以答案是3. broke up。

Bburst 【bɜst】 | *v. / n.* 爆裂、飛散、爆發

和burst（爆炸）相關的英文單字和片語有哪些？**burst into, blast, burst in on**…等都是。你還可以想到其他的單字或片語嗎？把它們一一列下來吧！

蜂巢式結構圖

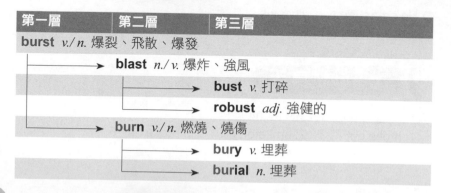

bust

blast

burn

robust

burial

Layer 2

bury

Layer 3

第一層	第二層	第三層
burst *v. / n.* 爆裂、飛散、爆發		
→	blast *n. / v.* 爆炸、強風	
	→	bust *v.* 打碎
	→	robust *adj.* 強健的
→	burn *v. / n.* 燃燒、燒傷	
	→	bury *v.* 埋葬
	→	burial *n.* 埋葬

★你可以繼續發揮聯想力，完成第四層！

生活片語這樣用

1. **burst** into   闖入、（情緒）突然…起來
2. **burst** in on   突然出現、打擾
3. **bury** oneself in (doing) sth.   專心致力於（做）某事
   = be buried in (doing) sth.

易混淆單字一次破解

burn down / **burn out** / **burn up**三者都有「燒毀」的意思。

burn down強調火勢減弱。

burn out強調大火熄滅。

burn up強調火燒起來。

➲ The room became colder as the fire **burnt down**.
   隨著爐火逐漸減弱，房間越來越冷。

➲ Finally, the fire was **burnt out**.
   最終火被熄滅了。

➲ If you put on more coal, the fire will **burn up**.
   如果你再多添點煤，爐火就會旺起來。

單字小試身手

Q. Don't _____ him while he's sleeping.

   1. burst in on   2. break in   3. burst into

A: 1. burst in on（他在睡覺的時候，不要打擾他。）
burst in on表「打擾」，break in表「闖入、插嘴」，burst into表「闖入」，
所以答案是1. burst in on。

C camp 【kæmp】 | n./ v. 露營

camp（露營）這個字會讓你聯想
到哪些單字，除了 tent（帳篷），
picnic（野餐），barbecue（烤肉）
之外，還有其他的嗎？把它們列下來
吧！

蜂巢式
結構圖

campaign

campus

tent

champion

picnic

pole

Layer 2

Layer 3

第一層	第二層	第三層
camp *n./ v.* 露營		
→	campus *n.*（大學）校園	
	→	campaign *n.* 運動、戰役
	→	champion *n.* 冠軍、擁護者
→	tent *n.* 帳篷	
	→	pole *n.* 杆、柱
	→	picnic *n.* 野餐

★你可以繼續發揮聯想力，完成第四層！

生活片語這樣用

1. **poles** apart　　　大相徑庭、完全相反
2. under bare **poles**　　束手無策

易混淆單字一次破解

campaign / **movement**都有「運動」的意思。

campaign本義是戰役,如map out a campaign(制定作戰計畫),它常常引申為轟轟烈烈的宣傳或帶有戰鬥性的運動,其目的比較明確、單一,時間比較短,較為轟動。

movement常指歷史上一些重要的運動,如: the May Fourth Movement(五四運動)。

➲ The **campaign** succeeded and he won the election.
競選運動告捷,他當選了。

➲ The **movement** towards greater freedom for women still has a long way to go.
婦女自由運動還有很長的路要走。

單字小試身手

Q. The summer _____ for girls has many activities, such as soccer, tennis, archery, etc.

　　1. camping　　　2. camp　　　3. camps

A: 2. camp(這個女子暑期營隊裡有許多活動,像是足球、網球、箭術等。)
summer camp表示「暑期營隊」的意思,這種營隊不一定是指露營活動,它可以包含各種戶外活動或運動。在本題中,需注意文法問題,空格裡需填「單數名詞」,因為後面的動詞has的緣故。

C can 【kæn】 | v./ aux. 能、會 n. 罐、罐頭

字根 can 表示「中空的」、柱狀「狹長」的事物，你可以由此發想出哪些單字呢？cannon（大炮），cane（拐杖），canyon（峽谷）…都含有 can 字根，你也把你想到的單字列下來吧！

蜂巢式結構圖

第一層	第二層	第三層
can v./ aux. 能、會 n. 罐、罐頭		
	canal n. 運河、溝渠、水道	
		ditch n. 管道、溝
		channel n. 海峽、頻道
	cane n. 手杖、拐杖	
		candle n. 蠟燭
		canoe n. 獨木舟

★你可以繼續發揮聯想力，完成第四層！

060

 **生活片語**這樣用

1. as ... as **can** be ……得不能再……、極為……
2. **can't** be better 再好不過了

 **易混淆單字**一次破解

can / **be able to** 都有「能」的意思。
can用來表示通常具有的能力，即隨時想做就能做到的某種能力，但它沒有未來、完成等時態變化形式。
be able to可用更多時態形式，因此必要時可用shall / will be able to, have / has / had been able to等形式。

➜ She **can** lift me up with one hand.
　她能用一隻手把我舉起來。
➜ Shall you **be able to** finish your work tomorrow?
　你的工作明天能做完嗎？
➜ He has not **been able to** go to work for five days.
　他五天沒去上班了。

 **單字**小試身手

Q. The rice was sent here by _____.
　 1. canal 　　 2. candle 　　 3. cane

 A: 1. canal（稻米經由運河送到這裡。）
canal表示「運河」，candle表示「蠟燭」，cane表示「拐杖」，根據題意，只有canal符合，所以答案選1。

C care [kɛr] | *n./ v.* 照顧、關心

care表示「關心」的意思，你可以
由此發想出哪些單字呢？把你想到的
單字列下來吧！

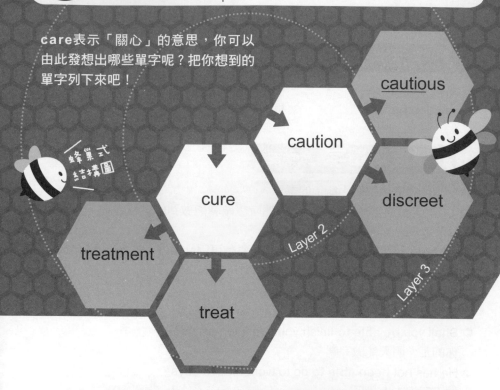

蜂巢式
結構圖

cautious

caution

cure

discreet

treatment

Layer 2

Layer 3

treat

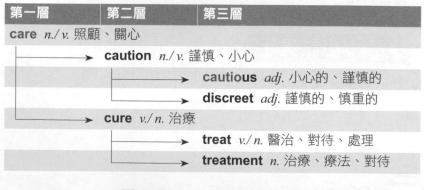

第一層	第二層	第三層
care *n./ v.* 照顧、關心		
	caution *n./ v.* 謹慎、小心	
		cautious *adj.* 小心的、謹慎的
		discreet *adj.* 謹慎的、慎重的
	cure *v./ n.* 治療	
		treat *v./ n.* 醫治、對待、處理
		treatment *n.* 治療、療法、對待

★你可以繼續發揮聯想力，完成第四層！

生活片語這樣用

1. **care** for　　　　　　照顧、喜歡
2. take **care** of　　　　照料、注意
3. take **care** of oneself　照顧自己、自己處理
4. It's one's **treat**　　　由某人請客

易混淆單字一次破解

cure / **heal**都有「治癒」的意思。
cure指用藥物治癒疾病。
heal著重治好外傷或燒傷後的患部，使傷口癒合。

➲ The medicine can **cure** the cold.
　這種藥可治療感冒。

➲ His wound began to **heal**.
　他的傷口開始癒合了。

單字小試身手

Q. Would you please take _____ of the baby for a while?

　　1. care　　　　2. caring　　　　3. cares

A: 1. care（你可以照顧一下那個嬰兒嗎？）
take care of是常用片語，表「照顧」的意思，由於是固定用法，所以不能
任意改成動名詞或複數名詞。

C cavity [`kævətɪ] | n. 洞、穴

哪些英文單字可以用來表示「洞、穴」呢？除了cave, hole, pit…之外，你還可以聯想到哪些相關單字呢？把它們一一列下來吧！

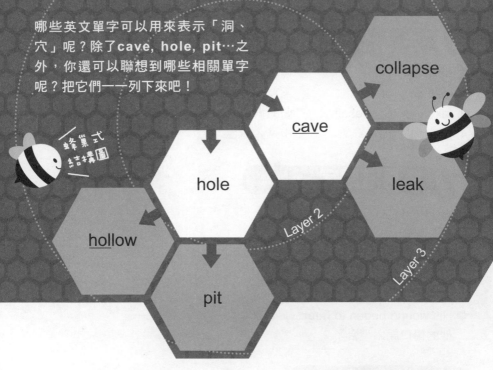

第一層	第二層	第三層
cavity *n.* 洞、穴		
	cave *n.* 洞穴 *v.* 挖掘、坍塌	
		collapse *v./n.* 倒塌、崩潰
		leak *n.* 漏洞、裂縫
		v.（使）漏、（使）滲出
	hole *n.* 洞、穴 *v.* 挖掘	
		pit *n.* 坑洞 *v.* 挖坑
		hollow *adj.* 中空的、空心的
		n. 空心、坑、溝 *v.* 使空虛

★你可以繼續發揮聯想力，完成第四層！

生活片語這樣用

1. **leak** out 　　　　　洩漏
2. **cave** in 　　　　　塌落
3. **cave** man 　　　　穴居人
4. **hole**-and-corner 　偷偷摸摸的

易混淆單字一次破解

cave / **hole**都有「洞穴」的意思。
cave主要指動物的「洞穴」。
hole指「孔」，可以是穿透和不穿透的，也可以指「坑」。

➲ Bears often hibernate in **caves**.
　熊常在洞穴裡冬眠。

➲ There is a **hole** in my sock.
　我的襪子上有個洞。

單字小試身手

Q. There are still some people living in _____.
　1. a cave 　　　2. the cave 　　　3. caves

A: 3. caves（現今仍有一些人住在洞穴裡。）
因為不知道是哪一些人住在哪些洞穴裡，所以不能用冠詞the來限定，也不能明確地表示只有一個洞穴a cave，所以必須選沒有限定的複數名詞caves較適當。

Ccenter [ˋsɛntɚ] | *n.* 中心、核心 *v.* 放在中間

字根centr=center有「中心」的含義，你可以藉此聯想到哪些相關單字呢？把它們一一列下來吧！

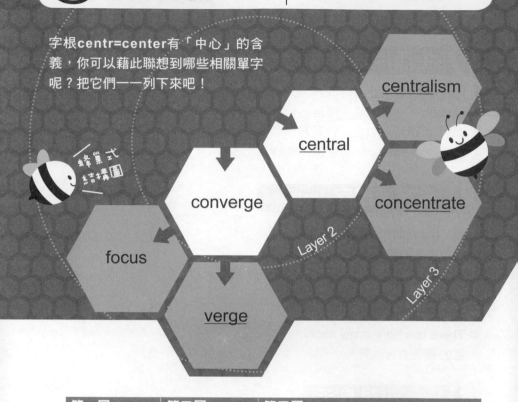

蜂巢式結構圖

centralism

central

converge

concentrate

Layer 2

focus

Layer 3

verge

第一層	第二層	第三層
center *n.* 中心、核心 *v.* 放在中間		
→	**central** *adj.* 中央的	
	→	**centralism** *n.* 中央集權主義
	→	**concentrate** *v.* 集中
→	**converge** *v.* 聚集、集中	
	→	**verge** *v.* 接近、瀕臨
	→	**focus** *v.* 集中、聚焦

★你可以繼續發揮聯想力，完成第四層！

生活片語這樣用

1. **converge** at a point　　　在某一點上趨近、會合
2. on the **verge** of...　　　接近於…、瀕臨…
3. **concentrate** on...　　　專注於…

易混淆單字一次破解

center / **middle**都有「中」的意思。

center的意思是「中心、正中」，只用於空間，或指某些場合，如圓、球、城市的中心，更確切地指與各線、各面等距離的中心。

middle的意思是「中間、中部、當中」，用於長形物體中間、道路兩側中，可指空間和時間或某些活動的中間。

⊃ **Center** this picture on the wall, please.
　　請把這幅畫掛在牆上正中央。

⊃ Come and sit in the **middle**!
　　來，坐到中間來！

單字小試身手

Q. I couldn't _____ his boring speech.

　　1. converge on　　　2. concentrate on　　　3. concentrate at

A: 2. concentrate on（我無心聽他無趣的演說。）
converge on是「聚集」的意思，concentrate on是「全神貫注」的意思，所以答案選2. concentrate on。

Ccertain 【`sɝtn】

adj. 確實的、一定的
pron. 某些、一些

certain和sure都有「確定」的含義，你可以找出和這兩個單字相關的單字和片語嗎？把它們一一列下來吧！

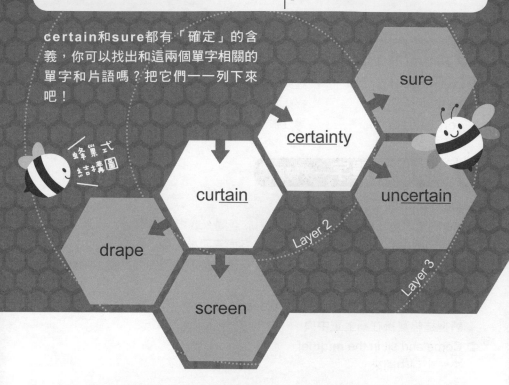

蜂巢式結構圖

sure

certainty

curtain

uncertain

drape

Layer 2

screen

Layer 3

第一層	第二層	第三層
certain *adj.* 確實的、一定的 *pron.* 某些、一些		
	certainty *n.* 確信、確實	
		sure *adj.* 確信的、必定的
		uncertain *adj.* 不確定的
	curtain *n./v.* 幕、窗簾	
		screen *n.* 螢幕、屏風、簾、紗窗 *v.* 掩蔽、遮蔽
		drape *n.* 簾、幔 *v.* 覆蓋、垂掛

★你可以繼續發揮聯想力，完成第四層！

生活片語 這樣用

1. for **certain**　　　　　確定地、確實地
2. make **certain**　　　　弄清楚、確定、確保
3. **sure** thing　　　　　必然之事

易混淆單字 一次破解

certain / **sure** 都有「確定的、確信的」的意思。有時兩者可互換，但注意用法不同。

be sure to do sth.和 be certain to do sth.都表示「肯定」，但後者更為確信。

可用it's certain that...的句型，但沒有it's sure that...。

➲ Are you **sure / certain** (that) he will come?
　你確定他會來嗎？

➲ It is **certain** that he will come.
　他肯定會來。

單字 小試身手

Q. I don't know _____ when the meeting will begin.

　1. with certain　　　2. in certain　　　3. for certain

A: 3. for certain（我不太確定會議何時開始。）
for certain表示「確定地」的意思，當作副詞使用，常用來修飾know, say等詞，所以答案選3。

C classroom ['klæs,rum] | n. 教室

在classroom（教室）裡，你可以發現哪些東西呢？blackboard（黑板），desk（桌子），eraser（板擦）…，把這些東西的英文單字一一列下來吧！

蜂巢式結構圖

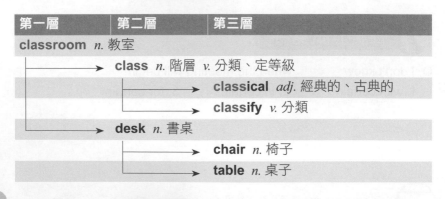

classical

class

classify

desk

Layer 2

Layer 3

table

chair

第一層	第二層	第三層
classroom *n.* 教室		
	class *n.* 階層 *v.* 分類、定等級	
		classical *adj.* 經典的、古典的
		classify *v.* 分類
	desk *n.* 書桌	
		chair *n.* 椅子
		table *n.* 桌子

★你可以繼續發揮聯想力，完成第四層！

🐝 生活片語這樣用

1. be in **class** by oneself　　獨一無二、無與倫比
2. in **class**　　上課中
3. **table** tennis　　桌球、乒乓球

🐝 易混淆單字—次破解

desk / **table**都有「桌子」的意思。

desk通常指帶有抽屜的桌子，用於書寫、辦公，譯為「書桌、辦公桌」。

table則指一般的桌子。

➲ There are 45 **desks** in our classroom.
　　我們教室裡有45張課桌。

➲ There is a book on the writing-**table**.
　　寫字臺上有一本書。

🐝 單字小試身手

Q. Jason always sleeps _____ and drives the teacher crazy.

　　1. in the classroom　　　2. in class　　　3. in the class

A: 2. in class（傑森總是在課堂上睡覺，讓老師很抓狂。）
in the classroom指的是「在教室裡」，in class指的是「在上課中」，in the class指的是「在班級裡」，三者的意思很接近，也容易混淆，務必要注意。

C clear [klɪr]

adj. 鮮明的、清楚的
v. 使明確 adv. 清楚地

「清潔」在英文裡有很多說法，例如 clean, clear, sweep…等，你還能想到其他相關的單字嗎？把它們一一列下來吧！

蜂巢式結構圖

cleaner

clean

neat

sweep

trim

Layer 2

tidy

Layer 3

第一層	第二層	第三層
clear *adj.* 鮮明的、清楚的 *v.* 使明確 *adv.* 清楚地		
	clean *adj.* 乾淨的 *v.* 清掃 *adv.* 乾淨地 *n.* 清潔	
		cleaner *n.* 清潔工、清潔機
		sweep *v.* 掃、掃除
	neat *adj.* 整潔的	
		tidy *adj.* 整潔的 *v.* 整理
		trim *adj.* 整齊的 *n./v.* 整理、修剪

★你可以繼續發揮聯想力，完成第四層！

生活片語這樣用

1. **clear** away   把…清除掉、收拾
2. **clear** up   清理、天空放晴
3. **clean** up   打掃清潔、清除（犯罪現象等）
4. **sweep** up   打掃

易混淆單字一次破解

clear / **clean**都有「清」的意思。

clear 指移走、挪走、清除（不要的東西）。

clean 指透過洗、擦、刷等方式打掃、除去灰塵。。

⊃ "What a mess!" Tom's mother shouted, "You must **clear** your desk now."

「真是太亂了！」湯姆的媽媽喊道：「你現在就必須收拾書桌。」

⊃ Have you **cleaned** the windows?

你擦過窗戶了嗎？

單字小試身手

Q. She'll _____ the kitchen.

   1. clean up   2. put away   3. wash out

A: 1. clean up（她會把廚房收拾乾淨。）
clean up是「打掃乾淨」的意思，put away表「把…放好、收好」，wash out表「把…洗掉」，所以答案選1。

Cclimate [ˋklaɪmɪt] | *n.* 氣候

形容天氣的英文單字有很多，例如cold（冷），warm（暖），cool（涼），freezing（凍），hot（熱）…等，你還可以想到其他的形容詞嗎？把它們一一列下來吧！

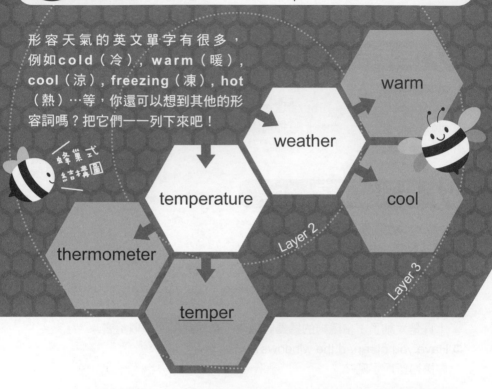

蜂巢式結構圖

warm

weather

temperature

cool

thermometer

Layer 2

temper

Layer 3

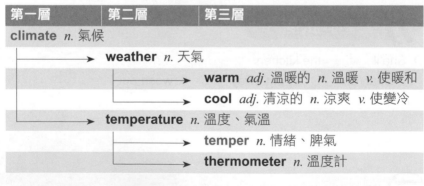

第一層	第二層	第三層
climate *n.* 氣候		
	weather *n.* 天氣	
		warm *adj.* 溫暖的 *n.* 溫暖 *v.* 使暖和
		cool *adj.* 清涼的 *n.* 涼爽 *v.* 使變冷
	temperature *n.* 溫度、氣溫	
		temper *n.* 情緒、脾氣
		thermometer *n.* 溫度計

★你可以繼續發揮聯想力，完成第四層！

074

生活片語 這樣用

1. **warm** up   暖身、準備
2. have / get / run a **temperature**   發燒
3. take one's **temperature**   量某人的體溫

易混淆單字 一次破解

climate / **weather** 都有「天氣」的意思。

climate指一個地區總體的天氣情況。

weather是天氣、氣象，指某地區短時間內的氣象情況，如晴、雨、雪等。

➲ I'm not used to living in a tropical **climate** area.
　我不習慣住在熱帶氣候區。

➲ The **weather** is sunny.
　（今天）天氣晴朗。

單字 小試身手

Q. The weather in summer is very _____.

　1. cold and foggy　　　2. hot and humid　　　3. warm and rainy

A: 2. hot and humid（夏天天氣非常炎熱潮溼。）
hot表「炎熱」，cold表「寒冷」，foggy表「多霧」，humid表「潮溼」，warm表「暖和」，rainy表「多雨的」，根據題意應該選2. hot and humid。

C close [kloz]

v. 關、閉、接近
adj. 接近的 adv. 接近地

close有「關閉」和「接近」的意思，哪些英文單字也有類似的含義呢？把它們一一列下來吧！

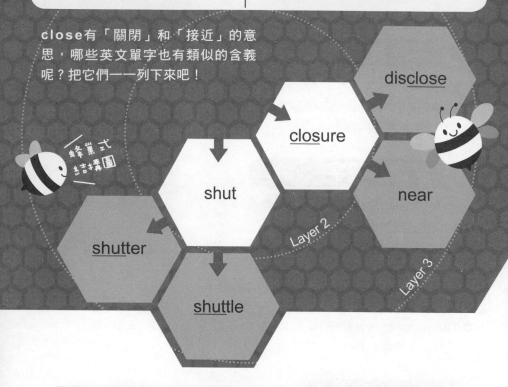

蜂巢式結構圖

disclose

closure

shut

near

shutter

shuttle

Layer 2

Layer 3

第一層	第二層	第三層
close v. 關、閉、接近 adj. 接近的 adv. 接近地		
	closure n. 關閉、截止	
		disclose v. 揭露、發現
		near adj. 接近的 adv. 靠近 prep. 附近 v. 接近
	shut v. 關閉、關門	
		shuttle n. 縫紉機的滑梭、兩地間的短程運輸線
		shutter n. 百葉窗 v. 關上窗

★你可以繼續發揮聯想力，完成第四層！

生活片語這樣用

1. **close** down　　　　　關掉（工廠、商品等）
2. **close** by　　　　　　臨近地、在附近
3. **close** to　　　　　　幾乎、幾近
4. **shut** down　　　　　（使）關閉、（使）停工
5. **shut** up　　　　　　住口、監禁

易混淆單字一次破解

close / **shut** 都有「關」的意思。
兩者都可表示關門窗或閉眼、閉嘴，但 shut 含有發出較大聲音的意思，
也常用於關上盒子、手提箱等。

➲ Would you mind if I **closed** the door?
　你介意我關上門嗎？

➲ I can't **shut** my suitcase—it's too full.
　我手提箱關不上了——裝得太滿了。

單字小試身手

Q. Many factories were _____, and many workers are out of work.

　1. close down　　　2. shut off　　　3. close off

A: 1. close down（很多工廠關閉了，很多工人失業了。）
close down 是「關掉（工廠）」的意思，shut off 是「切斷（水電）」的意思，close off 是「使（地區）隔離」的意思，所以答案選1。

C clothing 【`kloðɪŋ】 *n.* 衣服

coat（外套），sweater（毛衣），pants（褲子）…等都是屬於「衣物」，你可以想到其他和衣物相關的單字嗎？把它們一一列下來吧！

蜂巢式結構圖

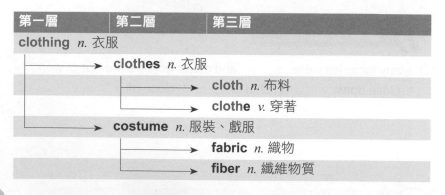

cloth

clothes

clothe

costume

fiber

fabric

Layer 2

Layer 3

第一層	第二層	第三層
clothing *n.* 衣服		
	clothes *n.* 衣服	
		cloth *n.* 布料
		clothe *v.* 穿著
	costume *n.* 服裝、戲服	
		fabric *n.* 織物
		fiber *n.* 纖維物質

★你可以繼續發揮聯想力，完成第四層！

 **生活片語** 這樣用

1. **clothes** hanger　　　　　衣架
2. in national **costumes**　　穿著民族服裝
3. **costume** drama　　　　　古裝劇

易混淆單字 一次破解

clothes / **clothing** 都有「衣服」的意思。
clothes是具體的、一件件的衣服、服裝。
clothing是衣服、服裝的總稱，或指衣著。

➲ Fine **clothes** make the man.
〔諺語〕佛要金裝，人要衣裝。

➲ Excuse me. How can I get to the **clothing** department?
請問，服飾部要怎麼走？

單字 **小試身手**

Q. In the movie, Superman wears a blue _____ complemented by
red trunks, red boots, and a long red cape.

　1. clothes　　　　　2. costume　　　　　3. clothing

 A: 2. costume（在電影裡，超人穿著一件藍色的衣服，配上紅短褲、紅靴子
和一條長披風。）
clothes和clothing的前面都不能用a（一件）來修飾，不能說a blue clothes
或a blue clothing，而且由於在電影裡面演員穿著的都是戲服，所以根據題
意，costume是較合適的答案。

C color 【`kʌlə】 n. 顏色、彩色

一個colorful（色彩繽紛）的世界會令你聯想到哪些單字呢？除了pink（粉紅），green（綠），yellow（黃），purple（紫）…這些單字外，把你想到的顏色都列下來吧！

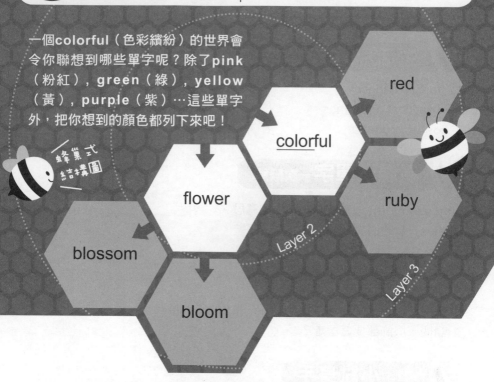

蜂巢式結構圖

第一層	第二層	第三層
color n. 顏色、彩色		
	colorful adj. 多彩的	
		red adj. 紅色的 n. 紅色、紅顏料
		ruby n. 紅寶石、寶石紅
	flower n. 花	
		bloom n. 花
		blossom n.（尤指果樹的）花

★你可以繼續發揮聯想力，完成第四層！

生活片語這樣用

1. (be) in the **red**   虧空、負債、呈現赤字
2. in **blossom**   在花中、在開花
3. **blossom** out   變得開朗、綻放

易混淆單字一次破解

flower / **bloom** / **blossom**都有「花、開花」的意思。

flower是「花、花朵」的常用詞。

bloom常指供觀賞的花。

blossom尤指果樹的花。

⊃ The **flowers** are out.
   花開了。

⊃ The roses have been **blooming** all summer.
   玫瑰整個夏天都在開花。

⊃ The pear-trees are in **blossom**.
   梨花正開。

單字小試身手

Q. He was _____ all over his body after the car accident.

   1. purple and blue   2. black and blue   3. black and purple

A: 2. black and blue（出車禍之後，他全身瘀青。）
中文的「青一塊、紫一塊」，在英文裡是black and blue，所以答案選2。

C company [`kʌmpənɪ] | n. 同伴、公司

company有「同伴」和「公司」的意思，這會讓你聯想到哪些英文單字呢？把它們一一列下來吧！

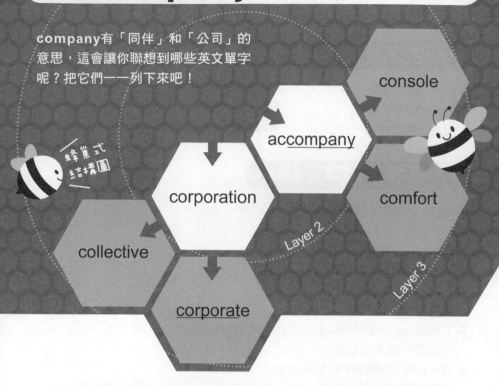

蜂巢式結構圖

console
accompany
corporation
comfort
collective
Layer 2
corporate
Layer 3

第一層	第二層	第三層
company *n.* 同伴、公司		
	accompany *v.* 陪伴、伴隨	
		console *v.* 安慰、慰問
		comfort *n.* 舒適、安慰 *v.* 安慰、使舒適
	corporation *n.* 公司	
		corporate *adj.*（結成）社團的、（法人）團體的、公司的、共同的
		collective *adj.* 集體的、共同的

★你可以繼續發揮聯想力，完成第四層！

生活片語這樣用

1. keep **company** with...　　　與⋯交往、與⋯為伴
2. **corporate** culture　　　　　企業文化
3. **console** sb. with sth.　　　用某事安慰某人

易混淆單字一次破解

comfort / **cheer up**都有「安慰」的意思。

comfort指寬慰、撫慰、安慰。

cheer up是使人變得高興，使人振奮起來。

➲ The victim's parents were being **comforted** by friends.
受害者的父母正接受朋友的安慰。

➲ I wrote the article to **cheer** myself **up**.
我寫了篇文章使自己振作起來。

單字小試身手

Q. If he fails to get the job, I will try to ＿＿＿＿ him ＿＿＿＿.

　1. comfort / up　　　2. cheer / up　　　3. pick / up

A: 2. cheer / up（如果他得不到那份工作，我就會設法安慰他。）
cheer sb. up有「使某人振奮起來」的意思。而pick sb. up是「接送某人」
的意思，所以答案選2。

C cheer 【tʃɪr】 v. 鼓舞、歡呼 n. 高興、振奮

cheer有歡呼的意思，applause有喝彩的意思，你可以藉此聯想到哪些相關單字呢，把它們一一列下來吧！

蜂巢式結構圖

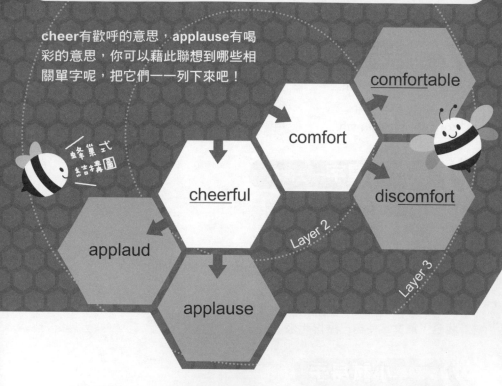

comfortable

comfort

cheerful

discomfort

applaud

applause

Layer 2

Layer 3

第一層	第二層	第三層
cheer v. 鼓舞、歡呼 n. 高興、振奮		
	comfort n. 舒適、安慰 v. 安慰、使舒適	
		comfortable adj. 舒適的、輕鬆的
		discomfort n. 不舒服、不便
	cheerful adj. 歡樂的、使人感到愉快的	
		applause n. 喝彩、誇獎
		applaud v. 鼓掌歡迎、歡呼

★你可以繼續發揮聯想力，完成第四層！

生活片語這樣用

1. **cheer** on... 　　　　　　為…打氣、向…喝彩
2. **cheer** up 　　　　　　　高興起來
3. **Cheer**! 　　　　　　　　乾杯！

易混淆單字一次破解

cheerful / **cheery** 都有「高興」的意思。

cheerful是感到高興、興高采烈，並表現出來。

cheery指一個人或行為，多指外表看起來高興的，非正式用語。

⊃ She is quite **cheerful** and full of energy.
　她心境快活，且充滿活力。

⊃ He gave me a **cheery** wave.
　他高興地向我揮揮手。

單字小試身手

Q. Our hotel will let you feel _____ with our best service.

　　1. comfortable 　　　2. comfort 　　　3. cheerful

A: 1. comfortable（我們旅館將會用我們最好的服務讓您感到舒適自在。）
feel（感到）後面應接形容詞，comfortable是「舒適的」的意思，後面常接
with；而cheerful則是「歡樂的」的意思，根據題意答案應該選1。

C conscience [`kɑnʃəns] | n. 良心

conscious、conscience、sensible、sensitive…，這些單字不僅長得像，意思也相近，是不是常常讓你一頭霧水呢？趕快把它們一一列下來，一次弄清楚吧！

蜂巢式結構圖

unconscious

conscious

aware

conscientious

Layer 2

awareness

beware

Layer 3

第一層	第二層	第三層
conscience *n.* 良心		
	conscious *adj.* 意識到的	
		unconscious *adj.* 失去知覺的
		conscientious *adj.* 認真的、依良心行事的
	aware *adj.* 意識到的、知道	
		beware *v.* 當心、小心提防
		awareness *n.* 察覺、體認

★你可以繼續發揮聯想力，完成第四層！

生活片語這樣用

1. on one's **conscience**　　　　引起某人悔恨或內疚
2. be **conscious** of　　　　　　意識到
3. **beware** of sth. / sb.　　　　　當心某物 / 某人

易混淆單字一次破解

conscious / **aware**都有「察覺」的意思。
conscious表示內心所意識到的感覺。
aware指感官上的知覺。

⊃ He was **conscious** of fear when he was in dark alone.
　　當他一個人待在黑暗中的時候，他心感恐懼。
⊃ He was **aware** of cold as soon as he went out.
　　他一出去就意識到了寒冷。

單字小試身手

Q. I am easily hurt because I am very _____.
　　1. conscious　　　　2. sensible　　　　3. sensitive

A: 3. sensitive（我很容易受到傷害，因為我非常敏感。）
conscious 指神志清楚地意識到；sensible是指通情達理與切合實際的；
sensitive指有很強的敏感度，善於感知歡樂與痛苦，根據題意答案選3。

C construct 【kən`strʌkt】 | v. 建造、裝配

很多英文字都有「建造」的意思，包括build、construct、establish…等，你還能聯想到其他相關單字嗎？把它們一一列下來吧！

蜂巢式結構圖

constructive

construction

build

structure

establish

building

Layer 2

Layer 3

第一層	第二層	第三層
construct v. 建造、裝配		
	construction n. 工程、結構	
		constructive adj. 建設性的
		structure n. 結構、構造 v. 建立組織
	build v. 建造	
		building n. 建築物
		establish v. 建立

★你可以繼續發揮聯想力，完成第四層！

生活片語這樣用

1. under **construction**　　　修建中
2. **build** up　　　建立

易混淆單字一次破解

construct / build都有「建造」的意思。

build的用法較廣，它的賓語可以是具體名詞和抽象名詞，如build a bridge（建橋）。

construct指用各種材料建成一個整體，著重於構築、結構等含義，它往往與build通用，但build較通俗，而construct多用於書面語。

一般說來，凡是可用construct的地方都可以用build代替。

⊃ We **built** a fire to keep warm.
　我們生火以取暖。

⊃ That house is **constructed / built** of stones.
　那幢房子是用石頭建的。

單字小試身手

Q. The bridge is under _____.

　　1. building　　　　2. construction　　　　3. construct

A: 2. construction（這座橋正在建設中。）
under construction表「建設中、修建中」，是很常見的片語。例如道路施工時，就會出現這樣的標語，提醒行人繞路而行。有時當我們點進某個網頁時，網頁上亦會出現這個片語，表示該網頁正在維修中。

C continue 【kən`tɪnjʊ】 | v. 繼續、連續

continue是「繼續」的意思，它的詞性變化有continuity、continuous、continual…等，不僅長得像，意思也很相近，立刻把它們一一列下來，一次弄清楚吧！

蜂巢式結構圖

continuous

continuity

continual

connect

Layer 2

disconnect

connection

Layer 3

第一層	第二層	第三層
continue *v.* 繼續、連續		
	continuity *n.* 連續（性）、持續（性）	
		continuous *adj.* 不斷延伸的
		continual *adj.* 不間斷的
	connect *v.* 連接、連結	
		connection *n.* 連接
		disconnect *v.* 斷絕、打斷

★你可以繼續發揮聯想力，完成第四層！

C

生活片語這樣用

1. the **continuity** in / between...　　…中／之間的連續
2. in **connection** with...　　關於…、與…有關

易混淆單字一次破解

continual / continuous 都有「連續」的意思。
continual 是令人厭煩的一再重複、多次重複。
continuous 指連續的、不間斷的。

- ➲ The **continual** interruptions made me distractive.
  不停的打擾使我分心。

- ➲ This student of special needs a **continuous** assessment.
  這個特殊學生需要持續評估（其學業狀況）。

單字小試身手

Q. She has made a project in _____ with marketing strategies.

1. connection　　　2. construction　　　3. possession

A: 1. connection（她已經做了一份關於行銷策略的企劃。）
in connection with 表「關於…、與…相連結」，construction 是「建造」的
意思，possession 是「擁有」的意思。根據題意答案應該選 1。

C correct 【kə`rɛkt】

adj. 正確的、無誤的
v. 改正、修正

correct、right、accurate、exact…等都有「正確」的含義，你可以藉此聯想到哪些相關單字呢？把它們一一列下來吧！

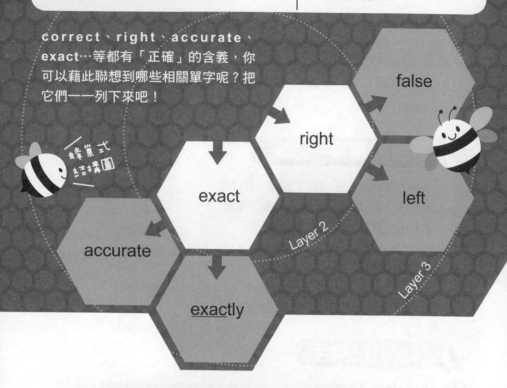

蜂巢式結構圖

false
right
exact
left
accurate
exactly
Layer 2
Layer 3

第一層	第二層	第三層
correct *adj.* 正確的、無誤的 *v.* 改正、修正		
	right *adj.* 正確的、右的 *adv.* 正確地 *n.* 正當、右邊	
		false *adj.* 虛偽的、錯誤的
		left *adj.* 左的 *n.* 左邊
	exact *adj.* 準確的、確切的	
		exactly *adv.* 準確地、確切地
		accurate *adj.* 精確的、正確的

★你可以繼續發揮聯想力，完成第四層！

🐝 生活片語這樣用

1. to be **exact**　　　　精確地説
2. not **exactly**　　　　未必是、並不
3. all **right**　　　　　令人滿意的、不錯的

🐝 易混淆單字—次破解

correct / **right**都有「正確的」的意思。
right是正確的、真實的，應用範圍較廣。
correct指準確無誤的、精確的，應用範圍較小。
➲ "David, isn't it?" "Yes, that's **right**."
　　「是大衛嗎？」「對，沒錯。」
➲ Please check that all the numbers are **correct**.
　　請檢查所有數字準確無誤。

🐝 單字小試身手

Q. The _____ time is six minutes and four seconds.
　　1. correct　　　　　2. exact　　　　　3. right

A: 2. exact（確切的時間是6分4秒。）
correct、exact、right都有「正確」的意思，但三者還是有所區別。correct
和right意為「與事實相符的正確」，exact則意為「確切的」。本題依題意
應該選擇2. exact。

C cost 【kɔst】 | *n.* 價格 *v.* 代價、花費

花費時間、花費金錢、花費精力…
的英文說法各有不同，相關單字有
cost、**spend**、**take**…等，你還可以
想到其他相關單字嗎？把它們一一列
下來吧！

蜂巢式
結構圖

priceless

costly

charge

price

tip

discharge

Layer 2

Layer 3

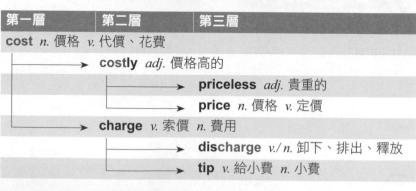

第一層	第二層	第三層
cost *n.* 價格 *v.* 代價、花費		
	costly *adj.* 價格高的	
		priceless *adj.* 貴重的
		price *n.* 價格 *v.* 定價
	charge *v.* 索價 *n.* 費用	
		discharge *v./n.* 卸下、排出、釋放
		tip *v.* 給小費 *n.* 小費

★你可以繼續發揮聯想力，完成第四層！

生活片語這樣用

1. at the **cost** of...	以…為代價
2. at any **price**	不惜任何代價、不論如何
3. in **charge** of	管理
4. in the **charge** of	受…管理、由…負責（被動含義）
5. take **charge**	開始管理、接管

易混淆單字一次破解

cost / **charge**都有「費用」的意思。
cost指購買、做某事所需的費用、花費。
charge指商品和服務所需的要價、收費。

➲ The book **cost** him 5 dollars.
　　這本書花了他五塊錢。

➲ There is a 10 percent service **charge**.
　　服務費要加一成。

單字小試身手

Q. The _____ of rice goes up.

　　1. cost 　　　　2. price 　　　3. charge

A: 2. price（米的價格上漲了。）
cost指「成本」上的花費，charge較偏重於「索價」，price則指物品的「價格」。所以，只有price符合本題的題意。

C courage 【`kɜɪdʒ】 | n. 勇氣

看到courage（勇氣）這個字，你會
聯想到哪些單字呢？bold、brave、
encourage…等，把它們一一列下
來吧！

蜂巢式
結構圖

discouragement

discourage

encourage

frustrate

support

Layer 2

encouragement

Layer 3

第一層	第二層	第三層
courage *n.* 勇氣		
	→ **discourage** *v.* 阻止、妨礙	
		→ **discouragement** *n.* 失望、氣餒
		→ **frustrate** *v.* 挫折、挫敗、擊敗
	→ **encourage** *v.* 鼓勵	
		→ **encouragement** *n.* 鼓勵
		→ **support** *v./n.* 支持、支撐

★你可以繼續發揮聯想力，完成第四層！

 **生活片語**這樣用

1. take **courage**　　　　　　鼓起勇氣

 **易混淆單字**一次破解

courage / **bravery**都有「勇氣」的意思。

courage著重精神上的勇氣。

bravery著重行動上的勇氣。

兩詞常可通用，甚至用於同樣的情景之中。

⊃ He showed great **courage** when he's in danger.
當他面對危險時，表現得十分勇敢。

⊃ He got an award for outstanding **bravery**.
他得了傑出英勇獎。

 單字**小試身手**

Q. I determined to be _____ and tell the truth.

　1. bald　　　　　　2. bold　　　　　　3. bound

 A: 2. bold（我決心大膽地把真話講出來。）
bald是「禿」的意思，bold有「大膽」的意思，bound有「一定」的意思。
所以，只有bold符合本題的題意。

 c

 097

Ccover [ˋkʌvə] | *v.* 覆蓋、掩蓋 *n.* 覆蓋物

cover、shade、shadow…都有「遮蓋」的意思，uncover、discover…的意思則剛好相反，你還可以聯想到哪些相關單字呢？把它們一一列下來吧！

蜂巢式結構圖

discover

uncover

shade

find

shed

shadow

Layer 2

Layer 3

第一層	第二層	第三層
cover *v.* 覆蓋、掩蓋 *n.* 覆蓋物		
→ uncover *v.* 揭開		
	→ discover *v.* 發現	
	→ find *v./n.* 發現、找到	
→ shade *n.* 陰影 *v.* 遮住、使陰暗		
	→ shadow *n.* 陰暗之處 *v.* 使有陰影	
	→ shed *n.* 棚屋 *v.* 流出	

★你可以繼續發揮聯想力，完成第四層！

生活片語這樣用

1. **cover** for...　　　　　　代替…、替…掩護
2. **cover** up　　　　　　　掩蓋、蓋住
3. under **cover**　　　　　　秘密地、暗地裡

易混淆單字一次破解

discover / **find** 都有「發現」的意思。
discover 指首次發現從前沒有被發現的東西。
find 指丟失的東西被找到了。

➲ It was Columbus who **discovered** America.
　哥倫布發現了美洲。

➲ I looked for my pen everywhere and **found** it in my bag at last.
　我到處找我的筆，最後在我的袋子裡找到了它。

單字小試身手

Q. The ground is _____ with deep snow.
　　1. covered　　　　　2. filled　　　　　3. decorated

A: 1. covered（地面覆蓋著一層厚厚的雪。）
be covered with 指「以…覆蓋」，be filled with 指「充滿」，be decorated with 指「用…裝飾」。所以，答案選1。

C cruel [`kruəl] | adj. 殘忍的、無情的

cruel（殘忍）的反義就是「仁慈」，例如kind、mercy等都有仁慈的意思，你可以藉此聯想到哪些相關單字呢？把它們一一列下來吧！

蜂巢式結言構圖

violent

cruelty

kind

fierce

kindergarten

Layer 2

mercy

Layer 3

第一層	第二層	第三層
cruel *adj.* 殘忍的、無情的		
	cruelty *n.* 殘忍	
		violent *adj.* 猛烈的
		fierce *adj.* 猛烈的、殘酷的、兇猛的
	kind *adj.* 親切的、寬容的 *n.* 種類	
		mercy *n.* 慈悲
		kindergarten *n.* 幼稚園

★你可以繼續發揮聯想力，完成第四層！

生活片語 這樣用

1. a **kind** of...　　　　　一種…、類似…的東西
2. of a **kind**　　　　　　同種類的
3. **kind** of　　　　　　　有點兒

易混淆單字 一次破解

kind / sort 都有「種、類」的意思。

kind是常用詞，強調屬於同一種類，只在某方面具有相似之處的人或物。

sort有時可與kind互換，但較為含糊，只表示「大概這種」的意思，有時還表示説話人的主觀色彩，含輕蔑、貶低的意思。

➲ What **kind** of cake do you like best?

　你最喜歡哪種蛋糕？

➲ That **sort** of action disgusts me.

　那種行為令我厭惡。

單字 小試身手

Q. We planted all _____ of rose in the garden.

　　1. levels　　　　2. prices　　　　3. kinds

A: 3. kinds（我們在花園裡種了各式各樣的玫瑰。）
level是「層級」的意思， price是「價格」的意思，kind是「種類」的意思。
所以，只有kind符合本題的題意。

C custom 【`kʌstəm】 | *n.* 習慣、風俗

custom、customs、customer…
這些單字雖然長得很像，但意思卻是
完全不一樣，把這些容易混淆的相關
單字統統列下來吧！

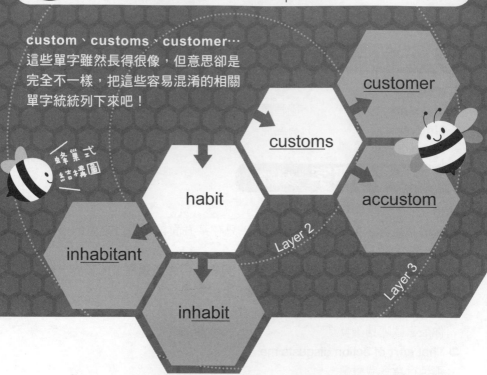

蜂巢式
結構圖

customer

customs

habit

accustom

inhabitant

inhabit

Layer 2

Layer 3

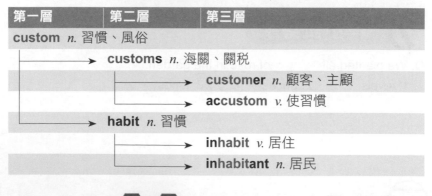

第一層	第二層	第三層
custom *n.* 習慣、風俗		
→ customs *n.* 海關、關稅		
	→ customer *n.* 顧客、主顧	
	→ accustom *v.* 使習慣	
→ habit *n.* 習慣		
	→ inhabit *v.* 居住	
	→ inhabitant *n.* 居民	

★你可以繼續發揮聯想力，完成第四層！

生活片語 這樣用

1. in the **habit** of   有…的習慣
2. out of **habit**   出於習慣、潛意識地
3. **accustomed** to   有…習慣

易混淆單字 一次破解

habit / **custom** 都有「習慣」的意思。

habit指不斷地反覆所形成的習慣，一旦獲得，就很難改掉，通常指個人習慣。

custom指一國或一個社會的風俗習慣，如日本人吃生魚片是一種custom，個人吸煙是habit。

➲ Don't let yourself get into bad **habits**.
  不要讓你自己養成壞習慣。

➲ It's the **custom** of westerners to exchange gifts at Christmas.
  耶誕節互送禮物是西方人的風俗習慣。

單字 小試身手

Q. He makes a _____ of rising every morning at dawn.

  1. practice   2. use   3. change

A: 1. practice（他習慣每天早上在黎明時起床。）
practice有「習慣」的意思，表示「有意圖地成為習慣的動作或行為」；
make use of表「利用」，make a change表「改變」。

Ddamage 【`dæmɪdʒ】 *n./v.* 損害、毀損

damage、ruin、destroy…這些單字都有「毀壞」的意思，你還能聯想到其他相關單字嗎？把它們統統列下來吧！

蜂巢式結構圖

destruction

destroy

ruin

destructive

spoil

Layer 2

wreck

Layer 3

第一層	第二層	第三層
damage *n./v.* 損害、毀損		
	destroy *v.* 損毀、毀壞	
		destruction *n.* 破壞、毀壞
		destructive *adj.* 有害的
	ruin *v./n.* 毀滅、破壞	
		wreck *v.* 遇難、毀壞
		spoil *v.* 弄糟、損壞

★你可以繼續發揮聯想力，完成第四層！

生活片語這樣用

1. **spoil** for   渴望
2. divide up the **spoil**   分贓
3. **spoil** sport   掃興的人

易混淆單字一次破解

damage / **spoil**都有「損壞、損傷、毀壞」的意思。
damage側重於對物體的價值、作用、外觀上的損傷。
spoil側重於「弄糟」的意思，主要指降低了事物令人滿意的程度。

⊃ The bus was badly **damaged** when it hit the wall.
   大客車撞到牆時，損壞得很厲害。

⊃ Bad weather will **spoil** our holiday.
   壞天氣將使我們的假日很掃興。

單字小試身手

Q. The town was _____ in the battle.

   1. determined   2. destroyed   3. disturbed

A: 2. destroyed（那個城鎮在戰火中毀壞了。）
determine是「決定」的意思，destroy表「毀壞」，disturb則表示「搞亂」。
所以答案選2. destroyed。

105

D damp 【dæmp】 | adj. 潮濕的 n. 潮濕 v. 減弱、受挫

中文所說的「潮溼」，在英文裡有許多單字都有相關含義，包括humid、wet、moist…等，但它們的意思卻不盡相同，把這些容易混淆的相關單字統統列下來吧！

蜂巢式結構圖

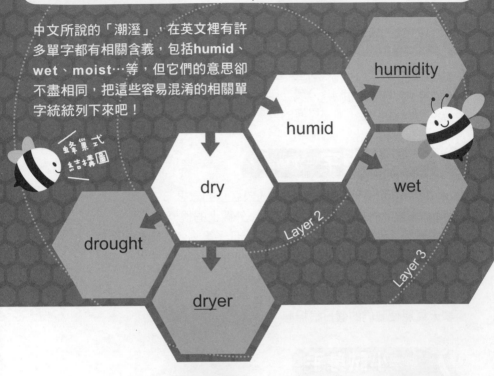

humidity

humid

dry

wet

drought

dryer

Layer 2

Layer 3

第一層	第二層	第三層
damp adj. 潮溼的 n. 潮溼 v. 減弱、受挫		
→	humid adj. 潮溼的	
	→	humidity n. 溼度
	→	wet adj. 溼的 v. 弄溼
→	dry adj. 乾燥的 v. 弄乾	
	→	dryer n. 烘乾機、吹風機
	→	drought n. 乾旱、旱災

★你可以繼續發揮聯想力，完成第四層！

生活片語這樣用

1. **dry** out　　　　　使完全變乾、使乾透
2. **dry** up　　　　　（使）乾涸、（使）乾透、（使）枯竭
3. **dry** cleaning　　　乾洗
4. **dry** ice　　　　　乾冰

易混淆單字一次破解

damp / **wet**都有「潮濕的」的意思。
damp指令人不快的稍微潮濕。
wet指因水或某液體滲漏而弄濕的潮濕。

● This is a **damp** cloth.
　　這是一塊潮濕的布。

● The ground is **wet** after rain.
　　雨後地上是濕的。

單字小試身手

Q. Keep the soil _____ while the seeds are sprouting.

　　1. moist　　　2. crowded　　　3. deserted

A: 1. moist（種子正在發芽時，要保持土壤潮濕。）
moist指「潮濕的」，crowded表「擁擠的」，deserted則表示「被遺棄的」。所以答案選1. moist。

D dictation 【dɪkˋteʃən】 | *n.* 口述、口授

audition、listen、hear…都有「聽」的意思，speak、speech、say…都有「說」的意思，你可以藉此聯想到其他單字嗎？把它們都列下來吧！

蜂巢式結構圖

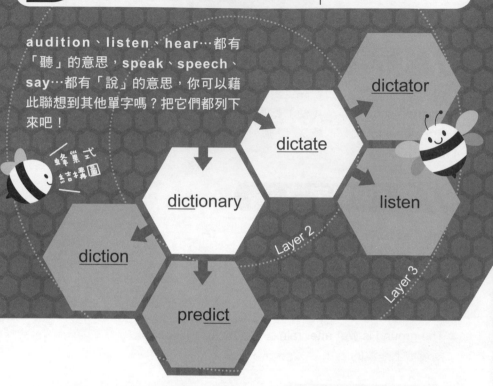

dictator

dictate

dictionary

listen

diction

predict

Layer 2

Layer 3

第一層	第二層	第三層
dictation *n.* 口述、口授		
	dictate *v.* 聽寫、口授	
		dictator *n.* 獨裁者、口述者
		listen *v.* 聽
	dictionary *n.* 詞典、辭典	
		predict *v.* 預測
		diction *n.* 語法、用字遣辭

★你可以繼續發揮聯想力，完成第四層！

生活片語這樣用

1. **listen** to 　　　　　　　聽、聽從
2. look it up in the **dictionary** 　　查字典

易混淆單字一次破解

listen / **hear**都有「聽」的意思。

listen強調聽的動作，是積極地傾聽。

hear側重於聽的結果，是自然地聽到。

○ Please **listen** to me.

　　請聽我說。

○ I can't **hear** his words.

　　我聽个見他說的話。

單字小試身手

Q. You use the right brain when you draw a picture or ＿＿＿＿ music.

　　1. hear 　　　　2. listen 　　　　3. listen to

A: 3. listen to（當你畫圖或聽音樂時，你會使用到右腦。）

hear和listen to雖然都有「聽到」的意思，但hear強調「無意間聽到」，

如聽到流言等，而listen to強調「刻意而專心地聽」，因此聽音樂應該要用

listen to。

D die【daɪ】 v. 死去

與 life（生）、die（死）相關的單字有哪些呢？把你想到的單字都列下來吧！

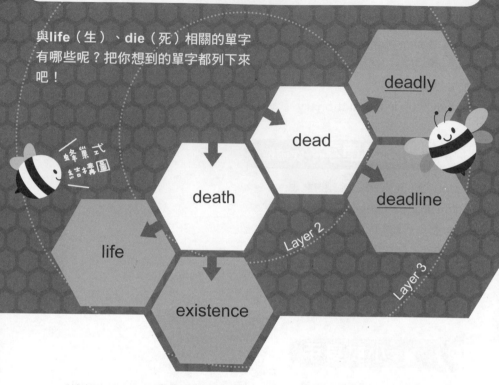

蜂巢式結構圖

deadly

dead

death

deadline

life

existence

Layer 2

Layer 3

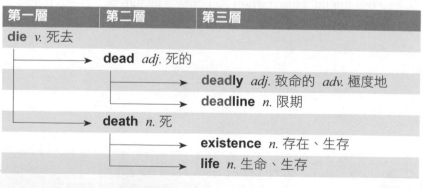

第一層	第二層	第三層
die *v.* 死去		
→	**dead** *adj.* 死的	
	→	**deadly** *adj.* 致命的 *adv.* 極度地
	→	**deadline** *n.* 限期
→	**death** *n.* 死	
	→	**existence** *n.* 存在、生存
	→	**life** *n.* 生命、生存

★你可以繼續發揮聯想力，完成第四層！

生活片語這樣用

1. **die** away　　　　　　變弱、漸漸停止
2. **die** out　　　　　　　逐漸消失、死絕
3. put to **death**　　　　殺死、處死
4. to **death**　　　　　　極、非常
5. come into **existence**　產生、出現

易混淆單字一次破解

death / **passing away** 都有「死亡」的意思。

death指死、死亡，比較口語化。

passing away指去世，用於書面語中，比較委婉。

➲ He is sad at his mother's **death**.

　　對於母親的死，他很傷心。

➲ We can't accept the news of the scientist's **passing away**.

　　我們不能接受這位科學家去世的消息。

單字小試身手

Q. The old man ＿＿＿＿＿ heart attack last night.

　　1. died of　　　2. died out　　　3. died away

A: 1. died of（那位老人昨晚死於心臟病。）
die of表「因…（疾病）而死」，die out有「死盡、滅絕」的意思，die away
指「減弱、消逝」。因此答案選1. died of。

D differ 【`dɪfə】 v. 不同、相異

與same（相同）、different（不同）相關的單字有哪些呢？把它們都列下來吧！

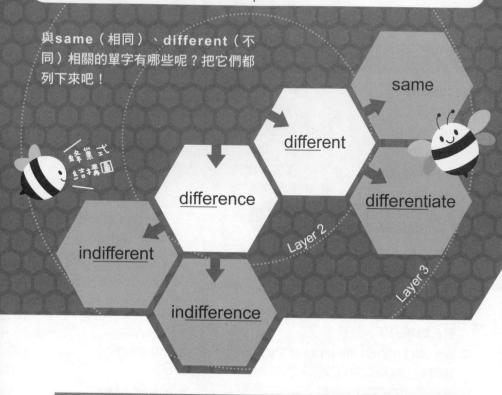

第一層	第二層	第三層
differ *v.* 不同、相異		
→ **different** *adj.* 不同的		
	→ **same** *adj.* 同樣的	
	→ **differentiate** *v.* 區分、辨別	
→ **difference** *n.* 差異、差別		
	→ **indifference** *n.* 漠不關心、不在乎	
	→ **indifferent** *adj.* 公平的	

★你可以繼續發揮聯想力，完成第四層！

生活片語這樣用

1. be **different** from...　　　　與…不同
2. make a **difference**　　　　　產生差別、有影響
3. **differentiate** between A and B　區分A和B
4. **same** with...　　　　　　　　與…相同

易混淆單字一次破解

difference / **distinction**都有「差別」的意思。
difference強調客觀存在的差別，指區別對待。
distinction強調主觀上的差別，指分辨出，比較後得出結果。

➲ There is a great **difference** between their study attitudes.
他們的學習態度有很大區別。

➲ He always makes a **distinction** between tradition and fashion.
他常常對傳統和時尚進行比較區別。

單字小試身手

Q. It is very important to draw a clear _____ between right and wrong.
　1. blueprint　　　2. definition　　　3. distinction

A: 3. distinction（分清是非是非常重要的。）
blueprint表「藍圖」，definition表「定義」，distinction指「區別」。根據
題意答案選3. distinction。

Ddirect【dəˋrɛkt】 | *adj.* 直接的 *v.* 指揮

詞根 rect 有「直」的意思，例如 rectum（直腸）、direct（直接）、rectangle（長方形）等都是相關的單字，把你想到的單字也列下來吧！

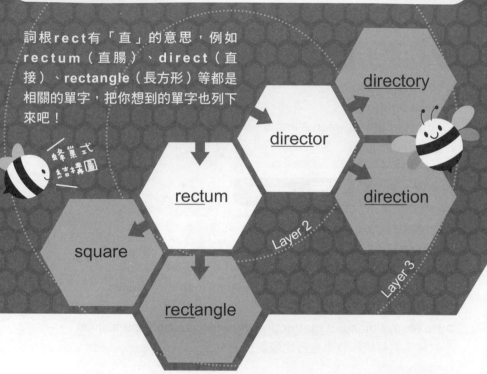

蜂巢式結構圖

directory

director

rectum

direction

square

Layer 2

rectangle

Layer 3

第一層	第二層	第三層
direct *adj.* 直接的 *v.* 指揮		
	director *n.* 指揮者、導演	
		directory *n.* 通訊錄、工商名錄
		direction *n.* 方向、指導
	rectum *n.* 直腸	
		rectangle *n.* 長方形
		square *n.* 正方形

★你可以繼續發揮聯想力，完成第四層！

生活片語這樣用

1. under the **direction** of...　　在…指導、導演、指揮下
2. in the **direction** of　　（人和物運動的）方向

易混淆單字一次破解

direct / directly 都有「直接地」的意思。

direct作為副詞時，用於具體意義的「拐彎、不轉向」。

directly多用於抽象意義上的「直接地」，它還有「立即、馬上」等意思。

⊃ You should go **direct** to him.
　你應該直接到他那兒去。

⊃ The measure affects us **directly**.
　這項措施對我們有直接影響。

單字小試身手

Q. The technological innovations have had a ＿＿＿＿ impact on our everyday lives.

　　1. intelligent　　　2. direct　　　3. tragic

A: 2. direct（技術革新已對我們每日的生活造成直接的影響。）
intelligent表「有智慧的」，direct表「直接的」，tragic指「悲劇的」。根據題意答案選2. direct。

D disappoint 【͵dɪsə`pɔɪnt】 v. 使失望

disappointment（失望）、hope（希望）、desperate（絕望）、want（想望）…這些單字可以讓你聯想到哪些單字呢？把它們列下來吧！

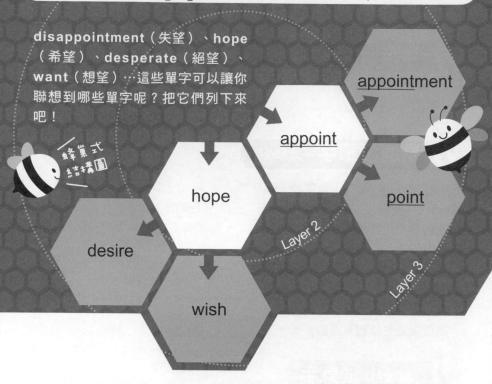

蜂巢式結構圖

appointment

appoint

point

hope

desire

wish

Layer 2

Layer 3

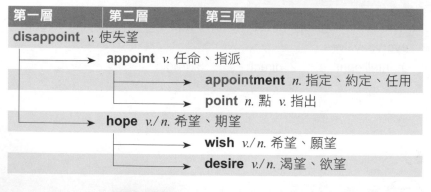

第一層	第二層	第三層
disappoint v. 使失望		
	appoint v. 任命、指派	
		appointment n. 指定、約定、任用
		point n. 點 v. 指出
	hope v./n. 希望、期望	
		wish v./n. 希望、願望
		desire v./n. 渴望、欲望

★你可以繼續發揮聯想力，完成第四層！

生活片語 這樣用

1. be **disappointed** in / with sb.　　對某人感到失望
2. make an **appointment** with sb.　　與某人有約

易混淆單字 一次破解

hope / wish都有「希望」的意思。
hope指盼望得到好的或者有利的結果。這種希望有的可以實現，有的可能實現不了。
wish指不可能實現的希望，其後的that子句用過去式。

➲ I **hope** I can pass the exam.
　 我希望我能通過考試。

➲ I **wish** I were twenty years younger.
　 我真希望我能年輕20歲。

單字 小試身手

Q. He _____ that there's a lot of illegal construction work going on here.

　 1. pointed out　　　2. gave a call　　　3. made sense

A: 1. pointed out（他指出有許多的非法建設在這裡進行。）
point out表「指出」，give a call表「給…打電話」，make sense指「有意義、合理」。根據題意答案選1. pointed out。

D dive 【daɪv】 | *v./ n.* 跳水、垂直降落

和dive字形相似的字有哪些呢？
divide、diverse、drive…，你還聯
想到其他的單字嗎？把它們都列下來
吧！

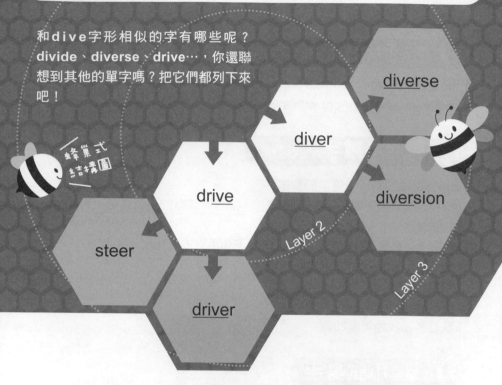

蜂巢式
結構圖

diverse

diver

drive

diversion

steer

Layer 2

driver

Layer 3

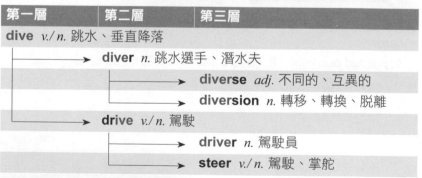

第一層	第二層	第三層
dive *v./ n.* 跳水、垂直降落		
	diver *n.* 跳水選手、潛水夫	
		diverse *adj.* 不同的、互異的
		diversion *n.* 轉移、轉換、脫離
	drive *v./ n.* 駕駛	
		driver *n.* 駕駛員
		steer *v./ n.* 駕駛、掌舵

★你可以繼續發揮聯想力，完成第四層！

生活片語這樣用

1. **dive** into　　　　潛入
2. **drive** at　　　　想説、意指
3. **drive** off　　　　驅逐、趕走、（高爾夫球）發球
4. **drive** on　　　　激勵

易混淆單字一次破解

drive / **steer**都有「駕駛」的意思。

drive側重於「駕駛、操縱」。

steer指為船掌舵或用方向盤控制車的方向。

➲ I **drove** to work yesterday.

　我昨天開車去上班。

➲ He **steered** the boat into the port.

　他把船開進港口。

單字小試身手

Q. According to a recent study, few people are innovative enough to
　_____ fashion trends.

　　1. drive　　　2. instruct　　　3. preserve

A: 1. drive（根據最新研究，只有少數人是創新的，不足以驅動流行時尚。）
drive有「驅動」的意思，instruct表「指導」，preserve指「保存」。根據題
意答案選1. drive。

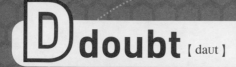

D doubt 【daʊt】 | v./ n. 疑問、懷疑

和doubt（懷疑）與trust（信任）相
關的英文單字有哪些呢？把你想到的
單字都列下來吧！

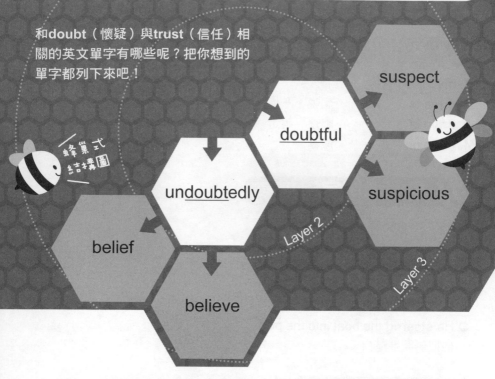

蜂巢式
結構圖

suspect

doubtful

undoubtedly

suspicious

belief

Layer 2

believe

Layer 3

第一層	第二層	第三層
doubt v./ n. 疑問、懷疑		
	doubtful adj. 可疑的、有疑問的	
		suspect n. 嫌疑犯 adj. 不可相信的 v. 猜想、想像
		suspicious adj. 可疑的
	undoubtedly adv. 無庸質疑地	
		believe v. 相信
		belief n. 確信、信念、意見

★你可以繼續發揮聯想力，完成第四層！

生活片語這樣用

1. no **doubt**   無疑的
2. be **suspicious** of / about sth.   懷疑某事物
3. **believe** in   相信、信任

易混淆單字一次破解

doubt / suspect都有「懷疑」的意思。

doubt表示懷疑，後可加that子句，比較明確地否定了子句的內容。即對懷疑的內容持否定態度。

suspect也可接that子句，但對懷疑的內容持肯定態度。

➲ I **doubt** the danger in this experiment.
　 我不相信這種實驗會有危險。

➲ I **suspect** danger.
　 我擔心會有危險。

➲ I **doubt** him.
　 我不敢信他。

➲ I **suspect** him.
　 我對他有懷疑。

單字小試身手

Q. I _____ that he is not telling the truth.

　 1. expand   2. suspect   3. imitate

A: 2. suspect（我懷疑他說的不是真話。）
expand指「展開、擴大」，suspect 指「懷疑」，imitate指「模仿」。根據題意答案選2. suspect。

D dust【dʌst】 n. 灰塵 v. 打掃、拂去灰塵

塵、土、泥等在英文裡也有許多代表的單字，例如soil、mud、dirt…等都是，把你想到的單字也列下來吧！

蜂巢式結構圖

第一層	第二層	第三層
dust *n.* 灰塵 *v.* 打掃、拂去灰塵		
	dusty *adj.* 覆蓋塵土的	
		dirty *adj.* 髒的 *v.* 弄髒
		due *adj.* 到期的 *n.* 應付款
	mud *n.* 泥巴	
		clay *n.* 泥土
		swamp *n.* 沼澤 *v.* 聲勢壓倒

★你可以繼續發揮聯想力，完成第四層！

生活片語這樣用

1. **due** to　　　　　　　　由於、因為
2. be **swamped** with...　　被…淹沒

易混淆單字一次破解

dust / **powder**都有「粉末」的意思。
dust主要指「粉末狀的東西」，除指花粉外，還指無用的或生產過程中剩餘的粉末狀廢料，如wood dust（木屑）。
powder指有意製造的各種粉末狀的用品，如face powder（蜜粉）。

⟴ The teacher's hands had chalk **dust** on them.
老師手上沾有粉筆灰。

⟴ Please give me bleaching **powder**.
請給我漂白粉。

單字小試身手

Q. Britain has relatively mild winters _____ the effect of the North
Atlantic drift.

　1. due to　　　2. because　　　3. according to

A: 1. due to（由於北大西洋洋流的影響，英國的冬天相當溫暖。）
due to是「由於、因為」的意思，because也是「因為」的意思，但because
後面必須接句子，由於題目中的the effect是名詞，所以需用because of。
according to則是「根據」。所以答案選1. due to。

E earth 【ɜθ】 | n. 地球

earth、globe、world等單字都和「地球」這個世界有關,你能藉此想到哪些相關單字嗎?把你想到的單字列下來吧!

蜂巢式結構圖

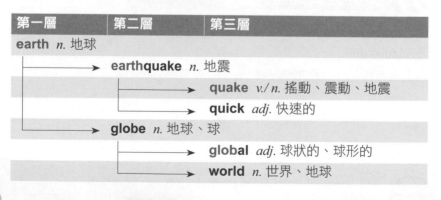

quake

earthquake

globe

quick

Layer 2

world

global

Layer 3

第一層	第二層	第三層
earth *n.* 地球		
	earthquake *n.* 地震	
		quake *v./ n.* 搖動、震動、地震
		quick *adj.* 快速的
	globe *n.* 地球、球	
		global *adj.* 球狀的、球形的
		world *n.* 世界、地球

★你可以繼續發揮聯想力,完成第四層!

生活片語這樣用

1. on **earth**	究竟、到底
2. **global** villaage	地球村
3. in the **world**	究竟、到底、在世界上
4. for all the **world**	完全、無論如何
5. all over the **world**	全世界

易混淆單字一次破解

earth / **soil**都有「土」的意思。

earth泛指泥土。

soil指土壤。

➜ a clod of **earth**

一塊土

➜ poor **soil**

貧瘠的土壤

單字小試身手

Q. When the shoes are _____, they need to be polished.

1. pure   2. solid   3. soiled

A: 3. soiled（當鞋子髒掉時，它們需要被擦亮。）
pure表「純淨的」，solid表「固體的」，soiled表「弄髒的」。根據題意答案選3. soiled。

E ease [iz] | *n./v.* 輕鬆、放鬆

easy（容易）和difficult（困難）讓你聯想到哪些單字呢？把你想到的單字都列下來吧！

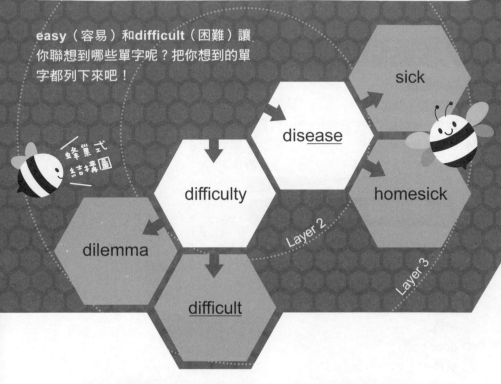

第一層	第二層	第三層
ease *n./v.* 輕鬆、放鬆		
	disease *n.* 疾病、病症	
		sick *adj.* 生病的
		homesick *adj.* 想家的、思鄉的
	difficulty *n.* 困難	
		difficult *adj.* 困難的
		dilemma *n.* 左右為難、窘境

★你可以繼續發揮聯想力，完成第四層！

生活片語這樣用

1. at **ease**　　　　安適、不拘束
2. take it **easy**　　別急、別慌、放鬆
3. **sick** of　　　　感到厭惡
4. **sick** leave　　　病假

易混淆單字一次破解

sick / **ill**都有「生病」的意思。

sick解釋為「生病、有病」時，在英式英語中，只用作定語，而同義詞ill只用作表語。而在美式英語中sick既可作定語，也可作表語。

- He's looking after his **sick** mother.
  他在照顧生病的母親。

- The child has been **ill** for several weeks.
  這孩子已經病了好幾個星期了。

單字小試身手

Q. I will bravely face whatever _____ that may lie ahead.

　　1. benefit　　　　2. perspectives　　　3. difficulties

A: 3. difficulties（我會勇敢面對前方可能會有的任何困難。）
benefit表「利益、好處」，perspectives表「遠景、展望」，difficulties表「困難」。根據題意答案選3. difficulties。

E effect 【ə`fɛkt】 | n./v. 影響、引起

effect、affect、effective、
efficient這些單字是不是都長得很像
呢？把其他同樣長得很像的單字都列
下來吧！

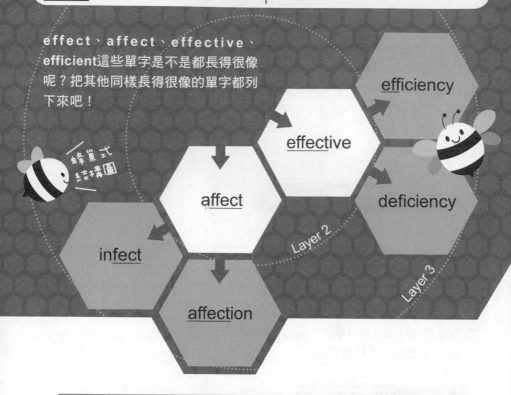

蜂巢式
結構圖

efficiency

effective

affect

deficiency

infect

affection

Layer 2

Layer 3

第一層	第二層	第三層
effect *n./v.* 影響、引起		
	effective *adj.* 有效的	
		efficiency *n.* 效率
		deficiency *n.* 缺乏、不足
affect *v.* 影響		
		affection *n.* 感情、情愛
		infect *v.* 使感染

★你可以繼續發揮聯想力，完成第四層！

生活片語這樣用

1. put into **effect**　　使生效
2. take **effect**　　生效、起作用
3. in **effect**　　事實上、生效
4. give **effect** to　　實現

易混淆單字一次破解

effect / **result**都有「效果」的意思。

effect 指效果、影響，和cause（原因）對應，一般指直接的效果。

result 指結果，指很多效果、後果的總和。

⊃ Her success has a big **effect** on her future career.
　她的成功對她未來的工作有很大影響。

⊃ She died as a **result** of her injures.
　她由於受傷而死。

單字小試身手

Q. I have tried a lot of medicine; yours is the most _____.

　1. effective　　　2. efficient　　　3. attractive

A: 1. effective（我已經試過了很多藥，你的藥是最有效的。）
effective表「有效的」，efficient表「效率高的」，attractive表「吸引人的」。形容藥物有效應該要用effective，所以答案選1。

E employ 【ɪmˋplɔɪ】 | v. 從事、雇用

職場中「雇用」和「解雇」的英文各應該如何表示呢？把你想到的相關單字都列下來吧！

蜂巢式結構圖

employee

employer

engage

employment

hire

Layer 2

engagement

Layer 3

第一層	第二層	第三層
employ v. 從事、雇用		
→	**employer** n. 老闆	
	→	**employee** n. 從業人員、員工
	→	**employment** n. 職業
→	**engage** v. 雇用	
	→	**engagement** n. 雇用、預約
	→	**hire** v./ n. 雇用、租用

★你可以繼續發揮聯想力，完成第四層！

生活片語 這樣用

1. out of **employment**　　　失業
2. be **engaged** to sb.　　　與某人訂婚
3. be **engaged** in / on...　　忙於…、致力於…
4. one's **engagement** to sb.　與某人的婚約

易混淆單字 一次破解

employ / **hire** 都有「雇用」的意思。
employ強調長期的雇用，多用於一般公家機構或公司行號的正式職員。
hire強調雇用短期或臨時的職工。也可指短期的租借。

➲ The company **employed** twenty workers.
這家公司雇用了20名員工。

➲ We **hired** him to mow our lawn.
我們雇用他為我們割草。

單字 小試身手

Q. Millions upon millions of young women are ＿＿＿＿ in various industries.

　　1. fired　　　　2. employed　　　　3. included

A: 2. employed（千百萬年輕婦女在各行業就業。）
fire表「開槍」，口語則有「解雇」的意思，employ表「雇用」，include表「包括」。根據題意答案選2. employed。

E enough [əˋnʌf]

adj. 足夠的　adv. 充分地
n. 足夠

enough、adequate、sufficient…
都有「足夠」的意思，而哪些單字表
示「不夠」的意思呢？把相關單字都
列下來吧！

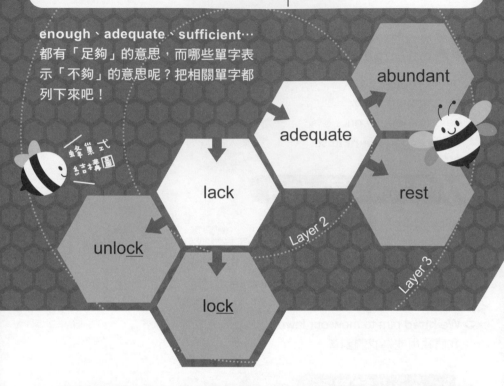

第一層	第二層	第三層
enough *adj.* 足夠的　*adv.* 充分地　*n.* 足夠		
	adequate *adj.* 足夠的	
		abundant *adj.* 充足的、大量的
		rest *n.* 其餘、剩餘部分
	lack *n./v.* 少、乏	
		lock *n./v.* 鎖
		unlock *v.* 開鎖

★你可以繼續發揮聯想力，完成第四層！

生活片語這樣用

1. **lack** of   缺乏
2. **lock** up   將⋯鎖起來、把⋯監禁起來
3. **lock** out   把⋯關在外面
4. **lock** in   把⋯關在裡面

易混淆單字一次破解

enough / adequate都有「足夠」的意思。

enough為日常用語，指在數量或程度上滿足某種需求。

adequate常指數量之多，足以符合特定的（有時指較低限度的）標準。

⊃ There is **enough** coal for two years.

這些煤夠用兩年。

⊃ To be healthy one must have an **adequate** diet.

一個人如欲身體健康必須飲食得當。

單字小試身手

Q. He overcame poverty and the _____ of education to become one of the world's most famous writers.

   1. dock   2. lock   3. lack

A: 3. lack（他克服了貧窮和教育的貧乏，成為世界最有名的作家之一。）dock表示「碼頭」，lock是「鎖」的意思，lack of⋯表示「缺乏⋯」。根據題意答案選3. lack。

Especial 【əˋspɛʃəl】 | adj. 特別的

special、unique、especial…等單字都有「特別」的意思，把你想到的相關單字也列下來吧！

蜂巢式結構圖

special

especially

specific

specialist

bizarre

particular

Layer 2

Layer 3

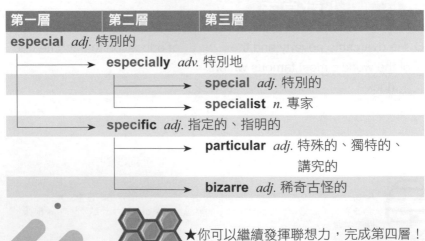

第一層	第二層	第三層
especial *adj.* 特別的		
	especially *adv.* 特別地	
		special *adj.* 特別的
		specialist *n.* 專家
	specific *adj.* 指定的、指明的	
		particular *adj.* 特殊的、獨特的、講究的
		bizarre *adj.* 稀奇古怪的

★你可以繼續發揮聯想力，完成第四層！

134

生活片語這樣用

1. **special** offer 　　特別優惠
2. **special** agent 　　特務、情報人員
3. **particular** about 　講究
4. in **particular** 　　尤其

易混淆單字一次破解

specially / **especially**都有「特別」的意思。
specially多指為一特別目的而做。
especially側重達到異常的程度。

➲ The dress was **specially** made for you.
　這件衣服是特別為你做的。
➲ It's **especially** cold outside.
　外面特別冷。

單字小試身手

Q. I gave her an _____ gift for her birthday.

　1. especial 　　2. special 　　3. unique

A: 1. especial（我送她一份特別的生日禮物。）
especial、special、unique都表示「特別的」，但在題目中，空格的前方
是冠詞an，而不是a，所以空格中單字的第一個字母讀音必須是母音，只有
especial符合，所以答案選1. especial。

Essential [əˋsɛnʃəl]

adj. 必要的、本質的
n. 基本要素

essential、necessary、vital、must…都有「必要的」的意思，你還可以想到其他相關單字嗎？把它們都列下來吧！

蜂巢式結構圖

substance

essence

necessary

substantial

need

Layer 2

necessity

Layer 3

第一層	第二層	第三層
essential *adj.* 必要的、本質的 *n.* 基本要素		
	essence *n.* 實質、本質、要素	
		substance *n.* 物質、物體
		substantial *adj.* 實體的
	necessary *adj.* 必要的、必須的、必然的、不可避免的	
		necessity *n.* 必需品
	need *n./v.* 需要	

★你可以繼續發揮聯想力，完成第四層！

生活片語這樣用

1. **essential** to...	對…來說是必不可少的
2. in **essence**	實質上、本質上
3. **necessary** to...	對…來說是必要的
4. in **need** of	需要

易混淆單字一次破解

essential / **necessary**都有「必要」的意思。

essential指對…是重要的，必不可缺的。主要指事物的本質而言，絕對的意味很濃。

necessary指必要的、必然的。是一般用語。

➲ Water is **essential** to humans.
　水對人來說是必不可少的。

➲ It is **necessary** to buy a new dictionary.
　有必要買本新字典。

單字小試身手

Q. It's _____ that you win the voter's hearts.

　1. essential　　　2. initial　　　3. financial

A: 1. essential（贏得選民的心是絕對必要的。）
essential表「必要的」，initial表「開始的」，financial表「財務的」。根據題意答案選1. essential。

Ever [ˋɛvɚ] | *adv.* 曾經、永遠地

以ever為字根的單字很多，例如 never、forever、however…等都是，你還能想到其他字嗎？把它們都列下來吧！

蜂巢式結構圖

- evergreen
- everlasting
- never
- forever
- nonetheless
- nevertheless
- Layer 2
- Layer 3

第一層	第二層	第三層
ever *adv.* 曾經、永遠地		
	everlasting *adj.* 永久的、不朽的 *n.* 永久	
		evergreen *adj.* 常青的 *n.* 常青樹
		forever *adv.* 永遠
	never *adv.* 從來沒有、絕不、永不、千萬不	
		nevertheless *adv.* 仍然、儘管如此
		nonetheless *adv.* 仍然、儘管如此

★你可以繼續發揮聯想力，完成第四層！

生活片語這樣用

1. for **ever**　　　　永遠
2. **ever** after　　　自那以後
3. Your **ever**　　　摯友、敬上、寫給關係親密人的書信結尾語

易混淆單字一次破解

everlasting / **endless**都有「永久」的意思。
everlasting指「持久的」，即一旦產生就不會消亡。
endless是日常使用的詞，指「無止無盡的」。

➲ He believes in **everlasting** life after death.
　他相信死後永生。

➲ The lecture seemed **endless**.
　那場演講好像沒完沒了。

單字小試身手

Q. No one can be sure of avoiding chronic disease; _____, poor diet
　and a bad working environment can do harm to health.

　1. therefore　　　　2. nevertheless　　　　3. whatever

A: 2. nevertheless（沒人有把握避免慢性病，不過，不良的飲食和工作環境
卻可以損害健康。）
therefore表「因此」，nevertheless表「儘管如此、不過」，whatever表
「不管什麼」。根據題意答案選2. nevertheless。

E except [ɪkˋsɛpt] | *v.* 除…之外、除外、排除

except和expect長得很像，所以常常被混淆，把與它們相似的單字都列下來，一次弄懂吧！

蜂巢式結構圖

exception

excepting

expect

exceptional

Layer 2

prospect

Layer 3

expectation

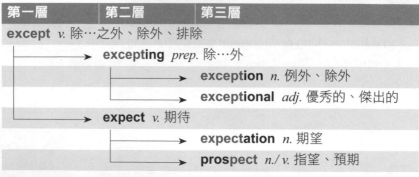

第一層	第二層	第三層
except *v.* 除…之外、除外、排除		
	excepting *prep.* 除…外	
		exception *n.* 例外、除外
		exceptional *adj.* 優秀的、傑出的
	expect *v.* 期待	
		expectation *n.* 期望
		prospect *n./v.* 指望、預期

★你可以繼續發揮聯想力，完成第四層！

生活片語這樣用

1. **except** for...　　　　　除了…之外
2. **except** sb. / sth. (from...)　將某人 / 某物排除（在…之外）
3. an **exception** to ...　　…的一個例外

易混淆單字一次破解

except / **besides**都有「除外」的意思。
except表示「除了…之外；…不包括在內」。
besides表示「除了…之外，還有…」。

⊃ Everyone is here **except** Fanny.
　除了芳妮外，大家都在這裡。

⊃ I have a blue pen **besides** the red one.
　除了這支紅筆外，我還有一支藍色的。

單字小試身手

Q. We enjoyed the trip ＿＿＿＿ the bad weather.

　1. except for　　2. because of　　3. instead of

A: 1. except for（除了天氣不好外，我們的旅途很愉快。）
except for…表「除了…之外」，because of…表「由於…」，instead of…
表「而非…」。根據題意答案選1. except for。

E exclaim 【 ɪkˋsklem 】 | v. 驚叫

除了scream、shout、roar…等單字外，還有哪些單字也是「叫」的意思，把你想到的單字都列下來吧！

蜂巢式結構圖

reclaim

claim

scream

recycle

roar

Layer 2

shout

Layer 3

第一層	第二層	第三層
exclaim v. 驚叫		
	claim v./ n. 主張、要求	
		reclaim v. 回收利用、開墾
		recycle v. 循環再利用
	scream v./ n. 大聲尖叫、做出尖叫聲	
		shout v./ n. 叫、喊叫
		roar n. 吼叫、怒吼

★你可以繼續發揮聯想力，完成第四層！

 生活片語這樣用

1. **claim** on   要求
2. **shout** at...   對著…大嚷
3. **shout** sb. down   用叫喊聲壓倒某人

 易混淆單字一次破解

shout / **scream**都有「叫喊」的意思。

shout表示因驚奇或讚揚或警告以引起注意的叫喊。

scream是尖聲叫喊,即呼嘯。

➲ I **shouted** for help but nobody came.

　　我大聲呼救,但沒人來。

➲ The girl **screamed**, "there is a thief!"

　　女孩尖叫道:「有賊!」

 單字小試身手

Q. We should not throw away used plastic bags because they can be

_____.

1. resolved   2. recommended   3. recycled

 A: 3. recycled(我們不該丟掉用過的塑膠袋,因為它們可以被回收再利用。)
resolve是「解決」的意思,recommend指「推薦」,recycle則是「回收再
利用」的意思。根據題意答案選3. recycled。

E excite 【ɪkˋsaɪt】 v. 興奮、激動

表達驚訝的英文單字有很多，例如
surprise、astonish、amaze…等
都是，把你想到的單字也列下來吧！

蜂巢式結構圖

cite

excitement

surprise

recite

amaze

Layer 2

astonishment

Layer 3

第一層	第二層	第三層
excite v. 興奮、激動		
	excitement n. 興奮、激動	
		cite v. 引述、引用
		recite v. 背誦
	surprise v. 使驚訝 n. 驚奇、吃驚	
		astonishment n. 驚訝
		amaze v. 使驚奇

★你可以繼續發揮聯想力，完成第四層！

生活片語這樣用

1. **excite** sb. to do sth.　　鼓動某人去做某事
2. be **excited** about...　　因…而興奮
3. to one's **astonishment**　　使某人驚訝的是

易混淆單字一次破解

surprise / **astonish**都有「吃驚」的意思。
surprise表示使驚奇，是一般用語。
astonish表示使大為吃驚，程度較強。

➲ It **surprised** me when I heard of the news.
　當我聽到那個消息時，我感到很吃驚。

➲ She **astonished** many people by failing in college work after getting high grades in high school.
　她在高中得過高分，而在大學裡不及格，令許多人感到驚愕。

單字小試身手

Q. My grandfather likes to _____ people. He never inform us of his visits.

　　1. watch　　2. surprise　　3. scare

A: 2. surprise（我爺爺喜歡給人驚喜，他從來不會通知我們他的來訪。）
watch是「觀看」的意思，surprise表示「使驚喜」，scare表示「驚嚇」。
根據題意答案選2. surprise。

145

E exhibition [ˌɛksəˈbɪʃən] | n. 展覽

哪些英文單字有「展示」的意思？除了show、exhibit、display等，你還能想到其他的嗎？把它們都列下來吧！

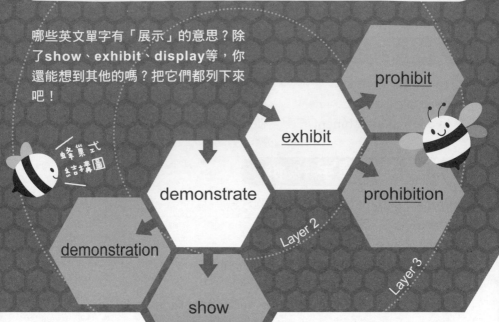

蜂巢式記憶聯想圖

prohibit

exhibit

demonstrate

prohibition

demonstration

Layer 2

show

Layer 3

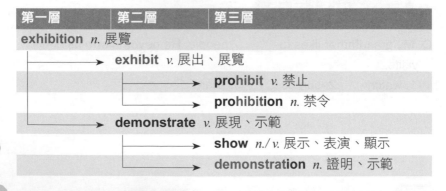

第一層	第二層	第三層
exhibition *n.* 展覽		
	exhibit *v.* 展出、展覽	
		prohibit *v.* 禁止
		prohibition *n.* 禁令
	demonstrate *v.* 展現、示範	
		show *n./v.* 展示、表演、顯示
		demonstration *n.* 證明、示範

★你可以繼續發揮聯想力，完成第四層！

146

生活片語 這樣用

1. **show** off   炫耀、賣弄
2. **show** up   顯露、露面
3. on **show**   在展覽中、展出中
4. **show** sb. around   帶領某人參觀

易混淆單字 一次破解

exhibit / show 都有「展示」的意思。
exhibit 指為了售賣、競賽、觀賞而展出。
show 指「出示、展示」，有故意給人看，以顯示某些東西的意思。

➲ The latest products will be **exhibited** at the world trade fair next month.
　我們的最新產品將在下個月的世貿展中展出。

➲ You have to **show** your ticket as you enter the cinema.
　在進入電影院前，你必須出示電影票。

單字 小試身手

Q. The bestsellers were sold out before they were _____.
   1. exhibited   2. explored   3. required

A: 1. exhibited（這些暢銷書尚未陳列之前就被賣光了。）
exhibit 指的是「展出」，explore 是「探索」的意思，require 是「需要」的意思。根據題意答案選 1. exhibited。

F far 【far】 | *adj.* 遠處的 *adv.* 向遠處

與「遠」、「近」相關的單字有哪些呢？far、near、distant…等都是，把你知道的都列下來吧！

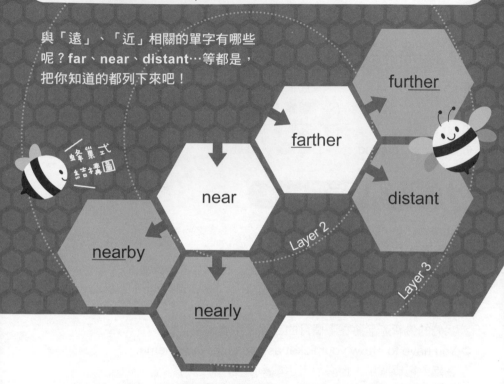

蜂巢式結構圖

further

farther

near

distant

nearby

nearly

Layer 2

Layer 3

第一層	第二層	第三層
far *adj.* 遠處的 *adv.* 向遠處		
→	**farther** *adj.* 更遠的 *adv.* 更遠地	
	→	**further** *adv.* 更進一步 *adj.* 較遠的 *v.* 助長
	→	**distant** *adj.* 疏遠的、有距離的
→	**near** *adj.* 接近的 *adv.* 靠近地 *prep.* 附近 *v.* 接近	
	→	**nearly** *adv.* 幾乎
	→	**nearby** *adj.* 附近的 *adv.* 附近

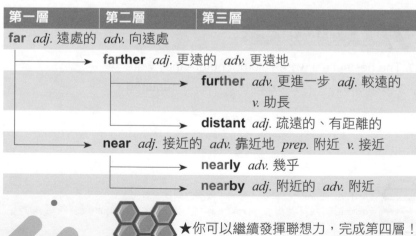

★你可以繼續發揮聯想力，完成第四層！

生活片語這樣用

1. as / so **far** as...　　　　與…的距離相等、達到…的程度、就…而言
2. carry / take sth. too **far**　某事做得過分
3. so **far**　　　　　　　　迄今為止
4. **far** from doing sth.　　不做某事

易混淆單字一次破解

far / **distant**都有「遠」的意思。
far表示遙遠的距離。
distant表示特定的分離或確定的距離。

⊃ We came from a **far** country.
　我們來自遠方的國度。

⊃ The house is a mile **distant** from town.
　這幢房子位於離城鎮一英哩的地方。

單字小試身手

Q. He will go abroad for _____ study after graduation.

　1. further　　　2. farther　　　3. father

A: 1. further（他畢業後將去國外深造。）
further表示「進一步的」，farther表示「更遠的」，father則是「爸爸」的
意思。根據題意答案選1. further。

F fast 【fæst】 adj. 快速的 adv. 快速地

fast、quick、hurry…等都有「快」
的意思，除此之外，你還能想到其他
相關單字嗎？把它們都列下來吧！

蜂巢式
結構圖

festival

fasten

quick

feast

slow

Layer 2

rapid

Layer 3

第一層	第二層	第三層
fast adj. 快速的 adv. 快速地		
	fasten v. 繫緊、栓緊	
		festival n. 節日、慶典
		feast n. 宴會、節日 v. 宴請、使高興
	quick adj. 快的、敏捷的 adv. 快地、靈活地	
		rapid adj. 迅速的、動作敏捷的
		slow adj. 慢的 adv. 慢慢地 v. 慢下來

★你可以繼續發揮聯想力，完成第四層！

生活片語這樣用

1. **fast** asleep　　　　熟睡
2. give / hold a **feast**　　舉行盛宴
3. **feast** on / upon　　盡情吃、飽餐

易混淆單字一次破解

fast / quick都有「快」的意思。

fast指人或物的速度快,多用於運動的物體,常指持續動作。

quick用法較廣,但不指頻率。多指在短時間內發生的事情或完成的動作。

➲ The car runs **fast**.
　這輛汽車跑得很快。

➲ She gave him a **quick** glance.
　她很快地掃了他一眼。

單字小試身手

Q. Good health is not something you are able to buy, nor can you get it back with a _____ visit to a doctor.

　1. quick　　　2. hard　　　3. quiet

A: 1. quick(健康是你買不到的,也不是你和醫生短暫的會面就可以要回的。)

quick指「短時間內發生的事」,即形容事情「快速」發生,例如我們看醫生時總是很快就完成診療的過程,所以本題選用quick才是恰當的。

F finish 【`fɪnɪʃ】 | v./n. 到達、終止、結束

「起點」與「終點」的相關英文包括 **terminal**、**start**、**end**…等，除此之外，把你想到的單字也列下來吧！愈多愈好！

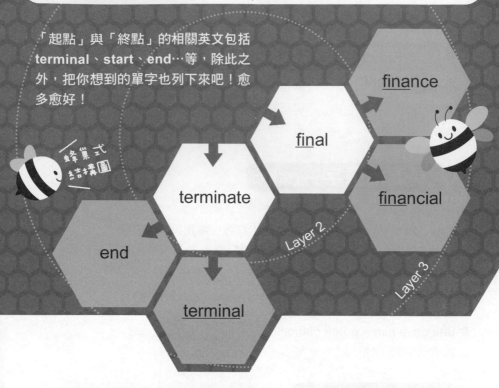

蜂巢式結構圖

finance

final

terminate

financial

Layer 2

end

terminal

Layer 3

第一層	第二層	第三層
finish *v./n.* 到達、終止、結束		
→	**final** *adj.* 最後的 *n.* 結局	
	→	**finance** *n.* 財務 *v.* 融資
	→	**financial** *adj.* 財務的、財政的
→	**terminate** *v.* 終止、中斷	
	→	**terminal** *n.* 終點、末端 *adj.* 終點的
	→	**end** *n./v.* 結束、終止

★你可以繼續發揮聯想力，完成第四層！

生活片語 這樣用

1. **finish** doing sth.　　　　做完某事
2. **finish** with sb. / sth.　　與某人結交、用完某物
3. **finish** up with...　　　　以…結束

易混淆單字 一次破解

finish / **finish up** / **finish off** 都有「吃完、喝光、（把煙）抽完」的意思。

此時，這三者的意思相同，都表示把已經開始吃或喝的東西繼續吃完或喝完，一點也不剩；但不能表示吃完或喝完未開始吃或喝的東西。

➲ He **finished** / **finished up** / **finished off** the rest of milk.
他喝完了剩餘的牛奶。

單字 小試身手

Q. The singer was scared to sing in public at first; however, after practicing for many years, he's _____ able to overcome it.

　1. finally　　　　2. luckily　　　　3. rapidly

A: 1. finally（那位歌手起初不敢當眾唱歌；然而，經過多年練習，他終於能克服了。）
finally的含義是「事情經過一段時間的發酵，最後終於能達成」，有一種「好事多磨」的感覺，因為題目中暗示了那位歌手是經過多年努力，所以並不能說他是幸運（luckily）取得成功的。因此答案選1. finally。

F fit 【fɪt】 adj. 適合的、勝任的 v. 適合於、使有能力 n. 適合、合身 adv. 合適地

fit、suit、adapt…等都有「適合」
的意思，這些單字令你聯想到哪些單
字呢？把你想到的單字都列下來吧！

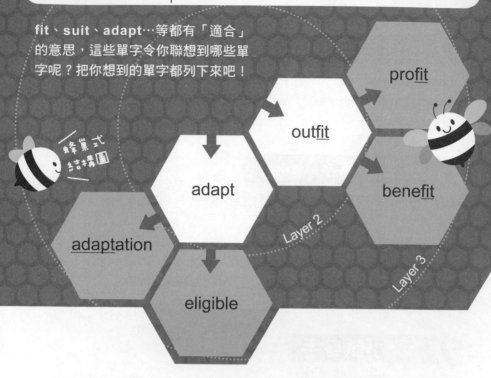

蜂巢式
結構圖

profit

outfit

adapt

benefit

Layer 2

adaptation

eligible

Layer 3

第一層	第二層	第三層
fit adj. 適合的、勝任的 v. 適合於、使有能力 n. 適合、合身 adv. 合適地		
→ outfit v./ n. 裝備		
	→ profit n./ v. 獲利	
	→ benefit n. 益處、利益 v. 有利益	
→ adapt v. 使適合		
	→ eligible adj. 合適的	
	→ adaptation n. 適合、順應	

★你可以繼續發揮聯想力，完成第四層！

生活片語這樣用

1. **fit** in　　　　　　符合、適應
2. be **eligible** for　　適合於
3. **benefit** from...　　從…中得益
4. **adapt** to　　　　　適應於

易混淆單字一次破解

fit / suit 都有「合適」的意思。
fit指形狀、尺寸、大小的合身。
suit指服裝、顏色與人相配，使看起來好看。

⊃ The dress doesn't **fit** me well.
　我穿這件裙子不合身。

⊃ The blue **suits** you, so you should wear it more often.
　你適合穿藍色，你應該多穿藍色的衣服。

單字小試身手

Q. If you take part in a formal party, this shirt won't _____ you.

　1. include　　　2. invite　　　3. suit

A: 3. suit（如果你是要參加一個正式的宴會，那這條裙子不適合你。）
衣服不合身要用fit這個字，而穿起來不好看或場合不適合的情況下，則應該
要用suit這個字，所以答案選3. suit。

F flash 【flæʃ】 | v. 閃亮 n. 一瞬間

表示「閃爍」的英文單字有很多，例如twinkle、gleam、blink…等都是，你還能想到其他相關或相似的單字嗎？把你想到的單字都列下來吧！

蜂巢式結構圖

glitter

gleam

moment

sparkle

instant

minute

Layer 2

Layer 3

第一層	第二層	第三層
flash v. 閃亮 n. 一瞬間		
	gleam n. 一絲光線 v. 閃現、閃爍	
		glitter v./n. 閃爍、閃亮、閃光
		sparkle v./n. 閃爍、火花
	moment n. 片刻	
		minute n. 片刻、分鐘
		instant n. 即刻的瞬間 adj. 立即的

★你可以繼續發揮聯想力，完成第四層！

生活片語這樣用

1. in a **flash**	瞬間、剎那間
2. at the **moment**	此刻、目前
3. at any **moment**	在任何時刻、隨時
4. **minute** hand	（鐘錶上）分針

易混淆單字一次破解

flash / **gleam**都有「閃光」的意思。

flash指光的突然一閃。

gleam指透過模糊的媒介或在黑暗的背景上所看到的穩定的光。

➲ Sheet lightning **flashed** on and off.
大片閃電忽明忽暗。

➲ The lights of the town **gleamed** in the valley below.
小鎮的燈火在下面山谷裡閃爍。

單字小試身手

Q. When it is dark, I will _____ my light on and off to signal where I am to you.

1. flash   2. open   3. put

A: 1. flash（天色變黑時，我會把燈開得一閃一閃的，向你們標誌出我的所在位置。）
flash是「閃爍」的意思，題目中把燈一開一關以作出「閃爍」的效果，因此答案選1. flash。

F flu 【flu】 | n. 流行性感冒

「會流動的液體」讓你聯想到哪些單字呢？flow（流動）、liquid（液體）、water（水）…，把你想到的單字也列下來吧！

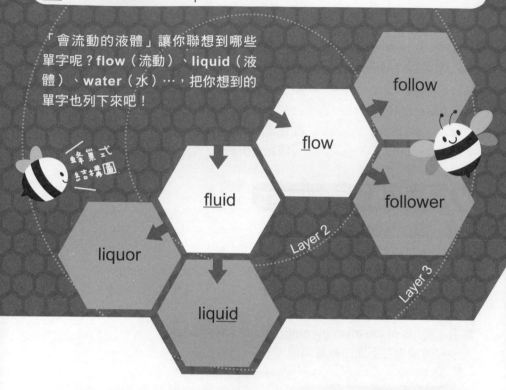

蜂巢式結構圖

flow

follow

fluid

follower

Layer 2

liquor

liquid

Layer 3

第一層	第二層	第三層
flu *n.* 流行性感冒		
→	**flow** *v./ n.* 流出、流程	
	→	**follow** *v.* 跟隨
	→	**follower** *n.* 跟隨者、支持者
→	**fluid** *n.* 分泌液 *adj.* 流質的、流體的	
	→	**liquid** *n.* 液體
	→	**liquor** *n.* 烈酒

★你可以繼續發揮聯想力，完成第四層！

生活片語這樣用

1. **flow** with 　　　　　大量供應、取之不盡
2. **flow** in / into 　　　　不斷湧入
3. as **follows** 　　　　　如下（用於列舉事項時）

易混淆單字一次破解

fluid / liquid都有「液」的意思。

fluid指流質、流食，一般指糊狀的東西。fluid也可指空氣。

liquid指液體，如水、酒、牛奶等。

⊃ Molasses is a **fluid** substance.

　　糖漿是一種流質。

⊃ Air whether in the gaseous or liquid state is a **fluid.**

　　空氣，無論是氣態的或液態的，都是一種流體。

⊃ Water is a **liquid**.

　　水是液體。

單字小試身手

Q. Any driver should _____ this rule: Keep your mind on your

riving and both hands on the wheel.

　　1. break 　　　　2. announce 　　　　3. follow

A: 3. follow（任何駕駛者都應該遵守這條規則：把心思放在你的駕駛上，把雙手放在方向盤上。）

break表示「破壞」，announce表示「宣布」，只有follow是「遵守」的意思。所以答案選3. follow。

F fond 【fɑnd】 | *adj.* 喜愛的、愛好的

fond（喜愛）會令你聯想到哪些單字呢？是 **love** 還是 **fund** 呢？把你想到的單字都列下來吧！

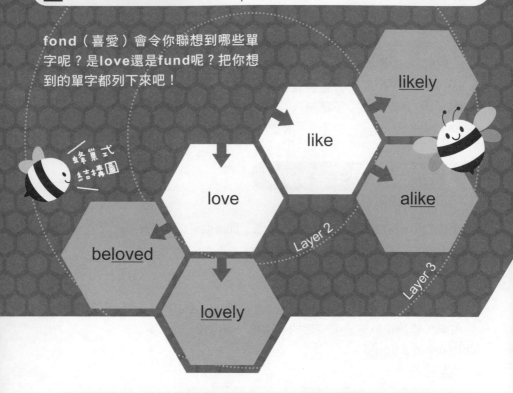

蜂巢式結構圖

likely

like

love

alike

beloved

lovely

Layer 2

Layer 3

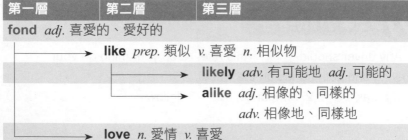

第一層	第二層	第三層
fond *adj.* 喜愛的、愛好的		
➜ **like** *prep.* 類似 *v.* 喜愛 *n.* 相似物		
	➜ **likely** *adv.* 有可能地 *adj.* 可能的	
	➜ **alike** *adj.* 相像的、同樣的	
	adv. 相像地、同樣地	
➜ **love** *n.* 愛情 *v.* 喜愛		
	➜ **lovely** *adj.* 美麗的、可愛的	
	➜ **beloved** *adj.* 鍾愛的、心愛的	

★你可以繼續發揮聯想力，完成第四層！

160

F

生活片語這樣用

1. be **fond** of　　　　　　　　喜歡
2. **like** to do...（＝**like** doing...）　喜歡做…
3. **love** to do...（＝**love** doing...）　喜歡做…

易混淆單字一次破解

as / **like**都有「相似」的意思，但詞性不同。
as為連接詞和副詞，置於子句、另一副詞前。
like為介詞，置於名詞和代詞前。

➲ Put your hands under your head, **as** I do.
　像我一樣，把手放到頭後。

➲ She has black hairs **like** her father.
　她像她的父親一樣，有一頭黑髮。

單字小試身手

Q. _____ is always magical. The love birds believe that they will live
happily ever after.

　1. Love and peace　　　2. Longing for love　　　3. Falling in love

A: 3. Falling in love（墜入愛河總是神奇的。愛侶們相信他們會永遠過著幸福快樂的生活。）
love and peace表示「愛與和平」，longing for love表示「渴望愛情」，
falling in love表示「墜入愛河」。我們根據題目中的love birds（愛侶）可以
得知指的是墜入愛河的情侶，所以答案選3. Falling in love。

F fore [for]

adj. 在運輸工具前部的、突出的或重要的
adv. 在船或飛行器前部
n. （船的、飛行器的）前部

front、former、before…等單字都有「前」的意思，除此之外，還有很多單字也有類似的意思，把你想到的都列下來吧！

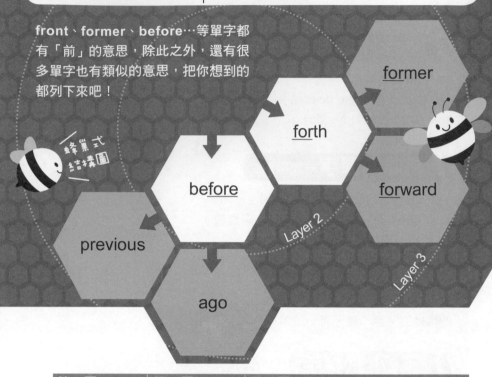

蜂巢式結構圖

former

forth

before

forward

previous

Layer 2

Layer 3

ago

第一層	第二層	第三層
fore *adj.* 在運輸工具前部的、突出的或重要的 *adv.* 在船或飛行器前部 *n.* （船的、飛行器的）前部		
→ **forth** *adv.* 在前方、向外、向前		
	→ **former** *adj.* 以前的、前者的	
	→ **forward** *adj.* 前方的、前面的	
		n. 先鋒、前鋒 *adv.* 前面、在前 *v.* 傳遞、促進、運送
→ **before** *conj./ prep./ adv.* 在…之前、從前		
	→ **ago** *adv.* 以前	
	→ **previous** *adj.* 以前的	

★你可以繼續發揮聯想力，完成第四層！

生活片語這樣用

1. backward(s) and **forward(s)**　　來回地、往返地
2. **forward(s)** ... to sb.　　把…發送或轉遞給某人
3. back and **forth**　　來回、一來一往

易混淆單字一次破解

before / ago都有「以前」的意思。

ago不能與have構成的短語連用，即不能用於完成時態，如果要用完成時態表示時需改用for或since短語。

➲ I came to Taipei three years **ago**. 可改寫成：

　I have been in Taipei **for** three years / **since** 1999.

　我來台北已經三年了。

before表示較遠的過去與較近的過去之間的差別，可指過去的過去，用於過去完成時的例子如下：

➲ His grandfather died two years **ago**; while his grandmother had already been dead three years **before**.

　他祖父兩年前去世了，他祖母比他祖父早三年去世了。

單字小試身手

Q. _____ I went on a date with Terry, I always put on my best perfume.

　1. After　　　2. Before　　　3. Because

A: 2. Before（在和泰瑞約會前，我總會噴上我最好的香水。）
因為在約會前才會先噴香水，所以應該選before，而不是after。而because
（因為）則不符合句意，所以答案選3. Before。

F free [fri] | *adj.* 自由的 *adv.* 不受約束地 *v.* 解放

由free這個單字可以衍生出許多相關單字，例如freeze、freedom、freehand…等，把你想到的單字也列下來吧！

蜂巢式結構圖

freezer

freeze

freedom

iceberg

liberal

Layer 2

liberty

Layer 3

第一層	第二層	第三層
free *adj.* 自由的 *adv.* 不受約束地 *v.* 解放		
→ **freeze** *v./n.* 冷凍、凍結、結冰		
	→ **freezer** *n.* 冷藏庫、冰箱	
	→ **iceberg** *n.* 冰山	
→ **freedom** *n.* 自由、解放、解脫		
	→ **liberty** *n.* 自由	
	→ **liberal** *adj.* 自由的、開明的	

★你可以繼續發揮聯想力，完成第四層！

生活片語這樣用

1. be **free** from	不受（某危險或不愉快事物的）傷害
2. be **free** to do sth.	不受約束地做某事
3. **freeze** one's blood	使某人害怕、恐懼
4. **freeze** out	凍死
5. at **liberty** to do sth.	（指人）獲得許可做某事

易混淆單字一次破解

free / freely作副詞時，意思不太相同。

free指免費、不用付款。

freely有自由地、無拘無束地、不受限制地等意思。

➲ Children under five travel **free**.

　　五歲以下兒童乘客免費。

➲ You can travel **freely** to all parts of the country.

　　你可以在國內各地自由旅行。

單字小試身手

Q. They want _____ trade relationship with other countries.

　　1. free　　　　2. liberal　　　　3. difficult

A: 2. liberal（他們想要與其他國家建立自由的貿易關係。）
free和liberal都有「自由的」含義，free是不受限制的、無拘束的、按照自己
意願的；而liberal是指政治和經濟上自由的、開明的。所以答案選2. liberal。

F funny 【`fʌnɪ】 | adj. 有趣的

「有趣」和「無趣」的英文單字有哪些呢？funny、bored、interesting… 等都是，把你想到的單字也列下來吧！

蜂巢式結構圖

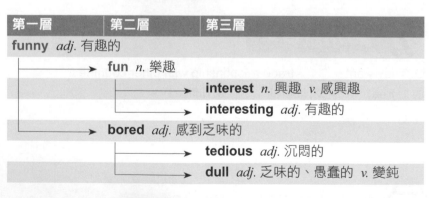

interest

fun

bored

interesting

dull

Layer 2

tedious

Layer 3

第一層	第二層	第三層
funny *adj.* 有趣的		
→	fun *n.* 樂趣	
	→	interest *n.* 興趣 *v.* 感興趣
	→	interesting *adj.* 有趣的
→	bored *adj.* 感到乏味的	
	→	tedious *adj.* 沉悶的
	→	dull *adj.* 乏味的、愚蠢的 *v.* 變鈍

★你可以繼續發揮聯想力，完成第四層！

生活片語這樣用

1. make **fun** of　　　　　嘲弄、取笑
2. for **fun**　　　　　　　開玩笑、鬧著玩地、非認真地
3. have **fun**　　　　　　　玩得愉快
4. be **interested** in...　　對…感興趣

易混淆單字一次破解

interested / **interesting**都有「有趣」的意思。

interested指人（對某事、物）感興趣的。

interesting指某事物本身是有趣的、有吸引力的、能引起興趣的。

⊃ Are you **interested** in English?

　　你對英語感興趣嗎？

⊃ That's an **interesting** novel.

　　這是本有趣的小説。

單字小試身手

Q. His lecture was _____, as he always repeated his words.

　　1. tedious　　　2. cheerful　　　3. beneficial

A: 1. tedious（他的講座十分乏味，因為他總是重複他説的話。）
tedious表示「冗長乏味的」，cheerful表示「令人感到愉快的」，beneficial表示「有益的」。演講因為不斷重複而變得冗長乏味，所以答案選1. tedious。

G grade 【gred】 | n. 分數、成績、分級

要分出高下的方式有很多種,在英文中可用的單字包括level(等級)、score(分數)、rank(等級)…等,把你想到的單字也列下來吧!

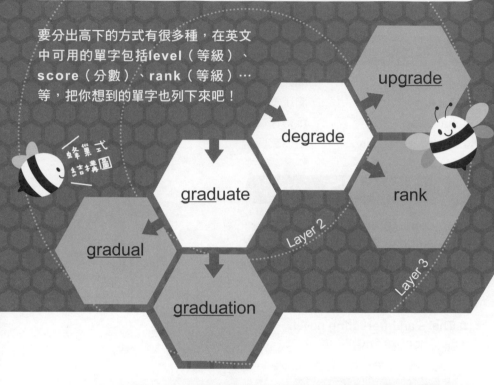

蜂巢式結構圖

upgrade

degrade

graduate

rank

gradual

Layer 2

graduation

Layer 3

第一層	第二層	第三層
grade n. 分數、成績、分級		
→ degrade v. 降級、降低		
	→ upgrade v./n. 擢升、上升、增加	
	→ rank v./n. 等級、階層	
→ graduate n. 畢業生 v. 畢業、授予學位		
	→ graduation n. 畢業	
	→ gradual adj. 逐漸的、漸進的	

★你可以繼續發揮聯想力,完成第四層!

生活片語這樣用

1. make the **grade**　　　　　達到預期的標準
2. on the up / down **grade**　逐漸好轉 / 惡化
3. **graduate** in ...　　　　　畢業於…

易混淆單字一次破解

graduate in / **graduate at**都有「畢業於」的意思。
graduate in指獲得…的學位（尤其是學士學位），in後面接所學的專業。
graduate at / from指從…（大學）畢業，at後面接學校。
⮩ My sister **graduated in** science from York.
　我姊姊畢業於約克大學，獲得理工學位。
⮩ He **graduated at** Harvard last year.
　他去年畢業於哈佛大學。

單字小試身手

Q. I _____ law at Taiwan University.
　1. graduated in　　　2. spent in　　3. participate in

A: 1. graduated in（我畢業於台灣大學法律系。）
graduated in law表示「畢業於法律系」；而spent的用法通常是在後面接時間或金錢，表示「花了時間或金錢在…方面」，如spend a lot of time in writing（花了很多時間在寫作）；participate in則是「參與」的意思。另外，主修法律的說法是major in law。

G gene 【dʒin】 | *n.* 基因、遺傳因子

與gene（基因）相似的字有哪些呢？
像是general（普遍的）、generous
（慷慨的）、genius（天才）…等都
是，把你想到的單字也列下來吧！

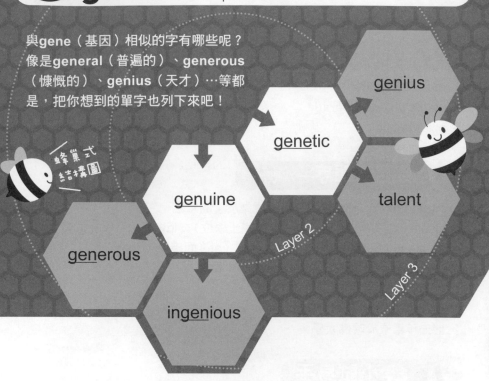

蜂巢式
結構圖

genius

genetic

talent

genuine

Layer 2

Layer 3

generous

ingenious

第一層	第二層	第三層
gene *n.* 基因、遺傳因子		
→	**genetic** *adj.* 遺傳學的	
	→	**genius** *n.* 天才、英才
		→ **talent** *n.* 天才、天賦
→	**genuine** *adj.* 真正的、非假冒的	
	→	**ingenious** *adj.* 巧妙的
	→	**generous** *adj.* 慷慨的、大方的

★你可以繼續發揮聯想力，完成第四層！

生活片語這樣用

1. have a **genius** for doing sth.　　對做某事有天生的非凡才能
2. the **genius** of sth.　　某事物的特點

易混淆單字一次破解

genius / **talent**都有「天才、天賦」的意思。
genius 通常指非凡的智慧、技能和藝術創作能力。
talent指與生俱來擅長做某事的能力。

➲ the **genius** of Shakespeare
　莎士比亞的天才

➲ She has great artistic **talent**.
　她很有藝術天賦。

單字小試身手

Q. I usually eat dinner at 7 p.m. and _____ go to bed at midnight.

　1. finally　　　　2. rapidly　　　　3. generally

A: 3. generally（我通常在晚上七點吃晚餐，在半夜十二點鐘上床睡覺。）
finally表示「最後終於…」的意思，rapidly表示「快速地」，generally表示
「通常、一般」。根據題意答案選3. generally。

H hard 【hard】 | *adj.* 難的、堅固的 *adv.* 努力地

hard（難）與easy（易），hard（硬）與soft（軟），hard的用法還不只這些哦！這讓你聯想到哪些單字呢？把它們都列下來吧！

蜂巢式結構圖

rough

tough

slide

roughly

landslide

Layer 2

smooth

Layer 3

第一層	第二層	第三層
hard *adj.* 難的、堅固的 *adv.* 努力地		
	tough *adj.* 困難的	
		rough *adj.* 粗糙的 *adv.* 粗糙地 v. 草擬 *n.* 草圖
		roughly *adv.* 略地
	slide *v.* 滑 *n.* 滑面、滑道	
		smooth *adj.* 平滑的 *v.* 平撫、使平滑
		landslide *n.* 山崩

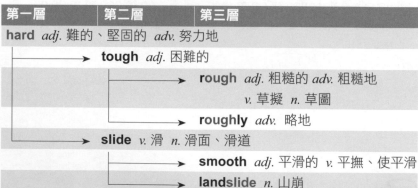

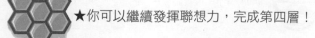

★你可以繼續發揮聯想力，完成第四層！

生活片語這樣用

1. get / be **tough** (with sb.)　　　對（某人）強硬
2. take the **rough** with the smooth　逆來順受
3. be **rough** on sb.　　　　　　　使某人不愉快或倒楣

易混淆單字一次破解

slide / slip都有「滑」的意思。
slide是有意地「滑」，「平穩而順暢地滑行」。
slip是不自主地「滑、滑倒」。
⊃ We are going to **slide** on the ice on Sunday.
　我們星期天打算去溜冰。
⊃ Carefully, otherwise you will **slip** on the ice.
　小心點，否則你會在冰上滑倒。

單字小試身手

Q. If you have been working too _____, taking some exercise and getting some sleep may help you to relax.
　1. smart　　2. hardly　　3. hard

A: 3. hard（如果你工作得太辛苦，做些運動並睡點覺可以幫助你放鬆。）
work hard表示「努力工作」，是慣用語，還有另一個常出現的work smart，即「聰明工作」，強調現在的工作靠的是腦力，而不是只靠體力或蠻力。不過，本題根據上下文推測，還是應該選work hard。

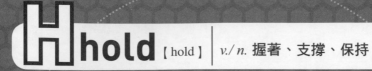

Hhold [hold] | *v./ n.* 握著、支撐、保持

hold、keep、own…都有「持有」
的意思，還有哪些單字也有相似的含
義呢？把你想到的單字都列下來吧！

蜂巢式結構圖

keeper

holder

remain

household

retain

Layer 2

remainder

Layer 3

第一層	第二層	第三層
hold *v./n.* 握著、支撐、保持		
	holder *n.* 持有者、所有者	
		keeper *n.* 看守人、持有者
		household *n.* 家族、家庭
	remain *v.* 保持、殘留	
		remainder *n.* 剩餘 *adj.* 剩餘的
		retain *v.* 保持、保留

★你可以繼續發揮聯想力，完成第四層！

生活片語這樣用

1. **hold** in   限制、抑制
2. **hold** back   阻止、控制
3. **hold** on   抓住、握住

易混淆單字一次破解

hold / **retain** / **keep**都有「保持」的意思。
hold指「持有、掌握」。
retain指在過了一段時間後仍繼續保有。
keep是最常用的詞,泛指「保持」。

⊃ He is **holding** a government post but does not wish to **keep** it long.
　他現在於政府任職,但不想長期做下去。

⊃ She **retains** a clear memory of that event.
　她仍然清楚地記得那次事件。

單字小試身手

Q. Potato chip was first made in the 19th century, and has ＿＿＿＿
   popular ever since.

　1. remained   2. removed   3. requested

A: 1. remained(洋芋片最早在19世紀被製造,此後便一直受到歡迎。)
remain有「仍然是、保持著」的意思,remove指的是「移開」,request則
表示「要求」。根據題意答案選1. remained。

175

H huge 【hjud3】 | *adj.* 巨大的、龐大的

huge、big、enormous…都有「大」的意思，而大的相反就是「小」，你可以由此想到哪些單字？把它們都列下來吧！

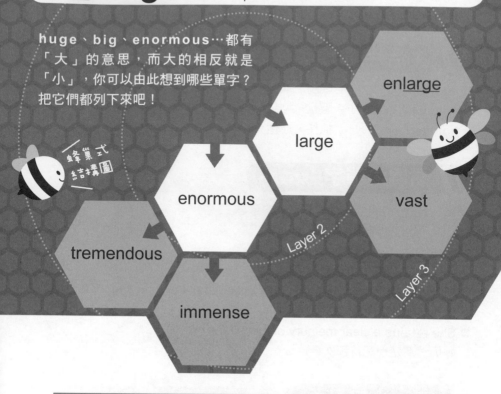

蜂巢式結構圖

enlarge

large

enormous

vast

Layer 2

tremendous

immense

Layer 3

第一層	第二層	第三層
huge *adj.* 巨大的、龐大的		
→ **large** *adj.* 巨大的		
	→ **enlarge** *v.* 擴大	
	vast *adj.* 巨大的、廣袤的	
→ **enormous** *adj.* 巨大的		
	→ **immense** *adj.* 極大的、巨大的	
	→ **tremendous** *adj.* 巨大的、極大的	

★你可以繼續發揮聯想力，完成第四層！

生活片語這樣用

1. at **large**　　　　　　自由的、自由行動的
2. **enlarge** on / upon　　詳述

易混淆單字一次破解

tremendous / immense都有「極大的、巨大的」的意思。

tremendous除了「極大的」的意思之外，還有「極好的、精彩的、了不起的」含義。

immense指體積、範圍、數量、程度等無限大、大得無法計算。

○ a **tremendous** explosion
巨大的爆炸聲

○ a **tremendous** experience
了不起的經歷

○ an **immense** amount of work
多到數不清的工作

單字小試身手

Q. It is very dangerous to travel with _____ amounts of money.

1. large　　　　　2. big　　　　　3. many

A: 1. large（隨身攜帶大筆金錢旅行，是很危險的。）
large amount of 和large number of都可以表示「大量的」，也就是much或many的意思，很多的錢也可以說是much money。

Hhurt 【h3t】 | *v./ n.* 傷害、損傷、傷痛

hurt、harm、wound…都有「傷」的意思，這些字可以令你聯想到哪些單字呢？把你想到的單字都列下來吧！

蜂巢式
結構圖

harmful

harm

hunt

injure

Layer 2

scout

Layer 3

hunter

第一層	第二層	第三層
hurt *v./ n.* 傷害、損傷、傷痛		
	harm *n./ v.* 傷害、損害	
		harmful *adj.* 有害的、引起傷害的
		injure *v.* 傷害、損害
	hunt *n./ v.* 搜尋、打獵	
		hunter *n.* 獵人
		scout *n.* 偵察員、偵察機、公路巡邏人員

★你可以繼續發揮聯想力，完成第四層！

 生活片語這樣用

1. do sb. **harm**　　　　　　傷害某人
2. **hunt** for / after　　　　　追獵、搜尋

易混淆單字一次破解

hurt / **injure**都有「受傷」的意思。

hurt的含義較廣，平時或在事故中，使受傷、使疼痛、使不快、使煩惱等。

injure尤指在事故中受到傷害、受傷。

⊃ He **hurt** his back when he was playing basketball.

他在玩籃球時，背受傷了。

⊃ Five people were **injured** in this accident.

五個人在這次事故中受傷。

單字小試身手

Q. The research indicated that pollution can ＿＿＿＿ marine life.

　　1. cause　　　　2. harm　　　　3. treat

 A: 2. harm（研究指出污染會危及海洋生物。）
cause表示「導致」，harm表示「傷害」，treat表示「對待」。根據題意答案選2. harm。

179

I imagine 【ɪˋmædʒɪn】 | v. 想像

想像的世界總是很奇妙，裡頭會出現各種各樣奇怪的東西，把它們用英文呈現出來吧！把相關的單字都列下來吧！

蜂巢式結構圖

imaginary

imagination

fancy

image

Layer 2

fantastic

fantasy

Layer 3

第一層	第二層	第三層
imagine *v.* 想像		
	imagination *n.* 想像力、創作力	
		imaginary *adj.* 想像的、不實在的
		image *n.* 影像、映射、形象
	fancy *n.* 想像、幻覺 *adj.* 奇幻的 *v.* 喜歡、愛好	
		fantasy *n.* 空想、幻想
		fantastic *adj.* 難以想像的、空想的

★你可以繼續發揮聯想力，完成第四層！

生活片語這樣用

1. be **supposed** to　　被期望或要求、應該
2. **fancy** oneself　　自負、自命不凡
3. take a **fancy** to　　喜愛

易混淆單字一次破解

imagine / fancy都有「想像」的意思。
當imagine和fancy兩字都表示「想像」時，二者可以互換，二者都指在心裡形成一幅想像的圖畫。

➲ Can you **fancy** / **imagine** me as a pirate?
你能想像我是一個海盜嗎？

單字小試身手

Q. The left side of the brain controls your appreciation of music, art, and color. It tends to be more _____.

1. digital　　　2. imaginative　　　3. religious

A: 2. imaginative（左腦控制你對音樂、藝術和顏色的鑑賞力。它較富有想像力。）
digital是「數字的」，imaginative是「富想像力的」，religious則是「宗教的」。由於從事音樂、藝術等工作都需要一些想像力，所以答案應該選
2. imaginative。

I in【In】 | *prep.* 在…之內 *adv.* 往內、向內 *adj.* 內部的、在裡面的

in、on、out、under…這些和位置相關的介系詞，你知道幾個呢？把你會的介系詞都列下來吧！

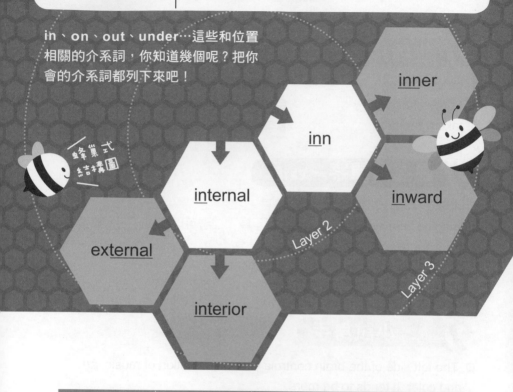

	第二層	第三層
in *prep.* 在…之內 *adv.* 往內、向內 *adj.* 內部的、在裡面的		
→	**inn** *n.* 旅社、小酒館	
	→	**inner** *adj.* 心靈的、內部的
	→	**inward** *adj.* 裡面的 *adv.* 向內地、在內心
→	**internal** *adj.* 內部的、國內的	
	→	**interior** *adj.* 內部的 *n.* 內務、內部
	→	**external** *adj.* 外在的 *n.* 外面

★你可以繼續發揮聯想力，完成第四層！

生活片語這樣用

1. **in** case   萬一、如果
2. **in** that case   既然如此
3. **interior** decorator   室內設計師

易混淆單字一次破解

inner / **inward** / **internal**都有「內」的意思。

inner本義是「較裡面的」，如大小兩個同心圓，裡面的小圓叫做inner circle。

inward本義是「向內的」，如：inward curve（朝裡面的曲線），在引申義中，inner、inward都可用來指人的內心方面，如inner life（內心生活）、inner thought（內心思想）。

internal指「內部的」，用的範圍更廣，如：inter affairs（內部事務）、internal trade（國內貿易）。

單字小試身手

Q. Since it was a holiday, I stayed _____ bed an extra hour.

   1. on   2. with   3. in

A: 3. in（由於是假日，我在床上多待了一個小時。）
題目中提到因為是假日所以在床上多待一個小時，表示有「賴床」的含義，
由於賴床通常是包在被窩裡，所以介系詞用in較為恰當。

I industry [ˋɪndəstrɪ] | n. 工業、產業

「工業」和「工廠」會令你想到什麼呢？工人、機器、加班…這些詞的英文該怎麼說呢？把你會的單字都列下來吧！

蜂巢式結構圖

industrialize

industrial

work

manufacture

Layer 2

factory

worker

Layer 3

第一層	第二層	第三層
industry n.工業、產業		
→ industrial adj. 工業的、產業的		
	→ industrialize v. 使工業化	
	→ manufacture v./ n. 製造	
→ work n./ v. 工作		
	→ worker n. 工人、工作者	
	→ factory n. 工廠	

★你可以繼續發揮聯想力，完成第四層！

生活片語這樣用

1. at **work**　　　　在工作中、（機器等）在運轉
2. get to **work**　　著手、開始做
3. out of **work**　　失業中
4. **work** out　　　解決（問題）
5. **work** up　　　鼓動

易混淆單字一次破解

work / **job**都有「工作」的意思。
work指固定工作，是不可數名詞。
job既可指固定工作，也可指暫時性工作，是可數名詞。

⊃ I had changed three **jobs** before I found this **work**.
找到這份工作之前，我已換了三份工作。

單字小試身手

Q. I have _____ as a fashion designer since I graduated in textile design.

　1. been　　　　2. dreamed　　　　3. worked

A: 3. worked（從我畢業於織品設計系後，我就一直從事服裝設計的工作。）
work as＋職業，即表示「從事…工作」。如果要選been，則句子必須改成
I have been a fashion designer since I graduated in textile design.。

insect 【`ɪnsɛkt】 | *n.* 昆蟲

butterfly（蝴蝶）、mosquito（蚊子）、cockroach（蟑螂）…這些都是昆蟲，你還想到哪些昆蟲呢？把牠們的英文名稱寫下來吧！

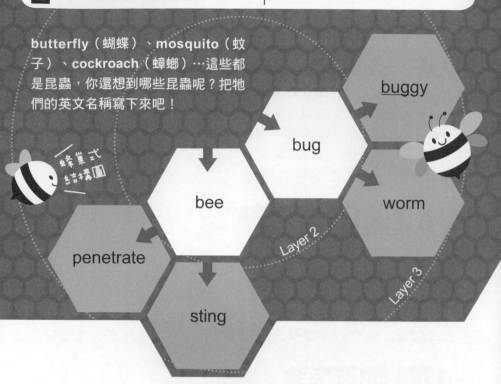

蜂巢式結構圖

buggy

bug

bee

worm

penetrate

sting

Layer 2

Layer 3

第一層	第二層	第三層
insect *n.* 昆蟲		
	bug *n.* 蟲子	
		buggy *n.* 嬰兒車 *adj.* 多臭蟲的
		worm *n.* 蟲 *v.* 蠕動
	bee *n.* 蜜蜂	
		sting *n. / v.* 刺、螫
		penetrate *v.* 刺入

★你可以繼續發揮聯想力，完成第四層！

🐝 生活片語這樣用

1. **worm** out 　　　　　刺探出
2. **sting** sb. (for sth.) 　　（為了某事物）向人索取高價、詐騙錢財
3. **penetrate** through/into 　穿透、穿過

🐝 易混淆單字一次破解

penetrate / **pierce**都有「刺」的意思。

penetrate強調穿過或進入某物。

pierce指用較鋒利的東西在某物體上扎洞或刺破。

➡ Have no sound can **penetrate**.

　這裡傳不進一點聲音。

➡ He **pierced** a hole in his belt.

　他在腰帶上扎一個洞。

🐝 單字小試身手

Q. The nail ＿＿＿＿＿＿ the tire, so the car stopped.

　1. pierced 　　　2. seduced 　　　3. expelled

A: 1. pierced（釘子刺穿了輪胎,所以車子停了下來。）
pierce是「刺穿」的意思,seduce是「引誘」的意思,expel是「逐出」的意思。根據題意答案選**1. pierced**。

I insist [ɪn`sɪst] | v. 堅持、強調

insist、resist、consist…這些單字是不是都長得很像呢？把其他相似單字都列下來，現在就把它們都弄懂吧！

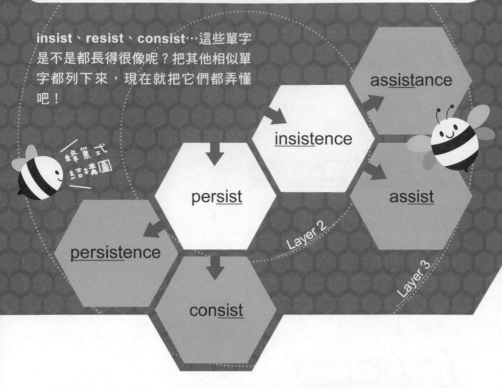

蜂巢式結構圖

assistance

insistence

persist

assist

persistence

consist

Layer 2

Layer 3

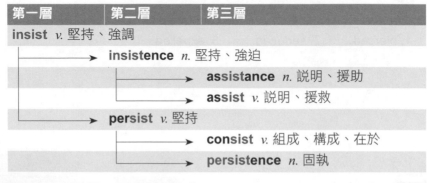

第一層	第二層	第三層
insist v. 堅持、強調		
	insistence n. 堅持、強迫	
		assistance n. 說明、援助
		assist v. 說明、援救
	persist v. 堅持	
		consist v. 組成、構成、在於
		persistence n. 固執

★你可以繼續發揮聯想力，完成第四層！

1. **consist** of...   由…組成
2. **consist** in   在於
3. **persist** in   堅持
4. **insist** on   堅持

易混淆單字 一次破解

persist (in) / insist (on) 都有「堅持」的意思。
persist 一般用於堅持某種行動、行為，偶爾可用於堅持某種意見。
insist 多用來指堅持某種意見、主張。

➲ He **persisted in** working although he was tired.
他雖然很累，但仍堅持工作。
➲ I **insisted on** my views.
我堅持我的看法。

單字 小試身手

Q. A good government official has to _____ the temptation of money and make the right decision.
   1. consist   2. insist   3. resist   4. persist

【94年學測】

A: 3. resist（好的政府官員必須抵擋金錢的誘惑，並做出正確的決策。）
consist是「組成」的意思，insist是「堅持」的意思，resist是「抵抗」的意思，persist是「堅持」的意思。根據題意答案選3. resist。

inspire 【ɪnˋspaɪr】 | *v.* 啟發、激發

表示「激勵」的英文單字有inspire、
encourage、urge…等，把你所知道
的相關單字也都列下來吧！

蜂巢式
結構圖

spiritual

spirit

urge

soul

Layer 2

urgency

Layer 3

urgent

第一層	第二層	第三層
inspire *v.* 啟發、激發		
	spirit *n.* 精神	
		spiritual *adj.* 精神的、非物質的
		soul *n.* 靈魂
	urge *v.* 激勵、驅策 *n.* 衝動	
		urgent *adj.* 緊迫的、緊要的
		urgency *n.* 迫切、急迫

★你可以繼續發揮聯想力，完成第四層！

生活片語這樣用

1. in **spirits**   興致勃勃
2. out of **spirits**   無精打采
3. **soul** mate   心靈伴侶、情人

易混淆單字一次破解

spirit / **soul** / **ghost**都有「靈魂」的意思。

spirit和soul有時可互換，但spirit多指與軀體相分離的靈魂，而soul還可能指與軀體共存的靈魂。

ghost指以生前形態出現的靈魂。

➲ It's said that the **spirit** never died.
據說人的靈魂永遠不死。

➲ He was abroad and missed his country in his **soul**.
他身仕異國，他很思念自己的國家。

➲ I don't like the story about **ghosts**.
我不喜歡鬼故事。

單字小試身手

Q. Jordan's performance _____ his teammates and they finally beat their opponents to win the championship.

   1. signaled   2. promoted   3. opposed   4. inspired

【92年指考】

A: 4. inspired（喬丹的表現激勵了他的隊友，他們最後打敗了對手，贏得冠軍。）
signal表示「打信號通知、以動作示意」，promote表示「促進、發起」，oppose表示「反抗」，inspire表示「激勵」。根據題意答案選4. inspired。

191

J join 【dʒɔɪn】 v. 連接、參加、加入 n. 接合點

join、joy、joint…這些單字是不是
都長得很像呢？這些單字令你聯想到
哪些單字呢？把它們都列下來吧！

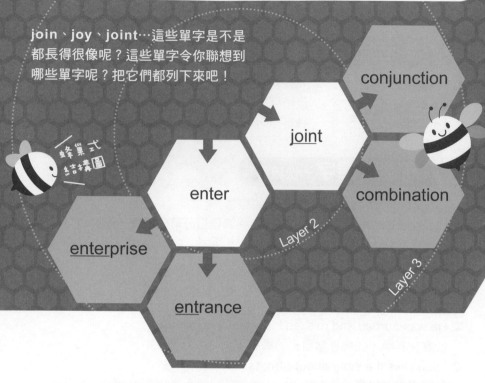

蜂巢式
結構圖

conjunction

joint

enter

combination

enterprise

Layer 2

Layer 3

entrance

第一層	第二層	第三層
join v. 連接、參加、加入 n. 接合點		
	joint n. 接合處、關節 adj. 連接的 v. 連接、會合	
		conjunction n. 接合、連接
		combination n. 結合
	enter v. 進入、參加	
		entrance n. 入口
		enterprise n. 企業

★你可以繼續發揮聯想力，完成第四層！

生活片語這樣用

1. **enter** into　　　　　　　參加、開始從事、進入
2. out of **joint**　　　　　　脫臼、出了問題、處於混亂狀態
3. in **combination** with　　　結合、聯合

易混淆單字一次破解

join / **enter** / **attend**都有「參加」的意思。

join多指參加組織、團體，成為其中一員。

enter表示「進入」，後面接地點。也可表示進入某個時期或階段。

attend表示出席、去聽、去看，自己不一定主動積極地參與其中。

➲ My brother **joined** the army last year.
　 我哥哥去年從軍了。

➲ I saw Jack **entering** the school gate just now.
　 我剛才看見傑克走進了學校大門。

➲ Everyone must **attend** the meeting tomorrow.
　 明天的會議每個人都必須參加。

單字小試身手

Q. The woman told the truth to her lawyer without _____ because he was the only person she could rely on.

　 1. reservation　　　2. combination

　 3. impression　　　4. foundation　　　　　　【92年學測】

A: 1. reservation（那個女人毫無保留地對她的律師說出真相，因為她唯一
可以依賴的人就是他了。）
reservation指「保留」，combination指「結合」，impression指「印象」，
foundation指「基礎」。根據題意答案選1. reservation。

Kknow 【no】 | v. 知道、瞭解

know、understand、realize…都有「瞭解」的意思，你可以從中聯想到哪些單字呢？把它們都列下來吧！

蜂巢式結構圖

acknowledge

knowledge

realize

knowledgeable

recognition

Layer 2

recognize

Layer 3

第一層	第二層	第三層
know *v.* 知道、瞭解		
	knowledge *n.* 知識	
		acknowledge *v.* 承認、供認
		knowledgeable *adj.* 淵博的、博識的
	realize *v.* 瞭解	
		recognize *v.* 認出、認可
		recognition *n.* 認出

★你可以繼續發揮聯想力，完成第四層！

生活片語這樣用

1. be **known** as...　　　　　以⋯著稱
2. to one's **knowledge**　　　就某人所知
3. be **acknowledged** as...　被認為是⋯

易混淆單字一次破解

know / know of / get to know都有「知道」的意思。

know是一般動詞，指知道、認識。

know of指透過經驗瞭解或是被人告知。

get to know指逐漸地熟悉或瞭解。

➲ I don't **know** Mr. James, but I **know of** him.
我不認識詹姆斯先生，但我聽說過他。

➲ I **got to know** this new school.
我逐漸瞭解這所新學校。

單字小試身手

Q. Jerry didn't _____ his primary school classmate Mary until he listened to her self-introduction.

　　1. acquaint　　2. acquire　　3. recognize　　4. realize

【95年學測】

A: 3. recognize（傑瑞一直沒有認出他的小學同學瑪莉，直到他聽到了她的自我介紹。）

acquaint是「使認識」的意思，acquaint oneself with...則表示「熟知⋯」，acquire是「獲得」的意思，recognize是「認出」的意思，realize是「瞭解」的意思。根據題意答案選3. recognize。

L laboratory [ˋlæbrəˌtorɪ] | *n.* 實驗室

實驗室裡有哪些東西呢？tube（管子）、microscope（顯微鏡）、magnifying glass（放大鏡）…等，把你想到的單字也列下來吧！

蜂巢式結構圖

equip

equipment

pipe

instrument

pipeline

Layer 2

experiment

Layer 3

第一層	第二層	第三層
laboratory *n.* 實驗室		
	equipment *n.* 設備、裝備	
		equip *v.* 裝備
		instrument *n.* 器具、工具、樂器
	pipe *n.* 管子 *v.* 用管道輸送	
		experiment *n./v.* 實驗
		pipeline *n.* 管線

★你可以繼續發揮聯想力，完成第四層！

生活片語這樣用

1. **pipe** away　　　　用管道輸出
2. **pipe** down　　　　用管道向下輸送
3. **pipe** in　　　　　用管道輸入

易混淆單字一次破解

instrument / **appliance**都有「器具」的意思。

instrument指儀器、工具，強調技術上的精密工具或有助於達到某一目的之儀器或手段。

appliance主要指家用電器或器具。

➲ There are some precise **instruments** on the table.

　桌子上有一些精密儀器。

➲ household **appliances**

　家用電器

單字小試身手

Q. The guitar is one of the oldest ＿＿＿＿, it was already popular in Europe in the 15th century.

　　1. instruments　　　2. equipments　　　3. appliances

A: 1. instruments（吉他是最古老的樂器之一，十五世紀時它就已經在歐洲流行。）

instrument可以指「樂器」，equipment指的是「設備」，appliance指的是「器具」，尤其是指家用器具，如電器等。由於吉他是一種樂器，所以答案選1. instruments。

L land [lænd] | n. 陸地 v. 著陸、降落、靠岸

land（地）這個字會令你聯想到哪些單字呢？island、mainland、wonderland⋯，把你想到的單字也列下來吧！

蜂巢式結構圖

mainland

island

landscape

grassland

scenery

landmark

Layer 2

Layer 3

第一層	第二層	第三層
land n. 陸地 v. 著陸、降落、靠岸		
island n. 島、島狀物、安全島		
	mainland n. 大陸	
	grassland n. 草地、草原	
landscape n. 風景 v. 進行造景工程		
	landmark n. 地標、路標	
	scenery n. 風景、景色	

★你可以繼續發揮聯想力，完成第四層！

198

生活片語這樣用

1. **land** sb. / oneself in...　　　　　　使某人 / 自己處於…中
2. **landscape** architecture　　　　　造景建築藝術

易混淆單字一次破解

land / **ground**都有「地」的意思。

land指陸地，是與河流、海洋和空中相對的詞。同時也指土地。

ground主要指大地表面、場地、廣場（用複數）等。

➲ The sailors shouted with joy when they came in sight of **land**.
　當航員們看到了陸地時，他們歡呼起來。

➲ Let's turn the barren **land** into an orchard.
　來把荒地變成果園吧。

➲ The **ground** is covered with deep snow.
　地面覆蓋著一層厚厚的雪。

➲ The house has large **grounds**.
　這座房子有很大的庭園。

單字小試身手

Q. As the tallest building in the world, Taipei 101 has become a new
＿＿＿＿ of Taipei City.

　　1. incident　　2. geography　　3. skylight　　4. landmark

【93年學測】

A: 4. landmark（作為世界上最高的建築，台北101已經成為台北市的新地標。）
incident表示「事件」，geography表示「地形、地勢」，skylight表示「天窗」，landmark表示「地標」。根據題意答案選4. landmark。

199

L late 【let】 *adj./ adv.* 晚、遲、遲到

是否準時用late（遲）和early
（早），時間的早晚用sooner
（早）或later（晚），你可以由
此想到哪些單字呢？把它們都列下
來吧！

蜂巢式
結構圖

latest

lately

last

later

early

Layer 2

final

Layer 3

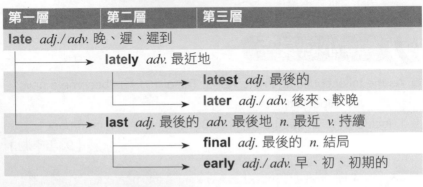

第一層	第二層	第三層
late *adj./ adv.* 晚、遲、遲到		
→ **lately** *adv.* 最近地		
	→ **latest** *adj.* 最後的	
	→ **later** *adj./ adv.* 後來、較晚	
→ **last** *adj.* 最後的 *adv.* 最後地 *n.* 最近 *v.* 持續		
	→ **final** *adj.* 最後的 *n.* 結局	
	→ **early** *adj./ adv.* 早、初、初期的	

★你可以繼續發揮聯想力，完成第四層！

生活片語 這樣用

1. be **late** for　　　遲到
2. **early** and **late**　　從早到晚
3. sooner or **later**　　早晚、遲早

易混淆單字 一次破解

last / **final** / **ultimate**都有「後」的意思。
last表最後的，唯一剩下的，指在一連串的東西、時間或一排人的最後。
final表最後的，強調結束或完成一連串的行動。
ultimate表最後的、終極的，較為正規，通常可與final互換。

➜ I took the **last** bus home.
　 我搭乘最後一班公車回家。

➜ **final** exam
　 期末考試

➜ our **ultimate** goal
　 我們的最終目標

單字 小試身手

Q. We have had plenty of rain so far this year, so there should be an
　 _____ supply of fresh water this summer.

　 1. intense　　2. ultimate　　3. abundant　　4. epidemic

【94年指考】

A: 3. abundant（今年到目前為止已經有大量的雨水，所以今夏的供水應該很充足。）
intense表示「強烈的」，ultimate表示「最後的」，abundant表示「充足的」，epidemic表示「流行的」。根據題意答案選3. abundant。

L laugh [læf] | *v. / n.* 笑、笑聲

笑的方式有很多種，smile（微
笑）、grin（露齒笑）、joke（開玩
笑）…等都是，把你想到的單字也列
下來吧！

第一層	第二層	第三層
laugh *v. / n.* 笑、笑聲		
	smile *n. / v.* 微笑	
		grin *v. / n.* 露齒笑
		chuckle *v. / n.* 輕輕地笑
	joke *n.* 笑話、玩笑 *v.* 開玩笑	
		mock *v.* 嘲笑、（為取笑而）模仿 *n.* 嘲笑、笑柄
		ridicule *n. / v.* 嘲笑、愚弄

★你可以繼續發揮聯想力，完成第四層！

202

生活片語這樣用

1. **laugh** at　　　　　　　　　嘲笑、譏笑
2. **grin** with pleasure　　　　高興得咧嘴而笑
3. make a **joke** about sb. / sth.　拿某人 / 某事開玩笑
4. **mock** at...　　　　　　　　嘲笑⋯、拿⋯開玩笑

易混淆單字一次破解

laugh / **laughter**都有「笑聲」的意思。

laugh和laughter兩者意義相近，都是「笑聲」的意思。laugh是可數名詞，laughter是不可數名詞。

➲ to give a **laugh**
　大笑一聲

➲ a house full of **laughter**
　充滿歡聲笑語的屋子

單字小試身手

Q. Although everyone ＿＿＿＿ his idea, he still worked on it and finally proved it.

　1. ridicule　　　2. advocate　　　3. disperse

A: 1. ridicule（雖然每個人都嘲笑他的想法，但他仍然持續努力，最後證明了他的想法。）

ridicule表示「嘲笑」，advocate表示「提倡」，disperse表示「驅散」。根據題意答案選1. ridicule。

L law [lɔ] | *n.* 法律

與law（法律）相關的單字有lawyer
（律師）、judge（法官）、court
（法庭）…等，把你想到的單字也列
下來吧！

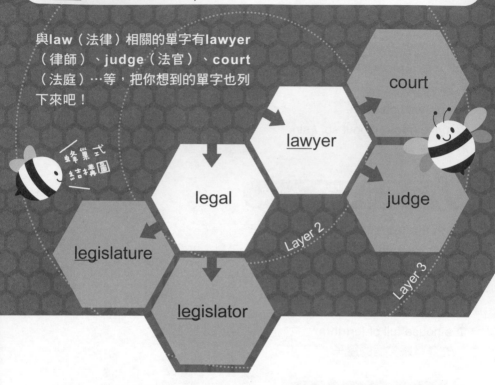

蜂巢式結構圖

court

lawyer

legal

judge

Layer 2

legislature

legislator

Layer 3

第一層	第二層	第三層
law *n.* 法律		
	lawyer *n.* 律師	
		court *n.* 法院
		judge *n.* 裁判、法官 *v.* 裁定
	legal *adj.* 合法的	
		legislator *n.* 立法者、立法委員
		legislature *n.* 立法院

★你可以繼續發揮聯想力，完成第四層！

生活片語 這樣用

1. be against the **law**   違法
2. a **law** against sth.   為反對某事而制定的法律

易混淆單字 一次破解

legal / **lawful** 都有「合法」的意思。
legal 側重於法律上的，屬於法律範圍的。
lawful 則多用於專業和文學語境中。

➲ the **legal** system
　　法律體系

➲ His **lawful** wife is Linda.
　　他的合法妻子是琳達。

單字 小試身手

Q. John and his team members set an _____ goal for the next
　 tournament: the championship.

　 1. ambitious   2. illegal   3. energetic   4. ordinary

【91年學測】

A: 1. ambitious（約翰和他的隊友們為下一次聯賽訂了一個野心勃勃的目標：冠軍。）
ambitious表示「野心勃勃的」，illegal表示「非法的」，energetic表示「精力充沛的」，ordinary表示「普通的」。根據題意答案選1. ambitious。

L lay 【le】 | *v.* 佈置、安排

lay、lie、lain、lying…這些字是不
是常常讓你混淆呢？把它們都列下
來，再找出它們的意義和用法，現在
就把它們搞懂吧！

蜂巢式
結構圖

layout

layer

place

delay

displace

Layer 2

replace

Layer 3

第一層	第二層	第三層
lay *v.* 佈置、安排		
→	**layer** *n.* 層 *v.* 分層	
	→	**layout** *n.* 規劃
	→	**delay** *v./n.* 延遲、耽擱
→	**place** *n.* 地方 *v.* 放置、佈置	
	→	**replace** *v.* 代替
	→	**displace** *v.* 移置、移走

★你可以繼續發揮聯想力，完成第四層！

生活片語這樣用

1. **lay** off   解雇、停止做
2. make **place** for...   騰出空位給…
3. take the **place** of / in **place** of   代替、取代

易混淆單字一次破解

in place of / instead of 都有「代替」的意思。

這兩個片語基本上沒有什麼區別。在使用時，介詞of後面接名詞或名詞短語。

另外 instead of...還可以表示「做某事，而不做…」。

in place of 多用來指一種物質替換另一物質。

➲ He will go **instead of** you.
他將代替你去。

➲ Plastics are now often used **in place of** wood or metal.
現在塑膠經常被用來代替木料或金屬。

單字小試身手

Q. The bad weather might cause serious _____ of all incoming
flights; I think we should take a train instead.
    1. invasions   2. shuttles   3. delays

A: 3. delays（惡劣的天氣可能會造成接下來的班機嚴重誤點，我認為我們
應該改搭火車。）
invasions表示「入侵」，shuttle表示「短程往返」，delays表示「延遲」。
根據題意答案選3. delays。

L lead 【lid】 *v./n.* 帶領、率領、領導

lead、guide、direct…都有「領導」的意思,那麼「領導者」的英文又該怎麼說呢?把相關的單字都列下來吧!

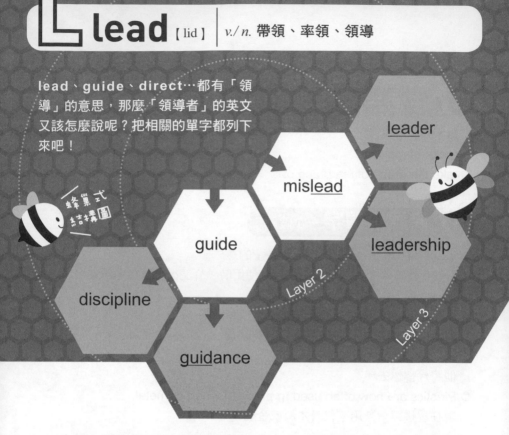

蜂巢式結構圖

leader

mislead

guide

leadership

discipline

Layer 2

guidance

Layer 3

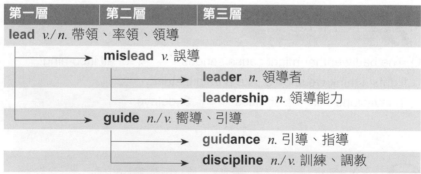

第一層	第二層	第三層
lead *v./n.* 帶領、率領、領導		
→	**mislead** *v.* 誤導	
	→	**leader** *n.* 領導者
	→	**leadership** *n.* 領導能力
→	**guide** *n./v.* 嚮導、引導	
	→	**guidance** *n.* 引導、指導
	→	**discipline** *n./v.* 訓練、調教

★你可以繼續發揮聯想力,完成第四層!

生活片語這樣用

1. **lead** up to   引起、導致
2. **lead** into   通向、導致
3. **lead** off   開始
4. **guide** sb. through...   引導某人通過⋯

易混淆單字一次破解

guide / lead都有「引導」的意思。

guide表示引導別人，因其對路徑十分熟悉，不會使人走錯路。

lead表示引導人在前面帶路，強調率領的意思。

⊃ He **guided** them through the street.
　 他引導他們走過那條街道。

⊃ If you **lead**, I will follow.
　 如果你領頭，我會跟著。

單字小試身手

Q. The tourist guide didn't take his responsibility to _____ the tourist around the castle.

    1. guide   2. share   3. remind

A: 1. guide（那個導遊沒有盡到帶遊客參觀城堡的責任。）
guide有「引導別人方向」的意思，share是「分享」的意思，remind是「提醒」的意思。根據題意答案選1. guide。

L life [laɪf] | n. 生命

與life（生命）相關的單字有很多，包括從birth（出生）到death（死亡）都是，把你想到的單字也列下來吧！

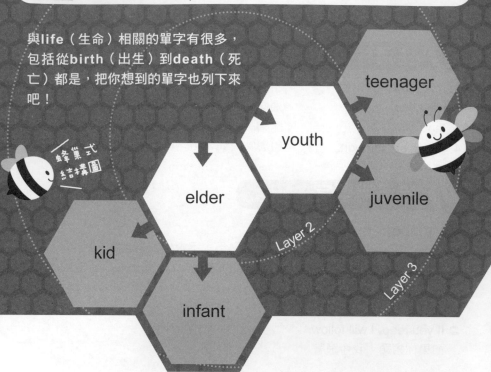

蜂巢式 結構式圖

第一層	第二層	第三層
life *n.* 生命		
	youth *n.* 青年、少年	
		teenager *n.* 少年、青少年
		juvenile *n.* 年輕人、小孩 *adj.* 年輕的
	elder *n.* 長輩、年長者 *adj.* 年長的	
		infant *n.* 嬰兒、未成年的人
	kid *n.* 小孩	

★你可以繼續發揮聯想力，完成第四層！

🐝 生活片語 這樣用

1. bring...to **life**　　　　　使…復活、給予…活力
2. for **life**　　　　　　　　一生、終身
3. **life** guard　　　　　　　救生員
4. **life**-and-death　　　　　生死攸關的

🐝 易混淆單字 一次破解

elder / **older**都有「老」的意思。

elder指長幼次序中輩份較長的年長者。

older是與「新」相對的「舊」及與「少」相對的「老」。

⊃ He is my **elder** brother.

他是我哥哥。

⊃ Jim is **older** than his sister.

吉姆比他妹妹大。

🐝 單字 小試身手

Q. My _____ brother is five years older than I am.

　1. elder　　　　2. old　　　　3. big

A: 1. elder（我哥比我大五歲。）

英文中不管是哥哥還是弟弟都是用brother這個字，如果要說明是哥哥的話，
則英文是elder brother；而弟弟則是younger brother。所以答案選1. elder。

L light [laɪt] n. 光線 adj. 光亮的、輕的 adv. 光亮地、輕輕地

light（亮）與dark（暗）相關的單字有哪些呢？到了夜晚時，各種閃閃發光的燈火又該怎麼用英文來形容呢？把你知道的單字都列下來吧！

蜂巢式結構圖

delight
lightning
spotlight
flashlight
dark
twilight
Layer 2
Layer 3

第一層	第二層	第三層
light n. 光線 adj. 光亮的、輕的 adv. 光亮地、輕輕地		
→ lightning n. 閃電		
	→ delight n. 欣喜、高興 v. 使高興	
	→ flashlight n. 手電筒	
→ spotlight n./v. 強光、用聚光燈照明		
	→ twilight n. 黎明、黃昏	
	→ dark adj. 黑的、陰暗的 n. 黑暗	

★你可以繼續發揮聯想力，完成第四層！

生活片語這樣用

1. **light** up 照亮、點燃、容光煥發
2. bring... to **light** 揭露⋯、將⋯曝光、發掘⋯
3. in the **dark** 在暗處、在黑暗中、秘密地

易混淆單字一次破解

dark / black都有「黑」的意思。

dark指光線暗淡的、黑暗的，還可指顏色為深色的或暗色的。

black指沒有光線的、漆黑的、黑暗的，也指顏色為黑的、黑色的。

➲ a **dark** street
昏暗的街道

➲ a **black** night
漆黑的夜晚

單字小試身手

Q. On the night of his first speech, he was _____ to see that the lecture theatre was full.

   1. depressed   2. delighted   3. detective

A: 2. delighted（在他第一次演講的那個晚上，他很高興地看到整個演講廳爆滿。）

depressed表示「沮喪的」，delighted表示「高興的」，detective表示「偵探的」。根據題意答案選2. delighted。

L line [laɪn] | *n.* 線 *v.* 畫線、排成行列

以line為字根的英文單字有很多，例如deadline、guideline、underline⋯等都是，把你想到的單字也列下來吧！

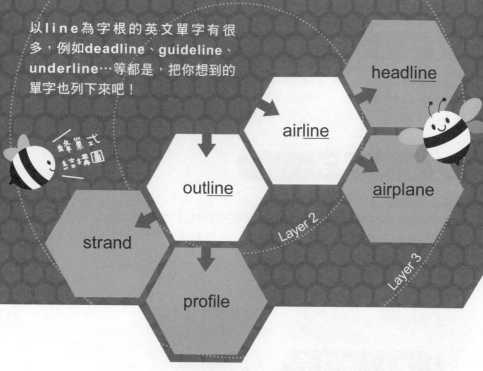

蜂巢式結構圖

headline

airline

outline

strand

airplane

profile

Layer 2

Layer 3

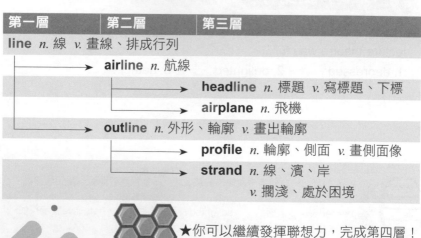

第一層	第二層	第三層
line *n.* 線 *v.* 畫線、排成行列		
→ airline *n.* 航線		
	→ headline *n.* 標題 *v.* 寫標題、下標	
	→ airplane *n.* 飛機	
→ outline *n.* 外形、輪廓 *v.* 畫出輪廓		
	→ profile *n.* 輪廓、側面 *v.* 畫側面像	
	→ strand *n.* 線、濱、岸 *v.* 擱淺、處於困境	

★你可以繼續發揮聯想力，完成第四層！

生活片語這樣用

1. in **line**	成一直線、成一排
2. **line** up	排成行、排隊
3. out of **line**	不成一直線、不一致

易混淆單字一次破解

line / **string** / **thread**都有「線」的意思。
line指物體表面又長又細的線或線條，常用在數學中。
string常指用來綁東西的細繩、帶子。
thread常指用來縫衣服的棉線、毛線、絲線。

➲ He drew a **line** on the paper.
他在紙上畫了一條線。

➲ He tied the box with **string**.
他用細繩把那個盒了綁了起來。

➲ needle and **thread**
針線

單字小試身手

Q. Since the Internet prevails all over the country, there are many
people beginning to shop _____.

1. inside   2. online   3. at home

.

A: 2. online（由於網路在這個國家很盛行，很多人開始在網路上購物。）
inside表示「內部」，online表示「線上」，at home表示「在家裡」。根據
題意答案選2. online。

L little [`lɪt!] | *adj.* 稀少的 *adv.* 少 *n.* 少量

little、small、few都有「少、小」
的意思，相反的字有large、big…
等，這些字令你聯想到哪些單字呢？
把它們都列下來吧！

蜂巢式
結構圖

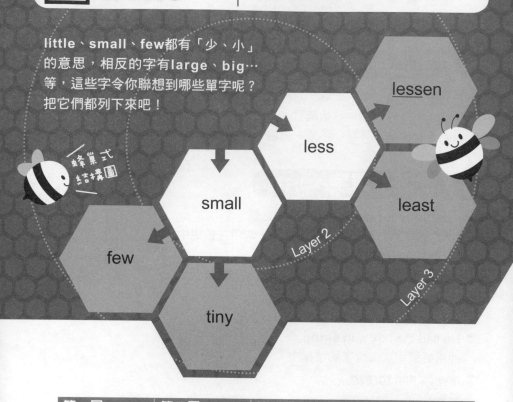

第一層	第二層	第三層
little *adj.* 稀少的 *adv.* 少 *n.* 少量		
→	**less** *adj.* 較少的 *adv.* 較少地 *n.* 較少 *prep.* 減少	
	→	**lessen** *v.* 減少
	→	**least** *adj.* 最少的 *n.* 最少 *adv.* 最少地
→	**small** *adj.* 小的 *n.* 少量 *adv.* 小小地	
	→	**tiny** *adj.* 小巧的
	→	**few** *adj.* 少數的 *n.* 少數之物

★你可以繼續發揮聯想力，完成第四層！

生活片語 這樣用

1. a **little**　　　　　一些、一點
2. **little** by **little**　一點點地、逐漸地
3. at **least**　　　　　至少
4. a **few**　　　　　　有些、幾個
5. quite a **few**　　　相當多、不少

易混淆單字 一次破解

few / **little** 都有「少」的意思。

few 表示幾乎沒有。後接可數名詞。

little 表示幾乎沒有。後接不可數名詞。

➲ **Few** people come to the cinema nowadays.

如今幾乎沒人去電影院。

➲ There is **little** water in the glass.

玻璃杯裡幾乎沒水了。

單字 小試身手

Q. _____ people can understand what love is, that is why we always hurt someone we love.

　　1. Few　　　　2. A few　　　　3. Many

A: 1. Few（很少人能瞭解愛的真義，這就是為什麼我們總是傷害我們所愛的人。）

few 形容「極少的」，a few 指的是「一些」，many 則表示「很多」。根據題意答案選 1. Few。

L live [lɪv] | *adj.* 活的、存活、渡過

live、lively、alive、living…這些字是不是都很像呢？藉此你可以聯想到哪些單字呢？把你想到的單字也列下來吧！

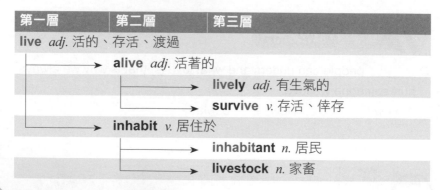

第一層	第二層	第三層
live *adj.* 活的、存活、渡過		
	alive *adj.* 活著的	
		lively *adj.* 有生氣的
		survive *v.* 存活、倖存
	inhabit *v.* 居住於	
		inhabitant *n.* 居民
		livestock *n.* 家畜

★你可以繼續發揮聯想力，完成第四層！

生活片語這樣用

1. **live** for...　　　　為…而活、渴望…
2. **live** on...　　　　以…為主食
3. **live** with...　　　與…一起生活

易混淆單字一次破解

live / inhabit都有「住」的意思。

live是常用詞，一般用來指人「住在」某個地方。

inhabit一般用來指動物或人口的「棲息於…」、「居住在…」，它比較正式，等於live in。

➲ He **lives** near the factory.
　他住在那間工廠附近。

➲ That island is **inhabited** by snakes.
　那個島上有蛇棲息。

單字小試身手

Q. Jenny was very sad over the death of her son. For her, nothing can _____ the loss of a child.

　1. take over　　2. turn into　　3. make up for　　4. live up to

【93年指考】

A: 3. make up for（珍妮對兒子的死感到非常傷心，對她來說，失去一個孩子是任何事都無法補償的。）
take over是「接管」的意思，turn into是「轉變成」的意思，make up for是「填補、補償」的意思，live up to是「遵循」的意思。根據題意答案選3. make up for。

L locate 【loˋket】 | *v.* 設點、設置、位於

place、position、location…都有「位置」的意思，你可以由此聯想到哪些單字呢？把它們都列下來吧！

蜂巢式結構圖

local

location

place

allocate

dealer

deal

Layer 2

Layer 3

第一層	第二層	第三層
locate *v.* 設點、設置、位於		
	location *n.* 位置	
		local *adj.* 當地的 *n.* 當地人
		place *n.* 位置、地點
	allocate *v.* 分配	
		deal *n./v.* 分配、交易
		dealer *n.* 商人、小販

★你可以繼續發揮聯想力，完成第四層！

生活片語這樣用

1. **local** color　　　　　地方色彩
2. **local** time　　　　　當地時間
3. **allocate** sth. to...　　把某物分給、撥給…

易混淆單字一次破解

location / **place**都有「位置」的意思。

location較為正式，既可指物體所在地點，有時也可表示與他物的位置關係。

place指一個地方或位置。

⊃ What's the **location** of the hospital?
　　那家醫院位於哪兒？

⊃ There is a **place** in the corner.
　　在角落裡有個位置。

單字小試身手

Q. We invest in order to ＿＿＿＿＿ our possessions.

　　1. make use of　　　　　2. take place

　　3. make profits of　　　　4. take care of

【高中英文競試】

A: 3. make profits of（我們投資是為了要從我們的財產中創造利潤。）
make use of表示「利用」，take place表示「發生」，make profits of...表示「從…之中創造利益、利潤」，take care of表示「照顧」。根據題意答案選3. make profits of。

L long [lɔŋ] | *adj.* 長久的 *adv.* 長久地 *v.* 渴望

與 long（長）、short（短）相關的單字有哪些呢？tall、along、shortage…等都是，把你想到的單字也列下來吧！

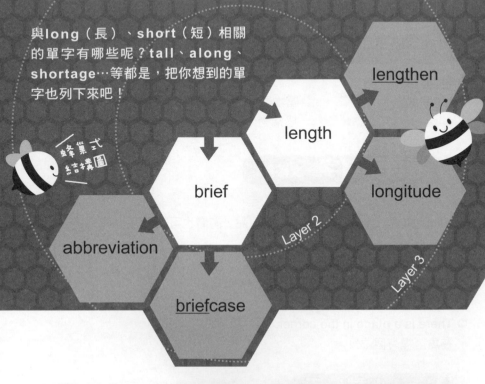

蜂巢式結構圖

lengthen

length

brief

longitude

Layer 2

abbreviation

briefcase

Layer 3

第一層	第二層	第三層
long *adj.* 長久的 *adv.* 長久地 *v.* 渴望		
length *n.* 長度		
	lengthen *v.* 加長	
	longitude *n.* 經度	
brief *adj.* 短暫的 *n.* 摘要、選錄 *v.* 作摘要		
	briefcase *n.* 公事包、公文袋	
	abbreviation *n.* 縮寫	

★你可以繼續發揮聯想力，完成第四層！

生活片語這樣用

1. as / so **long** as   只要
2. before **long**   不久之後
3. no **longer**   不再、已不
4. in **brief**   簡言之、簡單地說

易混淆單字一次破解

brief / **short**都有「短」的意思。
brief主要指時間的短暫。
short可指時間的短暫，也可用於指長度、距離的短暫。

➲ a **brief** meeting
　簡短的會議
➲ a **short** walk
　短距離散步
➲ The trains leave at **short** / **brief** intervals.
　每隔很短的時間就開出一列火車。

單字小試身手

Q. A straight line is the _____ distance between two points.

1. shortest   2. smallest   3. least

A: 1. shortest（直線是兩點間最短的距離。）
shortest表示「最短的」，smallest表示「最小的」，least表示「最少的」。形容距離的長短應該要用long和short，所以答案選1. shortest。

L luck [lʌk] | *n.* 幸運、運氣、好運

lucky、fortune都有幸運的意思，那麼「不幸」的英文又該怎麼說呢？想想看有哪些相關的單字，把它們都列下來吧！

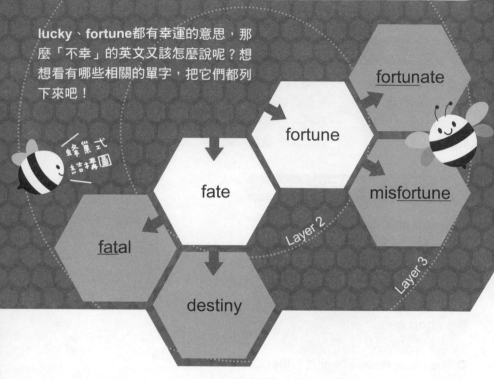

蜂巢式結構圖

fortunate

fortune

misfortune

fate

Layer 2

fatal

destiny

Layer 3

第一層	第二層	第三層
luck *n.* 幸運、運氣、好運		
→ fortune *n.* 運氣、財富		
	→ fortunate *adj.* 幸運的、幸福的	
	→ misfortune *n.* 不幸	
→ fate *n.* 命運、宿命		
	→ destiny *n.* 命運	
	→ fatal *adj.* 致命的、決定性的	

★你可以繼續發揮聯想力，完成第四層！

生活片語這樣用

1. in **luck**	運氣好
2. out of **luck**	運氣不好
3. try one's **fortune**	某人碰運氣
4. make a **fortune**	發財、致富

易混淆單字一次破解

fortune / **lucky**都有「好運的、幸運的」的意思。

fortune表示處於幸運的某種狀態中。

lucky側重於因意外或偶然原因而得到的短暫幸運。

⊃ I was **fortunate** in having a good teacher.
我很幸運有位好老師。

⊃ It's a **lucky** guess.
僥倖猜中了。

單字小試身手

Q. We were _____ enough to drive the enemy out of the city.

   1. innocent   2. typical   3. fortunate

A: 3. fortunate（我們非常幸運把敵人趕出了城。）
innocent表示「天真的、清白的」，typical表示「典型的」，fortunate表示
「幸運的」。根據題意答案選3. fortunate。

M mail 【mel】 | *n.* 郵件 *v.* 郵寄

E-mail是現在最方便的溝通聯絡方式，在寫信時會用到的英文單字包括send（傳送）、receive（收信）、mailbox（信箱）…等，把你想到的單字也列下來吧！

蜂巢式結構圖

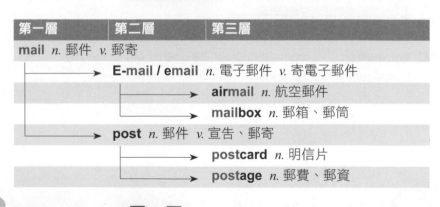

airmail

E-mail / email

post

mailbox

postage

postcard

Layer 2

Layer 3

第一層	第二層	第三層
mail *n.* 郵件 *v.* 郵寄		
	E-mail / email *n.* 電子郵件 *v.* 寄電子郵件	
		airmail *n.* 航空郵件
		mailbox *n.* 郵箱、郵筒
	post *n.* 郵件 *v.* 宣告、郵寄	
		postcard *n.* 明信片
		postage *n.* 郵費、郵資

★你可以繼續發揮聯想力，完成第四層！

生活片語這樣用

1. **mail** carrier　　郵車、郵船
2. **mail** drop　　郵筒
3. **post** up　　張貼

易混淆單字一次破解

mail / **post**都有「郵寄」的意思。這兩個詞既可當名詞的「郵件」，又可當動詞的「郵寄」。

mail可統稱信件，是美國用法。

post指郵件，是英國用法。

➡ Don't forget to **mail** that letter to your mother.
別忘了把那封信寄給你媽。

➡ Can you **post** this letter for me?
請幫我寄這封信好嗎？

單字小試身手

Q. E-mail plays a _____ role in modern communication.

1. vital　　2. violent　　3. vivid　　4. various

【90年學測】

A: 1. vital（電子郵件在現代的溝通中扮演了一個重要的角色。）
vital表示「重要的」，violent表示「暴力的」，vivid表示「生動的」，various表示「各種各樣的」。根據題意答案選1. vital。

M mark 【mɑrk】 v./n. 標記、觀察、弄污

mark表示「標記」，而Mark則是男生的英文名字「馬克」，除此之外，像是joy表示「歡樂」，而Joy也是英文名字「喬伊」。你能想到類似的字嗎？把它們都列下來吧！

蜂巢式結構圖

第一層	第二層	第三層
mark v./n. 標記、觀察、弄污		
	remark v./n. 注意、觀察	
		remarkable adj. 值得注意的
		trademark n. 標誌、特徵
	stain n. 污點 v. 玷污	
		spot n. 污點 v. 玷污
		soil n. 污物 v. 玷污

★你可以繼續發揮聯想力，完成第四層！

生活片語這樣用

1. **mark** down...　　　　　記下…、降低…的價格
2. **mark** up...　　　　　　提高…的價格、提高…的分數
3. **remark** on　　　　　　談論
4. on the **spot**　　　　　在場、到場、立即、當場

易混淆單字一次破解

stain / **soil**都有「玷污」的意思。
stain表示玷污、染汙，留下難以除去的印跡。
soil表示弄髒且程度較輕。

⊃ I hope it doesn't **stain** the curtain.
　我希望它別把地毯弄髒了。

⊃ His hands were **soiled**.
　他的手被弄髒了。

單字小試身手

Q. His teeth are _____ with years of smoking.

　1. massive　　　2. stained　　　3. stern

A: 2. stained（他因多年抽煙，牙齒上有褐斑。）
massive表示「笨重的」，stained表示「髒汙的」，stern表示「嚴格的」。
根據題意答案選2. stained。

M maybe [ˋmebɪ] | *adv.* 也許、大概

maybe、perhaps、probable、likely…等都有「可能、也許」的意思，還有哪些單字也有推測的意思呢？把你想到的單字列下來吧！

蜂巢式結構圖

dismay

may

possibly

mayor

perhaps

possible

Layer 2

Layer 3

第一層	第二層	第三層
maybe *adv.* 也許、大概		
→ **may** *n./ v. (conj.)* 許可		
	→ **dis**may *v./ n.* 狼狽、恐慌	
	→ **may**or *n.* 市長	
→ **possibly** *adv.* 可能地、或許		
	→ **possible** *adj.* 可能的	
	→ **perhaps** *adv.* 也許	

★你可以繼續發揮聯想力，完成第四層！

生活片語這樣用

1. to one's **dismay**　　　讓某人驚恐的是
2. in / with **dismay**　　　驚恐的、絕望的
3. as... as **possible**　　　盡可能地…

易混淆單字一次破解

possible / **probable** 都有「可能」的意思。

possible強調客觀上有可能，但常帶有實際希望很小的暗示。

probable則是主觀的猜測，用來指有根據、合情理的事物，含有大概、很可能的意思，語氣較強。

➲ It is **possible** to get there by bus.
也許可以搭公車到那裡。

➲ From his words, I know this is the **probable** cause for his failure.
從他的話中，我得知這可能是他失敗的原因。

單字小試身手

Q. It is highly _____ that he will take over his father's business.

　1. probable　　　　2. substantial　　　　3. soiled

A: 1. probable（他極可能接管他父親的事業。）
probable表示「可能的」，substantial表示「實體的」，relative表示「相對的、相關的」。根據題意答案選1. probable。

M meet [mit] | *v./ n.* 遇見、會議

meet、meat、met…這些字是不是
都長得很像呢？它們會讓你聯想到哪
些單字呢？把你想到的單字列下來
吧！

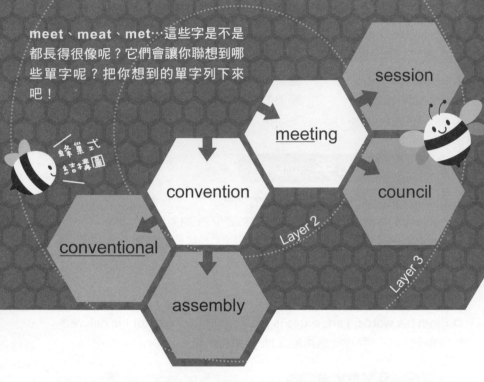

蜂巢式
結構圖

session

meeting

convention

council

conventional

Layer 2

assembly

Layer 3

第一層	第二層	第三層
meet *v./ n.* 遇見、會議		
	meeting *n.* 會議	
		session *n.* 會議、開庭
		council *n.* 議會
	convention *n.* 會議、公約	
		assembly *n.* 會議、集合、集會
		conventional *adj.* 慣例的、常見的

★你可以繼續發揮聯想力，完成第四層！

🐝 生活片語這樣用

1. **meet** with   會晤、遇到、經歷
2. **meet** sb. halfway   遷就某人

🐝 易混淆單字一次破解

meet / **meeting** / **party**都有「聚會」的意思。
meet主要指體育競賽、比賽、運動會。
meeting可指運動會，尤其是賽馬，還可指集合、集會或會面。
party指聯歡會、聚會。

➲ a track **meet**
　徑賽運動會
➲ an athletics **meeting**
　運動會
➲ a birthday **party**
　生日聚會

🐝 單字小試身手

Q. This new type of surgery is popular because the recovery time is
　much shorter than that required in _____ surgeries.
　　1. identical　　2. superficial　　3. fictional　　4. conventional

【93年指考補考】

A: 4. conventional（新型的外科手術很受歡迎，因為所需的復原時間比普通
的手術要短得多。）
identical表示「完全相同的」，superficial表示「表面的」，fictional表示
「虛構的」，conventional表示「普通的、常見的」。根據題意答案選
4. conventional。

M migrate [`maɪgret] | v. 遷徙、移居

migrate（遷徙）會讓你聯想到哪些單字呢？「候鳥」、「季節」、「移民」等都是相關的英文單字。把你想到的單字都列下來吧！

蜂巢式結構圖

emigration

emigrate

immigrate

emigrant

immigrant

immigration

Layer 2

Layer 3

第一層	第二層	第三層
migrate *v.* 遷徙、移居		
	emigrate *v.* 移居國外、移民	
		emigration *n.* 遷徙
		emigrant *n.* 移民
	immigrate *v.* 遷徙、遷入	
		immigration *n.* 移民入境
		immigrant *n.* 移民

★你可以繼續發揮聯想力，完成第四層！

生活片語這樣用

1. **migrate** from...　　　　　　從⋯遷來
2. **migrate** to...　　　　　　　遷至⋯
3. **emigrate** to...　　　　　　　移居到⋯

易混淆單字一次破解

emigrate / **immigrate**都有「移民」的意思。
從本國移民到別的國家用emigrate，即「移民去⋯」。
從別的國家移居進本國用immigrate，即「移民來⋯」。

➜ His grandparents **emigrated** to the United States.
　他祖父母移居到美國。

➜ His grandparents **immigrated** into London.
　他祖父母移居到倫敦來。

單字小試身手

Q. The _____ of birds is to move from one geographical area to another.

　1. significance　　　2. migration　　　3. extension

A: 2. migration（鳥類的遷徙是從一個地理區移至另一個地理區。）
significance表示「重要性」，migration表示「遷徙」，extension表示「擴大」。根據題意答案選2. migration。

M mistake 【mɪˋstek】 | *n.* 錯誤 *v.* 弄錯

error、wrong、mistake…都有
「錯誤」的意思，那麼哪些單字表示
「對、正確」的意思呢？把你想到的
單字都列下來吧！

第一層	第二層	第三層
mistake *n.* 錯誤 *v.* 弄錯		
	error *n.* 錯誤	
		wrong *adj.* 錯誤的 *adv.* 錯誤地 *v.* 損害 *n.* 錯
		right *adj.* 對的、正確的
	fault *v.* 犯錯 *n.* 錯誤、缺點	
		false *adj.* 謬誤的、假的
		true *adj.* 正確的、真實的

★你可以繼續發揮聯想力，完成第四層！

生活片語這樣用

1. by **mistake** 　　　　　錯誤地
2. go **wrong** 　　　　　　出錯、犯錯、發生故障、出毛病
3. be **wrong** with... 　　　…有毛病（故障）
4. find **fault** with 　　　　挑剔

易混淆單字一次破解

mistake / **fault**都有「錯誤」的意思。

mistake指言語或行為上的錯誤、失誤。

fault強調對所發生的不好的事情所負的責任，或在這個事情上有過失、過錯。

➲ It is easy to make a **mistake**.

　　犯錯誤很容易。

➲ It's my **fault**.

　　這是我的錯。

單字小試身手

Q. It's not your ＿＿＿＿. Actually I have to take all the responsibility.

　　1. fault 　　　　　2. route 　　　　　3. hesitation

A: 1. fault（這不是你的錯，事實上我必須負全部的責任。）
fault表示「錯誤、責任」，route表示「路線、路程」，hesitation表示「遲疑、躊躇」。根據題意答案選1. fault。

237

M move【muv】 | *v./n.* 移動

移動的方式有很多種，走、跑、跳、甚至是飛，都可以算是一種移動，把你想到的相關單字都列下來吧！

蜂巢式結構圖

walk

wander

climb

stroll

Layer 2

creep

scramble

Layer 3

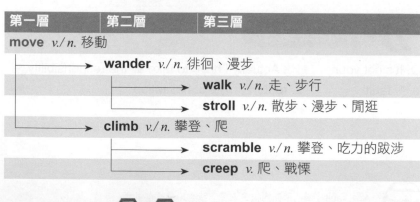

第一層	第二層	第三層
move *v./n.* 移動		
→	**wander** *v./n.* 徘徊、漫步	
	→	**walk** *v./n.* 走、步行
	→	**stroll** *v./n.* 散步、漫步、閒逛
→	**climb** *v./n.* 攀登、爬	
	→	**scramble** *v./n.* 攀登、吃力的跋涉
	→	**creep** *v.* 爬、戰慄

★你可以繼續發揮聯想力，完成第四層！

生活片語這樣用

1. **move** on	繼續向前走
2. on the **move**	到處走動、在移動中、事情在進行中
3. **climb** up	攀登、攀爬

易混淆單字一次破解

climb / **mount**都有「爬」的意思。

climb指費力地攀登或上升。

mount也可用以表達爬上的意思，可與climb up換用，但用於表達「跨上（馬、摩托車等）」的意思時，就不宜用climb取代。

➲ The car will never **climb** the hill.
這輛車無法爬上那座山。

➲ He **mounted** the bicycle and rode away.
他跨上自行車就走了。

單字小試身手

Q. If we can _____ to, we will take a vacation abroad in the summer.

　1. pay　　　2. move　　　3. expose　　　4. afford

【95年學測】

A: 4. afford（如果我們可以負擔得起，今年夏天我們就出國度假。）
pay for...表示「付…的錢」；move to...是「移到…（地點）」；expose to...表示「暴露在…之下」；afford to是指「買得起、負擔得起」，前面常常是can、could、或be able to。根據題意答案選4. afford。

239

M Mr. / Mister 【`mɪstə】 | n. 先生

ladies（淑女）和gentlemen（紳士）都是對人禮貌的稱呼，sir、Mr.、madam…也都是，把你想到的其他相關單字也列下來吧！

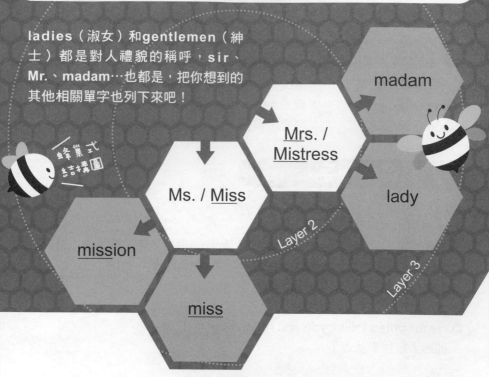

第一層	第二層	第三層
Mr. / Mister n. 先生		
	Mrs. / Mistress n. 太太	
		madam n. 夫人、女士
		lady n. 淑女
	Ms. / Miss n. 小姐、女士	
		miss v. 錯過、遺失、想念
		mission n. 任務

★你可以繼續發揮聯想力，完成第四層！

生活片語這樣用

1. **miss** out　　　　　漏掉、錯過（機會）
2. **miss** the mark　　　落空、失敗、未打中

易混淆單字一次破解

Mr. / sir / Mrs. / Miss / Ms. / Lady / madam等稱呼的用法。

Mr.是Mister的縮寫，用於姓名和職稱前，表示對男性的尊稱，複數是Messrs。

sir用於對先生、老師、閣下、老爺的尊稱，不接名字，複數為sirs。

Mrs.是Mistress的縮寫，用於對已婚婦女的尊稱，複數為Mesdames。

Miss用於對未婚女子的尊稱，其複數為Misses。也可以指客人稱呼女服務生、僕人對小姐及小學生對老師的敬稱。

Ms.是婦女解放運動的新詞，用於婚姻狀況不明的女子姓名前。

lady是禮貌地通稱婦女，當其面提及時的尊稱，不接名字。

madam是對已婚和外國婦女的尊稱，複數為mesdames。

單字小試身手

Q. Hurry up, or you may _____ the bus.

　1. get　　　　2. take　　　　3. miss

A: 3. miss（快點，否則你可能會錯過公車。）
上公車是「get on the bus」，下公車則是「get off the bus」，搭公車的説法是「take the bus」，而錯過公車則是「miss the bus」。根據題意答案選3. miss。

M music [ˋmjuzɪk] | n. 音樂

music（音樂）會讓你聯想到哪些單字呢？是各種各樣的instrument（樂器），還是各種類型的音樂，如pop songs（流行歌曲）、country music（鄉村音樂）等，把你喜歡的音樂也列下來吧！

蜂巢式結構圖

musician

musical

concert

melody

Layer 2

amuse

entertain

Layer 3

第一層	第二層	第三層
music *n.* 音樂		
	musical *adj./ n.* 音樂的、音樂劇	
		musician *n.* 音樂家
		melody *n.* 旋律
	concert *n.* 音樂會、演奏會	
		entertain *v.* 娛樂、款待
		amuse *v.* 逗…開心、娛樂

★你可以繼續發揮聯想力，完成第四層！

生活片語這樣用

1. face the **music**　　　　承擔後果
2. **amused** at / by / with...　以…為樂
3. be in **concert**　　　　一致、共同、協力

易混淆單字一次破解

entertain / **amuse**都有「娛樂」的意思。
entertain指使某人快樂，目的是為了取悅對方或使對方高興。
amuse指為了使某人或自己過得開心、愉快而進行的消遣、娛樂。
➲ I can **amuse** myself for a few hours.
　我能自娛自樂幾個小時。
➲ He **entertained** us with his stories.
　他的故事把我們逗樂了。

單字小試身手

Q. The toys _____ the baby girl for hours.
　1. amused　　　　2. teased　　　　3. insulted

A: 1. amused（小女孩玩玩具玩了很長時間，十分開心。）
amuse表示「逗…開心」，tease表示「戲弄、取笑」，insult表示「冒犯、侮辱」。根據題意答案選1. amused。

243

N nation [ˋneʃən] | n. 國家、聯邦

和nation（國家）相關的字有
people（人民）、land（土地）、
president（總統）…等，把你想到
的單字也列下來吧！

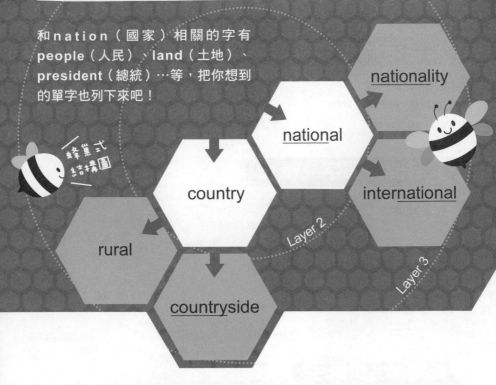

蜂巢式結構圖

nationality

national

country

international

Layer 2

rural

countryside

Layer 3

第一層	第二層	第三層
nation *n.* 國家、聯邦		
	national *adj.* 國家的	
		nationality *n.* 國籍
		international *adj.* 國際的、國際上的
	country *n.* 國家、鄉下	
		countryside *n.* 鄉下
		rural *adj.* 農村的、農業的

★你可以繼續發揮聯想力，完成第四層！

生活片語這樣用

1. **national** park　　　　國家公園
2. **country** bumpkin　　　鄉巴佬
3. **rural** area　　　　　　農村

易混淆單字一次破解

country / **countryside**都有「鄉村」的意思。

country指遠離城鎮，常有田地和樹木，在農業上有發揮作用的地區。

countryside指鄉村、郊外，在城鎮以外的土地區域。

➲ I live in the **country**.

　 我住在鄉下。

➲ The **countryside** is rocky.

　 這鄉村的石頭很多。

單字小試身手

Q. Bangkok is an _____ city with diverse culture, just like Paris, London, and New York.

　1. international　　　2. gracious　　　3. occasional

A: 1. international（曼谷是一個擁有多元文化的國際性都市，就像巴黎、倫敦和紐約一樣。）

international表示「國際的」，gracious表示「親切溫和的」，occasional表示「偶爾的、應景的」。根據題意答案選1. international。

N new 【nju】 | *adj.* 新的、新發明的

new（新的）這個字會令人聯想到許多複合字，例如new blood（新血、新成員）、new rich（新富、暴發戶）、new face（新面孔）…等都是，把你想到的單字也列下來吧！

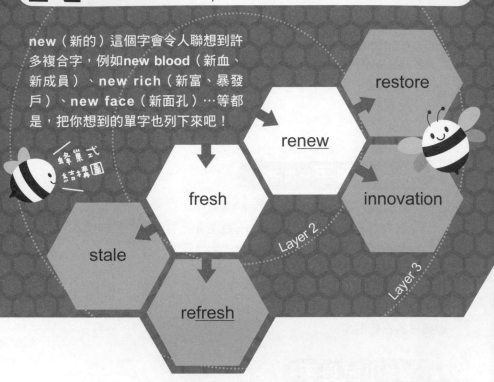

蜂巢式結構圖

restore

renew

fresh

innovation

stale

refresh

Layer 2

Layer 3

第一層	第二層	第三層
new *adj.* 新的、新發明的		
	renew *v.* 恢復、更新	
		restore *v.* 恢復
		innovation *n.* 革新
	fresh *adj.* 新鮮的	
		refresh *v.* 使恢復精神
		stale *adj.* 不新鮮的

★你可以繼續發揮聯想力，完成第四層！

生活片語這樣用

1. break the **news** (to sb.)　　（向某人）委婉傳達不幸的消息
2. **news** conference　　記者招待會

易混淆單字一次破解

new / **novel** / **fresh**都有「新」的意思。
new意為「新的」。
novel意為「新奇的」。
fresh意為「新鮮的」。

➡ The book is **new**.
　這本書是新的。

➡ This idea is **novel** to me.
　這個主意對我來説很新奇。

➡ I enjoy **fresh** air.
　我喜歡新鮮空氣。

單字小試身手

Q. Many old buildings are _____ in the community. Now it's no more an old community.

　1. repeated　　2. removed　　3. renewed

A: 3. renewed（這社區的許多老舊建築已經更新，現在不再是老舊社區了。）
repeat是「重覆」的意思，remove是「移開」的意思，renew是「更新」的意思。根據題意答案選3. renewed。

Object [ˋɑbdʒɪkt]

n. 物體、目標
v. 抵抗、反對

object的意思有「物體」、「目標」、「反對」…等意思,這些中文意思讓你聯想到哪些英文單字呢?把你想到的都列下來吧!

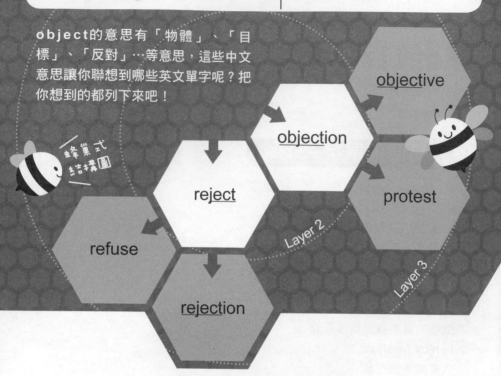

蜂巢式結構圖

objective

objection

reject

protest

refuse

rejection

Layer 2

Layer 3

第一層	第二層	第三層
object *n.* 物體、目標 *v.* 抵抗、反對		
	objection *n.* 反對	
		objective *n.* 目標、目的 *adj.* 實體的
		protest *n./v.* 抗議、反對
	reject *v.* 拒絕	
		rejection *n.* 拒絕、廢棄
		refuse *v.* 拒絕 *n.* 廢物

★你可以繼續發揮聯想力,完成第四層!

生活片語這樣用

1. **protest** against   反對
2. **refuse** collector   垃圾車、清潔員

易混淆單字一次破解

object / objective 都有「目標」的意思，且往往指客觀事物的目的，而不是某一個人的目的。

object多指抽象的或一般的自然計畫，是比較遠大的目標。

objective則往往指具體的目標，尤其指軍事目標。

➲ The **object** of my trip is to enjoy myself.
   我旅行的目的就是為了讓自己開心。

➲ Our **objective** in this battle is to occupy the village.
   這次戰役中，我們的目標就是佔領那個村子。

單字小試身手

Q. He left here with the _____ of pursuing a better investment environment.

   1. object   2. gratitude   3. rejection

A: 1. object（他離開這兒的目的是為了尋求更佳的投資環境。）
object有「目標」的意思，gratitude是「感激」的意思，rejection表示「拒絕、廢棄」的意思。根據題意答案選1. object。

Occur 【əˋkɝ】 | v. 發生、出現

happen和occur都有發生的意思，appear和occur都有出現的意思，這幾個單字讓你聯想到哪些單字呢？把你想到的單字都列下來吧！

蜂巢式結構圖

emergency

emerge

appear

merge

presence

Layer 2

appearance

Layer 3

第一層	第二層	第三層
occur v. 發生、出現		
	emerge v. 浮現、露出	
		emergency n. 緊急情況
		merge v. 合併
	appear v. 出現	
		appearance n. 出現、外貌
		presence n. 出席、存在

★你可以繼續發揮聯想力，完成第四層！

生活片語這樣用

1. **occur** to...　　　　　　　　在…心裡出現
2. **emergency** room　　　　　　急診室
3. **merge** into...　　　　　　　併入…
4. **merge** with　　　　　　　　與…合併

易混淆單字一次破解

emerge / **appear**都有「出現」的意思。

emerge指從暗處或隱蔽處出現、浮現。

appear指出現、顯現，強調開始被人們看見。

➲ She finally **emerged** from the darkness.
　她最終從黑暗中走出來了。

➲ A bus **appeared** around the corner.
　一輛公車出現在轉角處。

單字小試身手

Q. The moon _____ from behind a cloud.

　1. inserted　　　　2. protected　　　　3. emerged

A: 3. emerged（月亮從雲後出現了。）
insert表示「插入」，protect表示「保護」，emerged有「出現、露頭」的意思。根據題意答案選3. emerged。

Ⓞoffice 【`ɔfɪs】 *n.* 辦公室、營業處

在office（辦公室）裡工作的人叫做什麼呢？是白領、粉領、還是藍領？是officer還是official呢？把這些相關單字都列下來吧！

蜂巢式結構圖

official

officer

bureau

military

branch

Layer 2

Layer 3

bureaucracy

第一層	第二層	第三層
office *n.* 辦公室、營業處		
→	**officer** *n.* 軍官、官員	
	→	**official** *adj.* 官方的 *n.* 官員、公務員
	→	**military** *a.* 軍事的 *n.* 軍人、軍隊
→	**bureau** *n.* 政府機關的局、處、署	
	→	**bureaucracy** *n.* 官僚政治
	→	**branch** *n.* 分公司、分局、分部

★你可以繼續發揮聯想力，完成第四層！

252

 生活片語這樣用

1. in **office**　　　　　執政、當政
2. out of **office**　　　不執政、不當權

 易混淆單字一次破解

officer / **official**都有「官員」的意思。
officer指武職官員。
official指文職官員。

➲ He is a commanding **officer**.
　他是個司令官。

➲ Jim's father is a government **official**.
　吉姆的父親是個政府官員。

單字小試身手

Q. Jessica is a very religious girl; she believes that she is always
　_____ supported by her god.

　1. spiritually　　2. typically　　3. historically　　4. officially

【93年學測】

 A: 1. spiritually（潔西卡是一個很虔誠的女孩，她相信上帝總是在精神上支持她。）
spiritually表示「精神上」，typically表示「典型地」，historically表示「歷史上」，officially表示「正式地」。根據題意答案選1. spiritually。

Ooften [`ɔfən] | *adv.* 常常、往往

always、often、sometimes、seldom…這些頻率副詞有什麼不同呢？還有哪些字也是頻率副詞呢？把它們列下來吧！

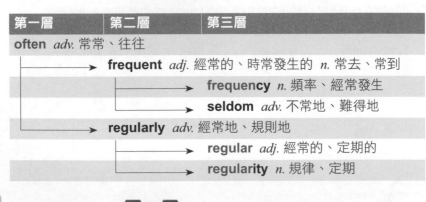

蜂巢式結構圖

frequency

frequent

regularly

seldom

regularity

Layer 2

regular

Layer 3

第一層	第二層	第三層
often *adv.* 常常、往往		
→	**frequent** *adj.* 經常的、時常發生的 *n.* 常去、常到	
	→	**frequency** *n.* 頻率、經常發生
	→	**seldom** *adv.* 不常地、難得地
→	**regularly** *adv.* 經常地、規則地	
	→	**regular** *adj.* 經常的、定期的
	→	**regularity** *n.* 規律、定期

★你可以繼續發揮聯想力，完成第四層！

生活片語這樣用

1. more **often** than not　　多半、通常、往往
2. as **often** as　　每次、每當

易混淆單字一次破解

often / **frequently** / **regularly**都表示事情發生的頻率。

often表示斷續性重複，但不一定是均勻的斷續，它所修飾的動詞都是表示短暫的行為。

frequently與often意思大致相同，是比較正式的詞語，而且語意較強。

regularly用來修飾經常而有規律性的行動。

⊃ He comes to me quite **often**.
　他常常到我這裡來。

⊃ He visits New York **frequently**.
　他經常去紐約遊覽。

⊃ Take the medicine **regularly** three times a day.
　每日三次，定時吃藥。

單字小試身手

Q. To live an efficient life, we have to arrange the things to do in order of _____ and start with the most important ones.

　1. authority　　2. priority　　3. regularity　　4. security

【94年學測】

A: 2. priority（為了有效率地過生活，我們必須依事情的優先順位來安排，並從最重要的事情開始做。）
authority表示「權威」，priority表示「優先、優先權」，regularity表示「規律」，security表示「安全」。根據題意答案選2. priority。

Omit 【oˋmɪt】 | v. 省略、遺漏

含有mit字根的單字有limit、
submit、admit…等，把你想到的其
他單字也列下來吧！

蜂巢式
結構圖

admission

admit

commit

deny

committee

commitment

Layer 2

Layer 3

第一層	第二層	第三層
omit v. 省略、遺漏		
	admit v. 承認、准許進入	
		admission n. 准許進入、承認
		deny v. 否認
	commit v. 委任、做出承諾	
		commitment n. 委任、承諾
		committee n. 委員會、監護人

★你可以繼續發揮聯想力，完成第四層！

生活片語這樣用

1. **admit** of　　　　　　准許
2. **commit** sth. to paper　把某件事情寫下來
3. **commit** to memory　　記住

易混淆單字一次破解

committee / **commission**都有「委員會」的意思。
committee強調委員會中的成員是被任命、指派的。
commission側重於該委員會成員負有調查、詢問或書寫報告的責任。
⊃ The **committee** has decided to close this shop.
　委員會已做出決定，要關閉這家商店。
⊃ The government asked the **commission** to inquire this matter.
　政府要求委員會對此進行調查。

單字小試身手

Q. The 70-year-old professor sued the university for age _____,
   because his teaching contract had not been renewed.

　1. possession　　　　　　2. commitment
　3. discrimination　　　　4. employment

【92年學測】

A: 3. discrimination（由於教學合約沒有更新，七十歲教授控告該大學有年齡歧視。）
possession表示「擁有、所有物」，commitment表示「承諾、委任」，
discrimination表示「歧視、差別待遇」，employment表示「雇用、職業」。根據題意答案選3. discrimination。

257

⓿one 【wʌn】 | *n.* 一個 *adj.* 單一的 *pron.* 某人

one、single、first…都有「一」的意思，在英文裡有哪些單字也含有數字的意義呢？把你想到的單字列下來吧！

蜂巢式結構圖

selfish

self

alone

ego

Layer 2

lonesome

lonely

Layer 3

第一層	第二層	第三層
one *n.* 一個 *adj.* 單一的 *pron.* 某人		
	self *n.* 自己、自我	
		selfish *adj.* 自私的
		ego *n.* 自我、我
	alone *adj.* 單獨的 *adv.* 單獨地	
		lonely *adj.* 獨自的、寂寞的
		lonesome *adj.* 孤獨的

★你可以繼續發揮聯想力，完成第四層！

生活片語 這樣用

1. at **one** time   一度、曾經
2. **one** by **one**   一個一個地、依次地
3. leave sb. **alone**   不打擾某人、讓某人自己獨處

易混淆單字 一次破解

alone / **lonely** 都有「孤寂」的意思。

alone作形容詞時，不能和very連用，不能説very alone，而要説much alone。但lonely可用very修飾。

另外，alone可表示「孤獨的、寂寞的」，不帶任何感情色彩；而lonely帶有濃厚的感情色彩，指主觀上「孤獨的、寂寞的」，並渴望有伴。lonely還可表示「荒涼的、偏僻的」，而alone無此意。

➲ He is much **alone**.
　他很孤單。

➲ He is very **lonely**.
　他很寂寞。

➲ Though I was **alone**, I was not **lonely**.
　雖然只有我一個人，可是我並不感到孤獨。

單字 小試身手

Q. There are two garbage bins here, _____ is for trash and the other is for paper recycling.

  1. the one   2. one   3. someone

A: 2. one（這裡有兩個垃圾箱，一個是裝垃圾，另一個是裝紙類回收。）
當已經表明是兩個物品，「其中一個和另一個」的説法是one...the other。the one指「那一個」，而someone指「某一個」，所以答案選2. one。

Other [ˋʌðɚ] | *adj.* 其他的 *pron.* 其他的人或物

other、another、else的含義很像，常常被混淆。現在請把其他相關的單字列下來，把它們都搞懂吧！

蜂巢式結構圖

wise

otherwise

another

wisdom

elsewhere

else

Layer 2

Layer 3

第一層	第二層	第三層
other *adj.* 其他的 *pron.* 其他的人或物		
	otherwise *adv.* 否則、不然	
		wise *adj.* 聰明的、明智的
		wisdom *n.* 智慧、明智
	another *adj.* 另一的、又一的 *pron.* 另一個、又一個	
		else *adv.* 其他
		elsewhere *adv.* 在別處

 ★你可以繼續發揮聯想力，完成第四層！

 **生活片語**這樣用

1. every **other**　　　　　每隔一個的
2. **other** than　　　　　除了
3. one **another**　　　　　彼此

 **易混淆單字**一次破解

other / **else**都有「其他」的意思。
other用法與一般形容詞一樣，else一般僅用於someone(somebody)、
anyone(anybody)、no one(nobody)、something、anything、
nothing、somewhere、anywhere、nowhere、what、who、when等詞
的後面。

➲ She found it a pleasure to help **other** people.
　她發現幫助別人是很快樂的。

➲ Do you have anything **else** to drink?
　你還有什麼別的飲料可喝嗎？

單字小試身手

Q. We have a variety of goods here, you can buy food, clothes, and
　anything _____.
　1. other　　　　　2. also　　　　　3. else

A: 3. else（我們這裡有各式各樣的商品，你可以買到食物、衣服以及其他
任何東西。）
other通常會在後面接名詞，表示「其他的…」，或直接當作代名詞，表示「其
他」，而also（也）通常用來比較兩者，「其中一個…，另外一個也…」。只
有else會被放在nobody、something、anything…等詞後面修飾，所以答案選
3. else。

P painful 【`penfəl】 | *adj.* 痛苦的

字尾加了ful，通常就有「充滿」的
意思，而名詞在字尾加了ful之後，
通常就變成形容詞了，想想看除了
pain→painful之外，還有哪些字也
是同樣的情形，把它們列下來吧！

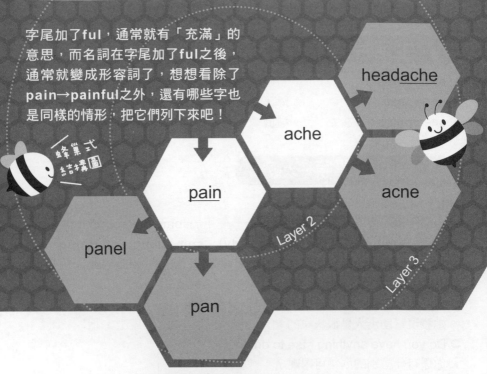

蜂巢式結構圖

第一層	第二層	第三層
painful *adj.* 痛苦的		
	ache *n.* 持續的疼痛　*v.* 難過	
		headache *n.* 頭痛
	acne *n.* 粉刺	
	pain *n./v.* 疼痛、傷害	
		pan *n.* 平底鍋
	panel *n.* 專題小組、鑲片	

★你可以繼續發揮聯想力，完成第四層！

生活片語 這樣用

1. take **pains** 　　　　努力、下苦功
2. **ache** for 　　　　非常想、渴望
3. have a **headache** 　　頭痛
4. **pan** out 　　　　成功

易混淆單字 一次破解

pain / **ache** 都有「痛」的意思。

pain用途較廣，可泛指一切情感或身體上的痛苦、疼痛。

ache強調身體感覺得到的持續疼痛，常和身體的部位名稱結合。

➲ He suffered from a **pain** in his chest.

他胸口疼。

➲ His tooth**ache** made him not eat food.

牙痛使他吃不下東西。

單字 小試身手

Q. She was in great ＿＿＿＿ after hearing the bad news.

　1. mood 　　　　2. pain 　　　　3. time

A: 2. pain（聽到這個壞消息，她痛苦極了。）

in a good mood表示「心情好」，in pain表示「在痛苦中」，have a good time表示「擁有快樂的時光」。所以答案選2. pain。

P people 【`pipḷ】 | n. 人、人類

哪些英文單字和「人」有關呢？
human、being、man…等都是，你
還能想到其他的嗎？把你想到的單字
也列下來吧！

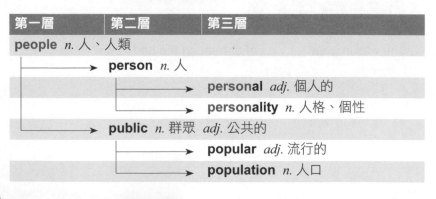

蜂巢式
結構圖

personal

person

public

personality

population

popular

Layer 2

Layer 3

第一層	第二層	第三層
people *n.* 人、人類		
➤	**person** *n.* 人	
	➤	**personal** *adj.* 個人的
	➤	**personality** *n.* 人格、個性
➤	**public** *n.* 群眾 *adj.* 公共的	
	➤	**popular** *adj.* 流行的
	➤	**population** *n.* 人口

★你可以繼續發揮聯想力，完成第四層！

生活片語這樣用

1. in **person** 　　　　　親自、本人
2. in **public** 　　　　　公開地、當眾
3. be **popular** with... 　　受…歡迎、被…所喜愛

易混淆單字一次破解

people / **person**都有「人」的意思。

people指「人」時，以單數形式當複數用，是複數形式。people前面若加a，指一國國民或民族。而people後面若加s，則為兩國以上的人們。

person強調個別的人，但指一個人時最好用man（男人）、woman（女人）。

➲ The Chinese are a hardworking **people**.
中國人是勤勞的民族。

➲ She was the very **person** our company wanted to take on.
她正是那個我們公司要聘用的人。

單字小試身手

Q. Taiwan is a small island with a ＿＿＿＿ of 23,000,000.

　　1. population 　　　2. constitution 　　　3. distinction

A: 1. population（台灣是個擁有二千三百萬人口的小島。）
population表示「人口」，constitution有「憲法、構造、制定」等意思，
distinction是「區別」的意思。根據題意答案選1. population。

P period [ˋpɪrɪəd] | *n.* 期間

表示「時間」或「期間」的單字有很多，例 **time**、**age**、**era**…等都是，把你想到的單字也列下來吧！

蜂巢式結構圖

pastime

time

present

past

nowadays

Layer 2

today

Layer 3

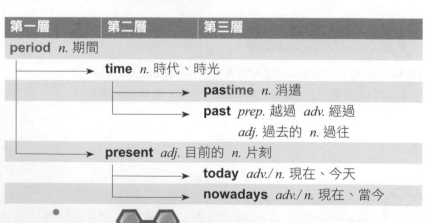

第一層	第二層	第三層
period *n.* 期間		
	time *n.* 時代、時光	
		pastime *n.* 消遣
		past *prep.* 越過　*adv.* 經過
		adj. 過去的　*n.* 過往
	present *adj.* 目前的　*n.* 片刻	
		today *adv./n.* 現在、今天
		nowadays *adv./n.* 現在、當今

★你可以繼續發揮聯想力，完成第四層！

生活片語這樣用

1. **time** after **time**　　　多次
2. at **present**　　　目前、現在
3. for the **present**　　　目前、暫時

易混淆單字一次破解

period / **age** / **era**都有「時期」的意思。

period指或長或短的一段時期。

age指考古學、地質學上的時代，或以某傑出人物命名的歷史時代，多用單數。

era強調整個歷程，也指因重大事件或發展而命名的歷史時期。

➔ He had studied German for a **period** of five years.
　他學過五年德語。

➔ At the Neolithic **Age** human could use tools to do many things.
　在新石器時代人類已能用工具做很多事了。

➔ The **era** of space travel has begun.
　太空旅行的時代開始了。

單字小試身手

Q. You can stay with me ＿＿＿＿ until you find a place to settle down.

　　1. from time to time　　2. for the time being　　3. at the same time

A: 2. for the time being（你可以暫時和我住，直到你找到一個可以安頓下來的地方。）

from time to time是「不時、三不五時」的意思，for the time being是「暫時」的意思，at the same time是「同時」的意思。根據題意答案選2. for the time being。

P permit 【pəˋmɪt】

v. 允許、許可
n. 執照、許可證

「准」與「不准」的英文該怎麼說呢？permit、allow、prohibit、forbid…等等都是相關字，把你想到的其他單字也列下來吧！

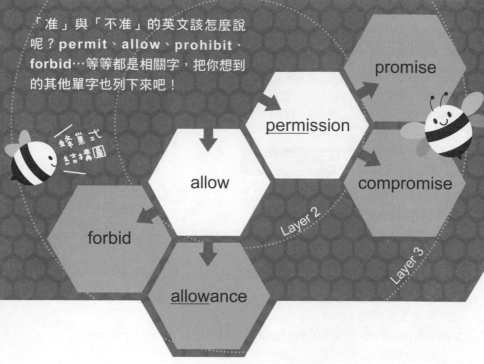

蜂巢式結構圖

promise

permission

allow

compromise

forbid

Layer 2

allowance

Layer 3

第一層	第二層	第三層
permit v. 允許、許可 n. 執照、許可證		
	permission n. 允許、許可	
		promise v. 允諾、保證、發誓 n. 諾言、承諾
		compromise n. 妥協、折衷 v. 妥協
	allow v. 允許、承認	
		allowance n. 允許、寬容、津貼
		forbid v. 不許、禁止、禁止入內

★你可以繼續發揮聯想力，完成第四層！

268

生活片語這樣用

1. **permit** of　　　允許
2. **allow** for　　　考慮到
3. **allow** of　　　准許

易混淆單字一次破解

permit / **allow**都有「允許」的意思，意思很相近，在許多地方可互換使用。

permit較為正式，常指法令的允許或不允許。

allow則可指「同意、不干涉、默許」。

當然也還有個習慣問題，如**weather permitting...**（如果天氣好…），這一説法中，就不宜用allowing。

⊃ The nurse **allowed** the visitors to remain beyond the hospital visiting hours, though it was not **permitted**.

那名護士默許探病者待到醫院的探望時間過了之後，儘管按規定這是不允許的。

單字小試身手

Q. Children under twenty are not _____ to drive in this country.

　　1. scolded　　　　2. needed　　　　3. allowed

A: 3. allowed（在這個國家，未滿二十歲的孩子禁止開車。）
scold表示「責罵」，need表示「需要」，allow表示「允許」。根據題意答案選3. allowed。

P persevere【ˌpɝsəˋvɪr】 | v. 堅持

preserve、persevere、reserve…
這些單字是不是都長得很像呢？把這
些長得很像的字都列下來，並瞭解它
們的含義吧！

蜂巢式結合構圖

persist

perseverance

persuade

persuasive

persistence

Layer 2

persuasion

Layer 3

第一層	第二層	第三層
persevere v. 堅持		
	perseverance n. 堅持	
		persist v. 堅持
		persistence n. 固執
	persuade v. 勸說、說服	
		persuasion n. 說服、主張、信念
		persuasive adj. 有說服力的

★你可以繼續發揮聯想力，完成第四層！

生活片語這樣用

1. **persevere** at　　堅持
2. **persevere** in　　堅持

易混淆單字一次破解

persuade / advise都有「勸告」的意思。

persuade指向對方陳述做某事的好處，而說服對方去做。

advise指告訴對方在某種情況下應該怎麼做。

● He **persuaded** me to take part in the football match.
　他勸說我去參加足球比賽。

● I **advise** you not to tell him.
　我勸你別告訴他。

單字小試身手

Q. Chinese parents are usually very _____ of their children. They want to make sure their children are safe and well taken care of all the time.

　1. patient　　2. peculiar　　3. protective　　4. persuasive

　　　　　　　　　　　　　　　　　　　　　　　　　　【92年指考】

A: 3. protective（中國父母通常很保護他們的孩子，他們想要確保他們孩子的安全，且時時刻刻都受到很好的關照。）

patient表示「耐心的」，peculiar表示「特別的」，protective表示「保護的」，persuasive表示「有說服力的」。根據題意答案選3. protective。

P plain 【plen】 | *adj.* 平坦的 *n.* 平原

plain、plane、plan…這些單字是不是長得很像呢？這些單字令你聯想到哪些單字呢？把它們都列下來吧！

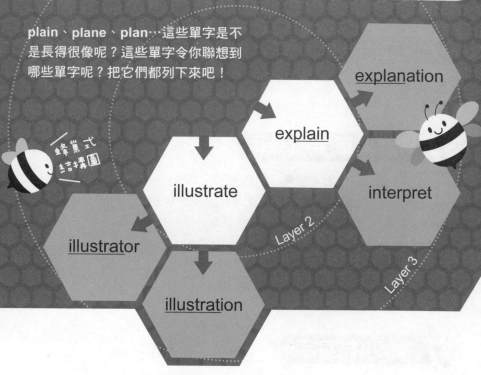

蜂巢式結構圖

explanation

explain

illustrate

interpret

Layer 2

illustrator

illustration

Layer 3

第一層	第二層	第三層
plain *adj.* 平坦的 *n.* 平原		
	explain *v.* 解釋	
		explanation *n.* 解釋
		interpret *v.* 說明、解釋、翻譯
	illustrate *v.* 解釋、說明	
		illustration *n.* 說明
		illustrator *n.* 插畫家、說明者

★你可以繼續發揮聯想力，完成第四層！

🐝 生活片語這樣用

1. **plain** sailing　　　　　一帆風順
2. **explain** away　　　　　辯解
3. **explain** oneself　　　　為自己的行為辯解、表明自己的心意

🐝 易混淆單字一次破解

interpret / **translate**都有「翻譯」的意思。

interpret強調口譯。

translate指筆譯。

➲ He **interpreted** for a foreigner during the summer vacation.
　暑假期間他給一個外國人當翻譯。

➲ Please **translate** the passage.
　請翻譯這段文章。

🐝 單字小試身手

Q. She couldn't speak English so her child had to _____ for her.

　1. tolerate　　　2. interpret　　　3. recite

A: 2. interpret（她不會講英語，所以她的孩子必須替她翻譯。）
tolerate表示「寬容」，interpret有「翻譯、解釋」的意思，recite是「背誦」的意思。根據題意答案選2. interpret。

P police 【pəˋlis】 *n.* 警察 *v.* 維持治安

police、police officer、cop⋯都有「警察」的意思,警察令你聯想到哪些單字呢?把你想到的單字列下來吧!

蜂巢式結構圖

crime
criminal
guilty
discriminate
innocent
guilt

Layer 2
Layer 3

第一層	第二層	第三層
police *n.* 警察 *v.* 維持治安		
	criminal *adj.* 犯罪的 *n.* 罪犯、犯人	
		crime *n.* 犯罪行為、罪
		discriminate *v.* 辨別、區別
	guilty *adj.* 有罪的	
		guilt *n.* 罪、不正當行為
		innocent *adj.* 無辜的、無罪的

★你可以繼續發揮聯想力,完成第四層!

生活片語這樣用

1. feel **guilty** about...　　　　　　對⋯感到內疚
2. **discriminate** between A and B　區別A和B
3. **discriminate** from...　　　　　　從⋯中區別開來
4. **discriminate** against　　　　　　歧視、不公正對待

易混淆單字一次破解

crime / **sin**都有「罪」的意思。
crime指違反法律的活動或不法行為。
sin指違反神或宗教戒律、道德規範的行為。

⊃ The **crime** rate is rising.
　犯罪率正在上升。
⊃ The Bible says that stealing is a **sin**.
　《聖經》上說偷盜有罪。

單字小試身手

Q. With the pale-white walls and bed sheets, hospitals always look
　very _____ to me.

　　1. impatient　　2. impersonal　　3. innocent　　4. innovative

【93年指考補考】

A: 2. impersonal（醫院裡蒼白的牆壁和床單，總是讓我覺得缺少人情味。）
impatient表示「沒耐心的」，impersonal表示「沒人情味的」，innocent表示「單純的、無害的」，innovative表示「創新的」。根據題意答案選
2. impersonal。

275

P prescribe 【prɪˋskraɪb】 | v. 規定、指定、開處方

prescribe（開處方）很容易令人聯想到hospital（醫院）及drugstore（藥局）等，醫院和藥局又會令你聯想到哪些單字呢？把你想到的單字列下來吧！

蜂巢式結構圖

drug

prescription

subscribe

drugstore

Layer 2

subscription

subscriber

Layer 3

第一層	第二層	第三層
prescribe v. 規定、指定、開處方		
	prescription n. 指示、處方	
		drug n. 藥、藥物、毒品 v. 吸毒
		drugstore n. 藥房、雜貨店
	subscribe v. 捐助	
		subscriber n. 捐助者、訂閱者
		subscription n. 捐獻、訂閱

 ★你可以繼續發揮聯想力，完成第四層！

生活片語這樣用

1. **subscribe** to 　　　捐款給、訂購／訂閱
2. **subscribe** for 　　　同意認購
3. **drug** addict 　　　　癮君子

易混淆單字一次破解

drug / **medicine**都有「藥」的意思。
drug指各種功能的藥物，強調藥物的作用。
medicine指一切用來治病的中西藥，強調治療作用。

➲ I need a pain-killing **drug**.
　我需要一片止痛藥。

➲ Chinese herbal **medicines** can cure this disease.
　中國的草藥能治療這種疾病。

單字小試身手

Q. If you keep smoking and ignore your health problem, even the best
　_____ can be of little use.

　1. medicine　　　2. warn　　　3. flavor

A: 1. medicine（如果你繼續抽煙且忽視你的健康問題，即使是最好的藥也不會有什麼效用。）
medicine表示「藥物」，warn是「警告」的意思，flavor表示「味道、風味」。根據題意答案選1. medicine。

P present 【`prɛzn̩t】

adj. 出席的、目前的
n. 片刻、禮物

present的含義有很多，包括「出席」、「禮物」、「目前」…等等，你可以藉由這個單字聯想到哪些單字呢？把你想到的單字列下來吧！

蜂巢式
結構圖

presentation

presence

represent

absence

delegate

Layer 2

representative

Layer 3

第一層	第二層	第三層
present *adj.* 出席的、目前的 *n.* 片刻、禮物		
	presence *n.* 出席、到場、儀表	
		presentation *n.* 贈送
		absence *n.* 缺席
	represent *v.* 代表、象徵	
		representative *n.* 代表、代理人
		delegate *n.* 代表 *v.* 委派、授權

★你可以繼續發揮聯想力，完成第四層！

生活片語這樣用

1. in one's **presence** 　　　當著某人的面、有某人在場
2. in the **absence** of sb. 　　某人不在時、某人外出時
3. **absent** oneself from 　　　缺席、不在、不上班

易混淆單字一次破解

present / **modern** 都有「現今」的意思。

present強調現在所存在的或正在發生的當下。

modern強調現代的、當代的、近代的，可指目前或不久前所發生的，只可用於名詞前。

➲ The **present** situation is very serious.
　當前的形勢非常嚴峻。

➲ Pressure is a big problem of **modern** life.
　壓力是現代生活中的一個人問題。

單字小試身手

Q. You can see ancient and _____ buildings next to each other.

　1. impressive 　　2. modern 　　3. liberal

A: 2. modern（你可以看到古老的和現代的建築相毗鄰。）
impressive表示「令人印象深刻的」，modern表示「現代化的」，liberal表示「自由開放的」。與ancient對比的字應該是modern，所以答案選 2. modern。

P prove 【pruv】 | v. 證明

evidence、proof都有「證明」的意思，evidence尤指「人證、物證、證詞」等法律相關用語，你可以由此想到哪些和法律、法庭相關的單字嗎？把它們列下來吧！

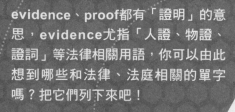

蜂巢式結構圖

disapprove

approve

proof

improve

certify

certificate

Layer 2

Layer 3

第一層	第二層	第三層
prove *v.* 證明		
	approve *v.* 批准、認可	
		disapprove *v.* 不贊成
		improve *v.* 改進、改善
	proof *n.* 證據、證明	
		certificate *n.* 證書 *v.* 以證書授權
		certify *v.* 證明、擔保

★你可以繼續發揮聯想力，完成第四層！

生活片語這樣用

1. put ... to the **proof**　　　試驗…、檢驗…
2. **improve** on / upon　　　改進

易混淆單字一次破解

proof / **evidence**都有「證據」的意思。

proof指分量極重足以消除任何懷疑的證據、證明。

evidence指在質詢中為支持論點所提出的資料。

➲ When the killer faced the solid **proof**, he had to admit his crime.
面對確鑿的證據，兇手不得不承認自己的罪名。

➲ I have **evidence** to support this opinion.
我有證據支持這一觀點。

單字小試身手

Q. A witness gave important _____ about the case, so the suspect was caught immediately.

　　1. evidence　　　2. foundation　　　3. inspection

A: 1. evidence（一位證人為這起案件提供了重要證據，所以嫌犯立刻就被逮捕了。）
evidence表示「證據、物證」，foundation表示「基礎、創立」，inspection表示「檢查、調查」。根據題意答案選1. evidence。

P push 【pʊʃ】 | v. / n. 推動、推

push（推）和pull（拉）這兩個字
常常被混淆，和這兩個字相似的單字
還有哪些呢？把它們都列下來吧！

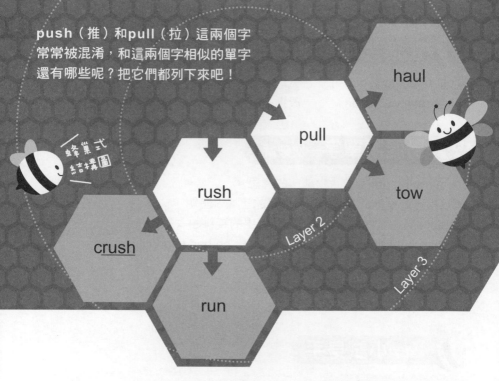

蜂巢式
結構圖

haul

pull

rush

tow

crush

Layer 2

run

Layer 3

第一層	第二層	第三層
push v. / n. 推動、推		
→ pull v. / n. 拉扯、拉出		
	→ haul v. / n. 拖、拉、搬運	
	→ tow v. / n. 拖、拉、牽引	
→ rush v. / n. 突擊、急忙		
	→ run v. 跑步	
	→ crush v. 壓碎、碾碎	

★你可以繼續發揮聯想力，完成第四層！

生活片語這樣用

1. **pull** apart	拉開
2. **pull** together	齊心協力、團結起來
3. **run** into	遭遇（困難等）、撞到
4. **run** out (of sth.)	用完、耗盡（某物）

易混淆單字一次破解

run / **race**都有「跑」的意思。

run是一般用詞，指走路步伐比正常速度快或走路匆忙。

race不只指賽跑，也指快跑。

⊃ We had to **run** in order to catch the last bus.
　 為了趕上末班車，我們只得跑步。

⊃ The little boy **raced** to his mother to get his toys.
　 小男孩飛快跑向母親去拿他的玩具。

單字小試身手

Q. If people keep polluting the rivers, no fish there will survive _____.

　 1. at all cost 　　　　　 2. for a long while

　 3. in the long run 　　　 4. by no means

【93年學測】

A: 3. in the long run （如果人們繼續汙染河川，長遠來看的結果將是沒有魚可以在其中生存。）
at all cost表示「不惜任何代價」，for a long while表示「很長的一段時間」，in the long run表示「長遠來看的結果」，by no means表示「絕不」。根據題意答案選3. in the long run。

Ⓠ quality [ˋkwɑlətɪ] | *n.* 質、品質

quality、quantity、qualify⋯這幾個字是不是長得很像呢？它們可以讓你聯想到哪些單字呢？把你想到的單字都列下來吧！

蜂巢式結構圖

qualification

qualify

quantity

disqualify

amount

Layer 2

Layer 3

quantify

第一層	第二層	第三層
quality *n.* 質、品質		
	qualify *v.* 使合格	
		qualification *n.* 賦予資格
		disqualify *v.* 使不合格、取消資格
	quantity *n.* 量、份量、數量	
		quantify *v.* 以數量表示、量化
		amount *n.* 總數、數量 *v.* 合計

★你可以繼續發揮聯想力，完成第四層！

生活片語這樣用

1. **quality** assurance　　品質保證
2. **amount** to...　　總計為…

易混淆單字一次破解

quality / **quantity**的差異。

quality指事物的「質、品質」，既可當可數名詞，也可當不可數名詞。
quantity指數量，特別是可用大小、體積、總數、重量及長度來測量的
東西，其複數形式表示「大量」，當不可數名詞時，常指與「品質」相
對應的「數量」。

➲ The **quality** of service has improved.
服務品質提高了。

➲ A large **quantity** of beer was sold.
大量啤酒已出售。

單字小試身手

Q. Jack came from a poor family, so his parents had to ＿＿＿＿ many
things to pay for his education.

　　1. inherit　　2. qualify　　3. sacrifice　　4. purchase

【92年指考】

A: 3. sacrifice（傑克來自貧窮的家庭，所以他的父母必須為了他的教育而犧
牲許多東西。）
inherit表示「繼承」，qualify表示「使合格」，sacrifice表示「犧牲」，
purchase表示「購買」。根據題意答案選3. sacrifice。

ⓠ quiet 【`kwaɪət】 | *adj.* 安靜的

quite、quiet、quit、quick⋯這些字是不是都長得很像呢？它們令你聯想到哪些單字呢？把你想到的單字列下來吧！

蜂巢式結構圖

silence

silent

quite

calm

really

quit

Layer 2

Layer 3

第一層	第二層	第三層
quiet *adj.* 安靜的		
	silent *adj.* 沉默的	
		silence *n.* 寂靜 *v.* 使安靜
		calm *adj.* 平靜的 *n.* 平靜 *v.* 使平靜
	quite *adv.* 十分、很、相當	
		quit *v.* 停止、放棄
		really *adv.* 十分、很、確實

★你可以繼續發揮聯想力，完成第四層！

生活片語這樣用

1. **silent** on / about...　　　　對…保持緘默
2. **calm** down　　　　　　　　冷靜下來、平靜下來

易混淆單字一次破解

quiet / **silent** / **calm** / **still**的差異。

quiet表示靜止不動的，強調「寧靜」，幾乎沒有什麼聲音，也沒有擾亂。

silent強調「沉默、不說話」。

calm主要指天氣、海、湖等風平浪靜，或表示人「鎮定自若」。

still表示靜止不動的，強調靜止。

➲ They lead a **quiet** life.
　他們過著平靜的生活。

➲ He always keeps **silent** in class.
　他總是在課堂上沉默不語。

➲ The lake was very **calm**.
　湖水很平靜。

➲ Keep **still** while I cut your hair.
　我幫你剪頭髮時，你不要動。

單字小試身手

Q. The little boy stood ＿＿＿＿ behind the door so that his mother couldn't find him.

　1. still　　　　2. pause　　　　3. peaceful

A: 1. still（小男孩站在門後一動也不動，使他母親找不到他。）
still表示「靜止不動」，pause表示「暫停」，peaceful表示「平靜的、和平的」。根據題意答案選1. still。

287

Rreceive 【rɪ`siv】 v. 收到

receive、receipt、recipe…這些字是不是都長得很像呢？它們會令你聯想到哪些單字呢？把你想到的單字列下來吧！

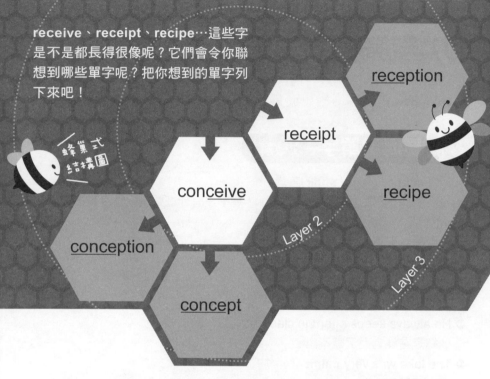

蜂巢式結構圖

reception

receipt

conceive

recipe

conception

concept

Layer 2

Layer 3

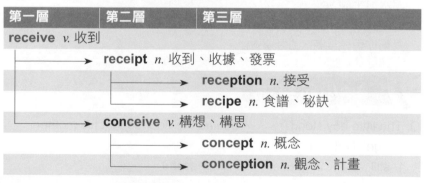

第一層	第二層	第三層
receive *v.* 收到		
	receipt *n.* 收到、收據、發票	
		reception *n.* 接受
		recipe *n.* 食譜、秘訣
	conceive *v.* 構想、構思	
		concept *n.* 概念
		conception *n.* 觀念、計畫

★你可以繼續發揮聯想力，完成第四層！

生活片語這樣用

1. on **receipt** of...　　　一收到…
2. **conceive** of　　　　　想像、設想出
3. a **conception** of...　　對…的概念

易混淆單字一次破解

receive / **accept**都有「接」的意思。
receive表收到、接到某東西，但不一定接受。
accept則多了一層主觀含義，表示願意接受。

➲ I have **received** the invitation card.
　我收到了邀請函。

➲ I couldn't **accept** your gift.
　我不能接受你的禮物。

單字小試身手

Q. Lucy _____ a bouquet of roses, but she didn't accept it.
　1. deserve　　　　2. contribute　　　3. received

A: 3. received（露西收到一束玫瑰，但她沒有接受。）
deserve表示「應得」，contribute表示「貢獻」，receive表示「收到」。
根據題意答案選3. received。

R reduce [rɪˋdjus] | v. 減少、降低

reduce、decrease、decline…等
都有「減少」的意思，這些單字令你
聯想到哪些單字呢？把你想到的單字
列下來吧！

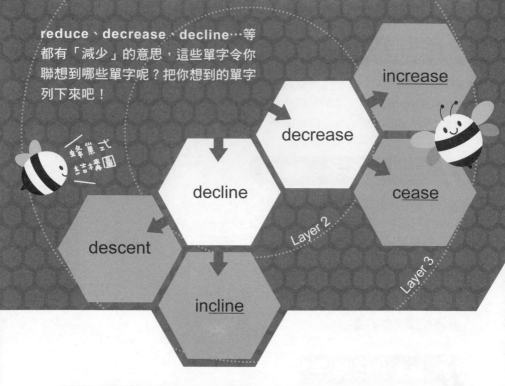

蜂巢式
結構圖

increase

decrease

decline

cease

descent

Layer 2

incline

Layer 3

第一層	第二層	第三層
reduce v. 減少、降低		
→ decrease v./n. 減少、減退		
	→ increase v./n. 增加、增強	
	→ cease v. 停止、終止	
→ decline v./n. 下降、衰敗、傾斜、婉拒		
	→ incline v./n. 傾斜	
	→ descent n. 下降、下傾	

★你可以繼續發揮聯想力，完成第四層！

生活片語這樣用

1. **reduce** sb. to tears　　使某人流淚
2. on the **increase**　　正在增加、不斷增長

易混淆單字一次破解

reduce / **decrease**都有「減少」的意思。

reduce指人為的減少或降低，通常當作及物動詞。

decrease多作不及物動詞，表示「體積或數量上的減少」，有逐漸減少的含義。

➲ **Reduce** speed now.

　減速行駛。

➲ The number of students **decreased** from 100 to 80 this year.

　今年學生人數從100減到80。

單字小試身手

Q. I had to _____ Jack's invitation to the party because it conflicted with an important business meeting.

　　1. decline　　2. depart　　3. devote　　4. deserve

【95年學測】

A: 1. decline（我必須婉拒傑克的派對邀請，因為它和一個重要的商務會議有所衝突。）

decline有「婉拒、謝絕」的意思，depart表示「出發、離開」，devote表示「奉獻、致力」，deserve表示「應得」。根據題意答案選1. decline。

R regard [rɪˋgɑrd]

v. 把…視為、考慮
n. 考慮、關心

regard、regardless、regarding…
等是不是長得很像呢？這些字會令你
聯想到哪些單字呢？把你想到的單字
列下來吧！

蜂巢式結構圖

regardless

regarding

consider

disregard

consideration

Layer 2

considerate

Layer 3

第一層	第二層	第三層
regard v. 把…視為、考慮 n. 考慮、關心		
→	**regarding** prep. 關於	
	→	**regardless** adj. 不關心的
	→	**disregard** v./n. 蔑視、忽視
→	**consider** v. 把…視為、考慮、細想	
	→	**considerate** adj. 體貼的
	→	**consideration** n. 考慮

★你可以繼續發揮聯想力，完成第四層！

生活片語這樣用

1. **regard** A as B	把A視為B
2. as **regards**	關於、至於
3. **regardless** of	不管
4. in **disregard** of	無視
5. in **consideration** of	考慮到
6. take into **consideration**	考慮到、顧及

易混淆單字一次破解

regard / **consider**都有「視為」的意思。
regard指對外表形象得到的認識與看法，較為主觀。
consider是對某事得出結論前的思考，比較客觀，後接動名詞或
how to V。

➲ We **regard** him as a friend.
　我們把他當作朋友。

➲ I'm **considering** going abroad.
　我正在考慮出國。

單字小試身手

Q. Emily _____ him as a cheater, because he lied to her twice.

　　1. assigned　　2. regarded　　3. imitated

A: 2. regarded（艾蜜莉把他看成騙子，因為他騙了她兩次。）
regard...as表示「視…為」，同樣的說法還包括see...as、view...as。所以答
案選2. regarded。

R relate 【rɪˋlet】 | v. 敘述、發生關係

relation、relationship、relative… 等字不僅長得很像，而且意思也很相近。還有哪些字和它們很像呢？也一起列下來吧！

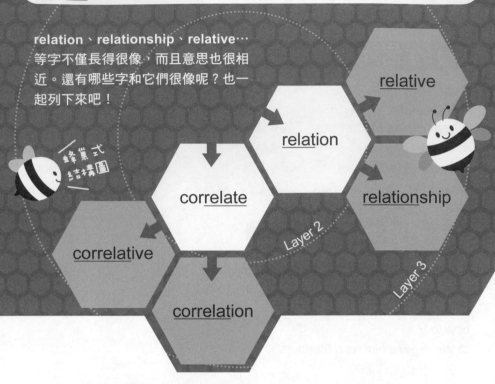

蜂巢式結構圖

第一層	第二層	第三層
relate v. 敘述、發生關係		
	relation n. 關係	
		relative adj. 相對的、有關係的
		n. 親戚
		relationship n. 關係
	correlate v. （使）關聯、（使）相關	
		correlation n. 關聯、相關、聯繫
		correlative adj. 相關的
		n. 相關聯的（事物）

★你可以繼續發揮聯想力，完成第四層！

生活片語這樣用

1. **relate** to...	關於…、和…有關
2. in **relation** to...	關於…、和…相關

易混淆單字一次破解

relative / **relation** / **relationship**都有「關係」的意思。

relative指關係疏遠的親戚。

relation指親屬，包括父母、子女等，不僅有血緣關係，而且有法律地位。

relationship指姻親關係或戀愛關係。

➲ a distant **relative**
遠親

➲ Is she a **relation** to you?
她是你親戚嗎？

➲ a new **relationship**
新戀情

單字小試身手

Q. _____ the weather, the athletic meetings will be held on time.

1. Instead of   2. In relation to
3. On behalf of   4. Regardless of

【93年學測】

A: 4. Regardless of（不管天氣如何，運動會將會準時舉行。）
instead of...表示「不是…，而是」，in relation to...表示「關於…」，on behalf of是「代表」的意思，regardless of是「不管」的意思。根據題意答案選4. Regardless of。

R request [rɪˋkwɛst] | *n./v.* 要求、請求

request會令人聯想到quest、
question、questionnaire…等，把
你能聯想到的單字也列下來吧！

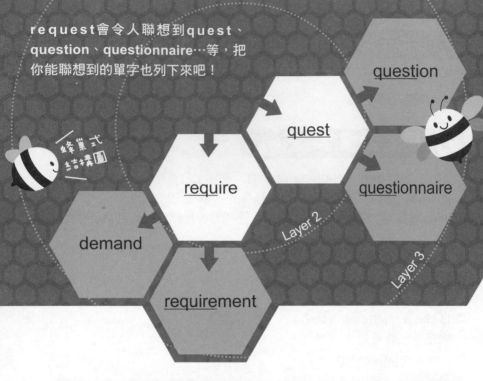

蜂巢式
結言構圖

question

quest

questionnaire

require

demand

requirement

Layer 2

Layer 3

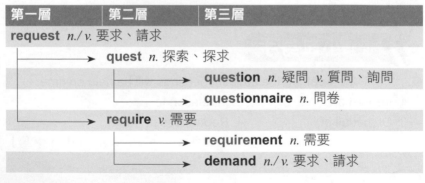

第一層	第二層	第三層
request *n./v.* 要求、請求		
	quest *n.* 探索、探求	
		question *n.* 疑問 *v.* 質問、詢問
		questionnaire *n.* 問卷
	require *v.* 需要	
		requirement *n.* 需要
		demand *n./v.* 要求、請求

★你可以繼續發揮聯想力，完成第四層！

生活片語這樣用

1. in **quest** of / for　　　　尋找
2. out of the **question**　　毫無可能的、絕對做不到的
3. out of **question**　　　　沒問題

易混淆單字一次破解

question / **problem**都有「問題」的意思。

question是對某事懷疑而提出等待回答的問題，強調疑惑或不能斷言。

problem是客觀存在的待解決的問題，強調困難。

➲ **Question** one was very difficult.
　第一題很難。

➲ Poverty is a big **problem** for the local government now.
　現在，貧窮對當地政府來說是個大問題。

單字小試身手

Q. The scientist's project to build a modern laboratory was _____ on account of its huge budget.

　　1. taken for granted　　　　2. started out

　　3. got into difficulty　　　　4. called into question

【90年學測】

A: 3. got into difficulty（由於預算龐大，科學家擬建立一個現代化實驗室的計畫陷入困難。）

take ... for granted表示「把…視為理所當然」，start out表示「著手進行」，get into difficulty表示「陷入困難」，call into question表示「有所懷疑」。根據題意答案選3. got into difficulty。

R retain 【rɪˋten】 | v. 保持

retain 令人聯想到了 obtain、sustain、maintain⋯等單字，你還能想到其他單字嗎？把你想到的單字也列下來吧！

蜂巢式結構構圖

maintenance

maintain

obtain

sustain

attainment

attain

Layer 2

Layer 3

第一層	第二層	第三層
retain v. 保持		
	maintain v. 維持	
		maintenance n. 維持
		sustain v. 支持、支撐
	obtain v. 獲得	
		attain v. 獲得、達成
		attainment n. 到達

★你可以繼續發揮聯想力，完成第四層！

 **生活片語**這樣用

1. **attain** to...　　　　　　　（努力）達成…、獲得…

 **易混淆單字**一次破解

maintain / **defend**都有「保衛」的意思。

maintain側重於維護或維持，使某事物處於同一水準或標準。

defend強調保護某人或某物使其遠離傷害，還有防禦、捍衛之意。

➲ The police have been **maintained** the security of the building during the chaos.

在混亂期間，警方一直在維護大樓的安全。

➲ He can **defend** himself from knife attacks after being trained at school.

在學校接受訓練之後，他能對付持刀襲擊。

單字小試身手

Q. The accused man had a famous lawyer to _____ him, so he didn't worry at all.

　　1. defend　　　　2. revise　　　　3. compute

A: 1. defend（該被告有一位名律師替他辯護，所以他一點也不擔心。）
defend有「辯護」的意思，revise表示「修正」，compute表示「計算」。
根據題意答案選1. defend。

R retire 【rɪ`taɪr】 v. 隱退

retire令人聯想到tire、tired、resign…等，除此之外，你還想到哪些相關單字呢？把它們列下來吧！

蜂巢式結構圖

tiresome

tire

entire

tired

all

whole

Layer 2

Layer 3

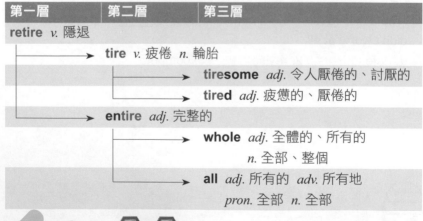

第一層	第二層	第三層
retire v. 隱退		
	tire v. 疲倦 n. 輪胎	
		tiresome adj. 令人厭倦的、討厭的
		tired adj. 疲憊的、厭倦的
	entire adj. 完整的	
		whole adj. 全體的、所有的 n. 全部、整個
		all adj. 所有的 adv. 所有地 pron. 全部 n. 全部

★你可以繼續發揮聯想力，完成第四層！

生活片語 這樣用

1. **retire** from...　　　從…退休
2. be **tired** of...　　　對…感到厭煩
3. after **all**　　　　　畢竟、終究
4. **all** over　　　　　　到處、遍及

易混淆單字 一次破解

entire / **whole** / **total**都有「整個」的意思。

entire表整個的、完整的，強調完整性。

whole指全部的、整個的。表示沒有被破壞或分開，強調整體性。

total表示全部的、總計的。強調人或物的累積總和。

➲ I ate an **entire** apple.

　我吃掉了整顆蘋果。

➲ The **whole** country mourned her death.

　全國上下都在為她的過世哀悼。

➲ The club has a **total** membership of about twenty.

　這家俱樂部的會員總數約為20人。

單字 小試身手

Q. _____ of us can be perfectly sure about how things will turn out in the future. But we can, and often do, think of the possibilities.

1. All　　　　2. Some　　　　3. Many　　　　4. None

A: 4. None（我們沒有人可以完全地確定未來的事情會如何演變，但是我們可以，且常常可以，猜想可能性。）

all表示「全部」，some表示「一些」，many表示「很多」，none表示「沒有」。根據上下文推測，答案選4. None。

R review [rɪ`vju] | v. 複習、溫習

review令人聯想到preview、viewpoint、interview…等，除此之外，你還聯想到哪些單字呢？把它們列下來吧！

蜂巢式結構圖

第一層	第二層	第三層
review v. 複習、溫習		
→ view v. 觀看 n. 風景、景色		
	→ viewpoint n. 觀點	
	→ preview n./v. 預習、預視、預演	
→ interview v./n. 接見、面試、採訪		
	→ interviewer n. 採訪者	
	→ introduce v. 引見、介紹	

★你可以繼續發揮聯想力，完成第四層！

生活片語這樣用

1. in **view** of...   鑒於…、考慮到…
2. with a **view** to...   為了…、為的是…
3. **view** A as B   視A為B

易混淆單字一次破解

view / **watch**都有「看」的意思。

view表示仔細察看某物，還可指查看房子以便購買或租用。

watch強調注視，或觀察會有什麼事情發生。

⊃ He **viewed** the statue with a magnifying glass.
　他用放大鏡仔細地觀察這尊雕塑。

⊃ He **watched** for signs of activity in the house.
　他觀察著那幢房子裡的動靜。

單字小試身手

Q. As a mature person, you should _____ the problem as a
　challenge instead of a trouble.

　1. break   2. view   3. solve

A: 2. view（作為一個成熟的人，你應該將這個問題視為挑戰，而不是視為
麻煩。）
view...as表示「視…為」，break表示「打破、毀壞」，solve表示「解決」。
根據題意答案選2. view。

R roll [rol] | *n.* 麵包卷 *v.* 滾動

roll令人聯想到role、rotate…等，
而role和rotate又可以令你聯到哪些
單字呢？把你想到的單字列下來吧！

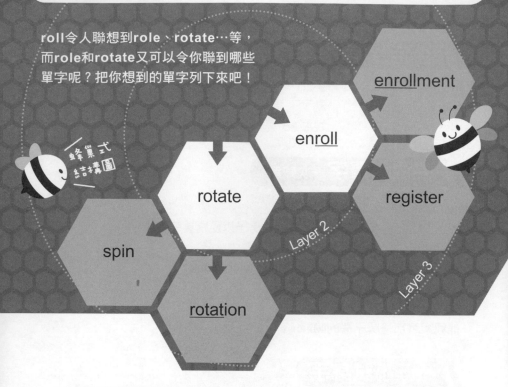

蜂巢式
結構圖

enrollment

enroll

rotate

register

spin

Layer 2

Layer 3

rotation

第一層	第二層	第三層
roll *n.* 麵包卷 *v.* 滾動		
	enroll *v.* 登記	
		enrollment *n.* 註冊
		register *v.* 登記、註冊
	rotate *v.* 旋轉	
		rotation *n.* 回轉
		spin *v.* 旋轉、暈眩

★你可以繼續發揮聯想力，完成第四層！

生活片語這樣用

1. **roll** in   滾滾而來
2. **roll** on   （歲月）流逝、（河、川）滾滾流動
3. **enroll** in   登記（參加）
4. **enroll** as   註冊為、登記為

易混淆單字一次破解

roll / **rotate** 都有「轉動」的意思。

roll 指圓形的物體向某個方向滾動、翻滾。

rotate 表示螺旋槳、方向盤等以自身內部的軸或某點為中心而旋轉、轉動。

➲ The ball **rolled** down the hill.
   球滾下了山。

➲ The earth **rotates** on its axis.
   地球以地軸為中心自轉。

單字小試身手

Q. If you want to take this course, you have to _____ on Monday morning.

    1. reserve   2. register   3. signal

A: 2. register（如果你想上這門課，你必須在星期一早上登記。）
reserve 表示「保留」，register 表示「登記、註冊」，signal 表示「打信號」。根據題意答案選 2. register。

Rround 【raʊnd】

adj. 圓形的　*n.* 圓狀物
adv. 環繞地　*prep.* 圍繞　*v.* 環繞

round、around、surround…這些字是不是長得很像呢？而且它們的意思也很接近。它們讓你聯想到哪些單字呢？把你想到的單字列下來吧！

蜂巢式結構圖

background
ground
surround
underground
surroundings
surrounding
Layer 2
Layer 3

第一層	第二層	第三層
round *adj.* 圓形的　*n.* 圓狀物　*adv.* 環繞地　*prep.* 圍繞　*v.* 環繞		
	ground *n.* 地面　*v.* 把…放在地上	
		background *n.* 背景、遠景
		underground *adj.* 地下的　*n.* 地下組織　*adv.* 在地下、祕密地
	surround *v.* 圍繞、包圍	
		surrounding *adj.* 周圍的　*n.* 環境
		surroundings *n.* 環境

★你可以繼續發揮聯想力，完成第四層！

生活片語這樣用

1. all (the) year **round**　　　　　　一年到頭
2. on (the) **grounds** of...　　　　　根據⋯、以⋯為理由

易混淆單字一次破解

round / **around**都有「繞」的意思。

round除副詞、介詞外，還可作形容詞、名詞、及動詞。around只作副詞和介詞。二者作副詞和介詞時意思很相近，不過round多用於英式英語，around多用於美式英語，round強調動態，around強調靜態。

➲ The earth goes **round** / **around** the sun.
（美式英語中較常用around來表達此意）
地球繞著太陽轉。

➲ The cat ran **around** in the garden.
貓在花園裡跑來跑去。

單字小試身手

Q. The power workers had to work ＿＿＿＿ to repair the power lines since the whole city was in the dark.

　　1. around the clock　　　　　2. in the extreme
　　3. on the house　　　　　　　4. in the majority

【92年學測】

A: 1. around the clock（因為整座城市陷入黑暗中，電工必須日以繼夜地工作來修理電線。）
around the clock表示「日以繼夜地」，in the extreme表示「極度地」，on the house表示「免費」，in the majority表示「多數地」。根據題意答案選
1. around the clock。

S sad 【sæd】 | *adj.* 悲傷的

sad、sorrowful、blue、miserable…等都有「悲傷」的意思，這些字會令你聯想到哪些單字呢？把你想到的單字列下來吧！

第一層	第二層	第三層
sad *adj.* 悲傷的		
	sadness *n.* 悲傷、悲哀	
		grief *n.* 悲傷、感傷
		sorrow *n./v.* 悲傷、哀傷、懊悔
	mad *adj.* 發怒的、瘋狂的	
		crazy *adj.* 發瘋的
		insane *adj.* 瘋的

★你可以繼續發揮聯想力，完成第四層！

生活片語這樣用

1. be **mad** at sb. 對某人發脾氣
2. go **mad** 發瘋
3. come to **grief** 遭遇災難、失敗、受傷
4. be **crazy** about... 對…感到熱衷
5. go **crazy** 發瘋

易混淆單字一次破解

mad / **crazy**都有「不理智的、瘋狂的、愚蠢的、氣憤的、熱衷的」的意思。

在美式英語中，常用 crazy 表示患精神病的、精神錯亂的。而在英式英語中，則多用mad來表示此意。

➲ He couldn't accept the truth and almost went **mad**.
他接受不了這個事實，都快瘋了。

➲ You must be **mad** to lend money to him.
你把錢借給他，你肯定瘋了。

單字小試身手

Q. Crossing the Pacific on a raft seemed _____, and no one would try it.

1. mad   2. usual   3. royal

A: 1. mad（乘木筏橫渡太平洋看起來是瘋狂的，且沒有人會嘗試。）
mad表示「瘋狂的」，usual表示「平常的」，royal表示「皇室的」。根據題意答案選1. mad。

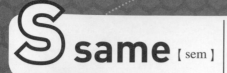

S same 【sem】

adj. 相同的　adv. 同樣地
pron. 同樣的人（事、物）

same表示「相同」，different表示「不同」，它們令你聯想到哪些單字呢？把你想到的單字列下來吧！

蜂巢式結構圖

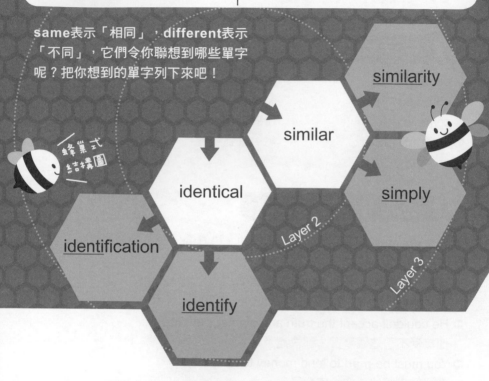

similarity

similar

identical

simply

identification

Layer 2

identify

Layer 3

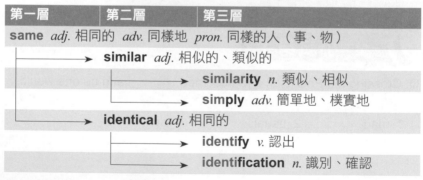

第一層	第二層	第三層
same *adj.* 相同的　*adv.* 同樣地　*pron.* 同樣的人（事、物）		
→	**similar** *adj.* 相似的、類似的	
	→	**similarity** *n.* 類似、相似
	→	**simply** *adv.* 簡單地、樸實地
→	**identical** *adj.* 相同的	
	→	**identify** *v.* 認出
	→	**identification** *n.* 識別、確認

★你可以繼續發揮聯想力，完成第四層！

生活片語 這樣用

1. all the **same**　　　　　都一樣、無所謂
2. the **same** with...　　　　與…相同
3. **same** old　　　　　　　老樣子

易混淆單字 一次破解

parallel / **similar** 都有「相似」的意思。

parallel用於無論在性質上還是表面上極相似的事物，也指歷史發展過程或原因的相似。

similar指兩個不同事物的整體或部分的相同或相近，也指事物在形狀上相似。

➲ The growth of the two towns was almost **parallel**.
　 這兩個城鎮的發展情況幾乎相同。

➲ My opinions are **similar** to his.
　 我的觀點和他的相近。

單字 小試身手

Q. What a coincidence! Your skirt is the _____ with the one I had on yesterday.

　　1. comparison　　　2. jeans　　　3. same

A: 3. same（真巧啊！你的裙子和我昨天穿的那件是一樣的。）
the same with表示「和…相同」，comparison是「比較」的意思，jeans表示「牛仔褲」。根據題意答案選3. same。

311

S satisfy 【ˋsætɪsˌfaɪ】 | v. 使滿足

satisfy（滿足）和unsatisfy（不滿足）會令你想到哪些單字呢？把你想到的單字都列下來吧！

蜂巢式結構圖

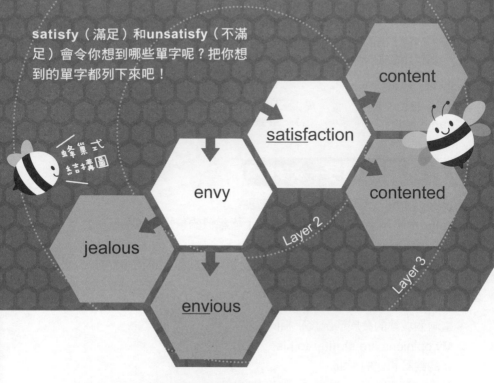

第一層	第二層	第三層
satisfy v. 使滿足		
	satisfaction n. 滿足	
		content adj. 滿意的 v. 滿足 n. 滿足、內容、容積
		contented adj. 滿足的、滿意的
	envy n./v. 羨慕、嫉妒	
		envious adj. 羨慕的
		jealous adj. 妒忌的

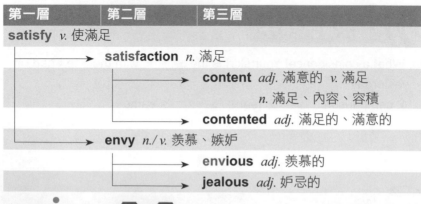

★你可以繼續發揮聯想力，完成第四層！

生活片語這樣用

1. be **satisfied** with...　　　　對…感到滿意
2. to one's heart's **content**　　盡情地

易混淆單字一次破解

content / **contented**都有「滿足」的意思。

content作為形容詞時與contented同義，只是前者只能作表語，後者多作定語。

➲ We are not **content** with the victory already won.
　我們不滿足於已取得的勝利。

➲ There was a **contented** look on his face.
　他臉上一副滿意的樣子。

單字小試身手

Q. One of distinguished ＿＿＿ in President Lincoln's life is freeing the slaves and establishing the United States of America as a free nation.

　1. achievements　　　　2. discoveries
　3. opportunities　　　　4. satisfactions

【90年四技二專】

A: 1. achievements（林肯總統一生最卓越的成就之一就是解放奴隸，將美國建立成一個自由國度。）
achievement是「成就」的意思，discovery是「發現」的意思，opportunity是「機會」的意思，satisfaction是「滿意」的意思。根據題意答案選 1. achievements。

S saying 【`seɪŋ】 | n. 俗語、話、諺語

say、saying、talk…這幾個字有什麼不同呢？它們令你聯想到哪些單字呢？把你想到的單字列下來吧！

蜂巢式結構圖

tell

say

tale

talk

rumor

Layer 2

gossip

Layer 3

第一層	第二層	第三層
saying *n.* 俗語、話、諺語		
→	**say** *v.* 說	
	→	**tell** *v.* 告訴
	→	**talk** *v./n.* 說、說話
→	**tale** *n.* 故事、傳言	
	→	**gossip** *n./v.* 閒聊、散播流言
	→	**rumor** *n.* 傳聞、謠言

★你可以繼續發揮聯想力，完成第四層！

生活片語這樣用

1. go without **saying**	不用說、不言而喻
2. **talk** back	回嘴、頂嘴
3. **talk** into	說服

易混淆單字一次破解

tale / **story**都有「故事」的意思。

tale是口頭流傳下來的敘述材料，情節帶有神話或假想色彩，且往往涉及古代的事。tale可以是詩歌體或散文體，可指以欺騙或使人發笑為目的而誇大情節的敘述。

story可以是口頭的或書面的，真實的或虛構的，詩體或散文的。敘述一個完整的事情而不是單一的某個情節。和tale一樣可指以欺騙、誇大等使人發笑為目的的情節敘述。

➲ The sly dealer always told his partner **tales**.

　那狡猾的商人老是編造假話，欺騙他的合夥人。

➲ He is telling his life **story**.

　他在談他的生活經歷。

單字小試身手

Q. She likes to _____. Every time I see her, she talks nonstop about all the latest scandals.

　　1. paste　　　　2. gossip　　　　3. pick

A: 2. gossip（她喜歡講八卦，每次我見到她，她就是不停地講最近發生的所有緋聞。）
paste表示「黏貼」，gossip有「說長道短、聊八卦」的意思，pick表示「挑、選」。根據題意答案選2. gossip。

S search [sɜtʃ] v./n. 搜索、搜尋、調查

很多單字都有「尋找」的意思，例如 seek、search、hunt…等都是，這些字可以讓你聯想到哪些單字呢？把它們列下來吧！

第一層	第二層	第三層
search v./n. 搜索、搜尋、調查		
	research n./v. 研究、調查	
		researcher n. 調查員
		investigate v. 調查、研究
	explore v. 探險、探索	
		exploration n. 探索、探究
		expose v. 暴露於、揭發

★你可以繼續發揮聯想力，完成第四層！

 **生活片語**這樣用

1. **search** for 　　　　　　尋找
2. **expose** to 　　　　　　暴露於

易混淆單字一次破解

search / **explore** / **seek**都有「查、尋」的意思。

search側重於搜查，搜查的事物常為某場所或人及人體部位。

explore強調探查某個地區或有關範圍，以發現與該地區相關的事實。

seek強調設法去尋找某物。

➲ Firefighters **searched** the building for the missing boy.
消防隊員在建築物中搜查那個失蹤的男孩。

➲ They **explored** the land in the south of the area.
他們探查了這個地區南部的土地。

➲ They couldn't **seek** a place to hide.
他們找不到藏身之處。

單字小試身手

Q. It has long been suggested by doctors that a healthy diet should
_____ mainly grains, vegetables and fruit with proper amounts of
meat dairy products.

　　1. fill with　　　　2. refer to　　　　3. consist of　　　　4. search for

【90年四技二專】

A: 3. consist of （醫生一直建議健康的飲食應該包含主要的穀類、蔬菜和水
果，再加上適量的肉乳製品。）
fill with...表示「充滿…」，refer to表示「提到、談及」，consist of...表示
「由…組成」，search for表示「尋找」。根據題意答案選3. consist of。

S season ['sizn̩] | *n.* 季節

season（季節）、reason（理由）只有一個字母不同，但意思卻完全不同，你能想到哪些單字也有類似的情形嗎？把你想到的單字列下來吧！

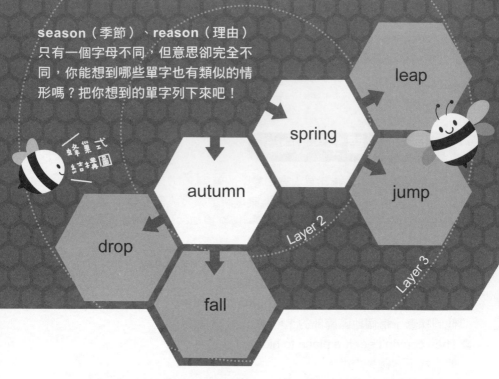

蜂巢式結構圖

spring
leap
autumn
jump
drop
fall

Layer 2
Layer 3

第一層	第二層	第三層
season *n.* 季節		
	spring *n.* 春季、春天、泉（源）、跳躍	
		leap *n./ v.* 跳、跳躍
		jump *n./ v.* 跳、跳躍
	autumn *n.* 秋季、秋天	
		fall *n.* 秋天、降落、減少
		v. 降落、減少
		drop *n.* 滴、落下 *v.* 滴下、落下

★你可以繼續發揮聯想力，完成第四層！

生活片語 這樣用

1. in **season** 　　　　應時的、在旺季、及時的
2. at all **seasons** 　　　一年到頭

易混淆單字 一次破解

jump / **leap** / **spring**都有「跳」的意思。

這三個字在不少場合可以互換，但仍有些不同。

jump表從地面或其他平面上跳起。

leap可指比jump更用力地跳，但也指輕快地跳，如舞蹈者的跳是leap。

spring著重動作本身而不常涉及跳往何處。

⊃ The cat **jumped** onto the table.
　貓跳到桌子上。

⊃ The monkey **leaped** from this tree to another.
　猴子從這棵樹跳到那棵樹上。

⊃ I **sprang** to my feet for anger had overtaken me.
　我倏地跳起來，因為我氣極了。

單字 小試身手

Q. Did I say "a lot of dime"? Oh, I'm really sorry. I meant to say "a lot of time." It was a ＿＿＿＿.

　1. slip of the tongue 　　　2. thorn in my side
　3. penny for your thoughts 　4. leap in the dark 　　【93年指考】

A: 1. slip of the tongue（我剛剛是不是說成了「很多硬幣」？噢，真的很抱歉，我是想說「很多時間」，這是口誤。）
slip of the tongue表示「口誤、說溜了嘴」，thorn in my side表示「我的眼中釘」，penny for your thoughts表示「你在想什麼」，leap in the dark表示「冒險的行動」。根據題意答案選1. slip of the tongue。

S secret ［`sikrɪt］ | *adj.* 秘密的、隱蔽的 *n.* 秘密

secret、concealed、mysterious
都有「隱密」的意思，這些字會令你
聯想到哪些單字呢，把你想到的單字
列下來吧！

第一層	第二層	第三層
secret *adj.* 秘密的、隱蔽的 *n.* 秘密		
	secretary *n.* 秘書、書記	
		private *adj.* 秘密的、私人的、私下的
		privacy *n.* 隱居、獨處、隱私
	mystery *n.* 神祕	
		hide *v.* 把…藏起來、躲藏
		mysterious *adj.* 神秘的

★你可以繼續發揮聯想力，完成第四層！

 **生活片語**這樣用

1. in **secret**　　　　　暗地裡、秘密地
2. **hide** sth. from sb.　對某人隱瞞某事
3. in **private**　　　　　私底下

 易混淆單字一次破解

private / **personal**都有「個人」的意思。
private強調私有的、私營的,指非國家所有的,而由個人或私人持有。
personal 強調個人的、私人的,是某人自己的,而不屬於其他人。
⊃ a **private** company
　私人公司
⊃ **personal** belongings
　私人物品

 單字**小試身手**

Q. Don't tell strangers anything about your _____ information in
order to protect yourself.
　　1. expensive　　　　2. personal　　　　3. local

 A: 2. personal(為了保護你自己,不要告訴陌生人任何關於你個人資料的
事。)
expensive表示「昂貴的」,personal表示「個人的」,local表示「當地
的」。根據題意答案選2. personal。

S select 【sə`lɛkt】 | v. 挑選 adj. 精選的

select、choose、pick…等都有「選」的意思，這些字會令你聯想到哪些單字呢？把你想到的單字列下來吧！

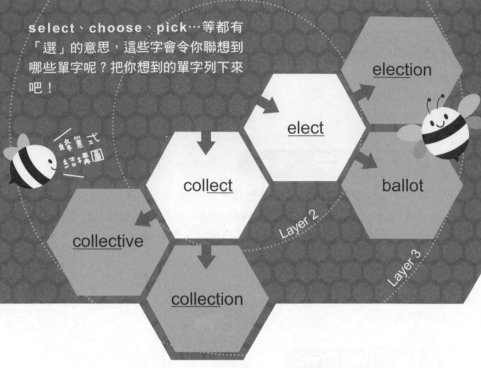

第一層	第二層	第三層
select v. 挑選 adj. 精選的		
	elect v. 挑選 adj. 挑選的	
		election n. 選舉
		ballot n./ v. 投票
	collect v. 收集、搜集	
		collection n. 收集
		collective adj. 集合的、集體的 n. 集體的企業

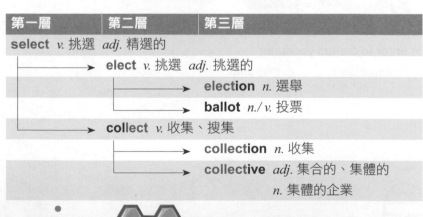

★你可以繼續發揮聯想力，完成第四層！

生活片語這樣用

1. **ballot** for...　　　　　　為…而進行選舉、投票
2. put sth. to the **ballot**　　投票表決某事
3. **collection** box　　　　　募捐箱

易混淆單字一次破解

collect / **gather**都有「集」的意思。

collect著重於比較有計劃且有選擇地收集某物。有一定的目的或是出於愛好，強調逐漸收集的過程。

gather指搜集，如收集情報，或採集植物、水果等。

⊃ I like **collecting** stamps.
　我喜歡收集郵票。

⊃ to **gather** wild flowers
　採野花

單字小試身手

Q. He always bought postcards when traveling. That's because his hobby was to _____ them.

　　1. match　　　　2. collect　　　　3. produce

A: 2. collect（旅行時他總是會買明信片，因為他的嗜好就是收集明信片。）
match表示「相配、相稱」，collect表示「收集」，produce表示「製造」。
根據題意答案選2. collect。

S sense 【sɛns】 | *n.* 意識、感覺 *v.* 感覺到

sense、tense、dense⋯這些字彼此間只有一個字母不相同，但意思卻是完全不同，你能想到其他類似的單字嗎？把它們列下來吧！

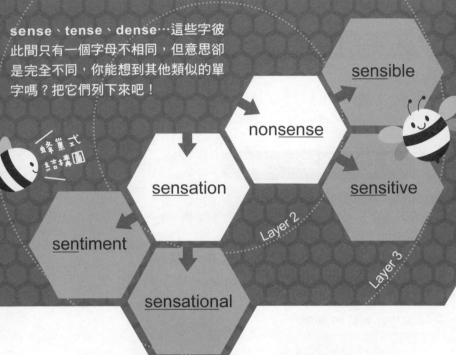

蜂巢式結構圖

sensible

nonsense

sensation

sensitive

sentiment

sensational

Layer 2

Layer 3

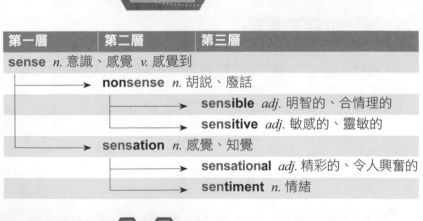

第一層	第二層	第三層
sense *n.* 意識、感覺 *v.* 感覺到		
	nonsense *n.* 胡說、廢話	
		sensible *adj.* 明智的、合情理的
		sensitive *adj.* 敏感的、靈敏的
	sensation *n.* 感覺、知覺	
		sensational *adj.* 精彩的、令人興奮的
		sentiment *n.* 情緒

★你可以繼續發揮聯想力，完成第四層！

生活片語這樣用

1. come to one's **sense** ⠀⠀恢復理性、醒悟過來
2. in a **sense** ⠀⠀從某種意義上來説
3. talk **sense** ⠀⠀講話有理

易混淆單字一次破解

sensation / **feeling**都有「感覺」的意思。
sensation指當身體受到外部刺激時的感覺，也指感覺能力、知覺能力。
feeling強調內心和感官的感覺、感觸。

⊃ I had a **sensation** of burning on my hands.
　我的手有燒灼的感覺。
⊃ I've got guilty **feelings**.
　我感到內疚。

單字小試身手

Q. The murder case created a great _____ due to the incredible
cruelty of the murderer.

　1. success ⠀⠀⠀2. punishment ⠀⠀⠀3. sensation

A: 3. sensation（由於兇手驚人的殘酷行徑，那件謀殺案引起很大轟動。）
sensation指透過感官傳送到神經中樞的印象，現在常指大家為之興奮、震
驚、轟動的事件。success表示「成功」，punishment表示「處罰」。根據
題意答案選3. sensation。

S set 【sɛt】 | n. 套、組 v. 放、置

字根有set的單字有很多，例如settle、setting、outset…等都是，把你想到的單字也列下來吧！

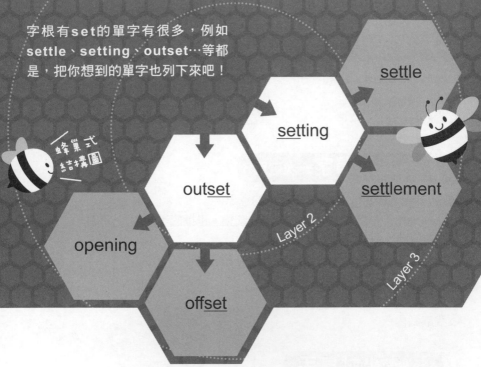

蜂巢式結構圖

settle

setting

settlement

outset

Layer 2

opening

offset

Layer 3

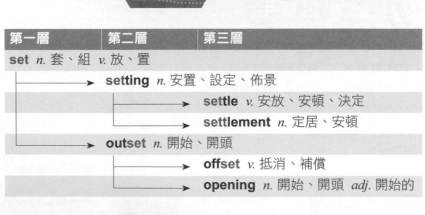

第一層	第二層	第三層
set *n.* 套、組 *v.* 放、置		
	setting *n.* 安置、設定、佈景	
		settle *v.* 安放、安頓、決定
		settlement *n.* 定居、安頓
	outset *n.* 開始、開頭	
		offset *v.* 抵消、補償
		opening *n.* 開始、開頭 *adj.* 開始的

★你可以繼續發揮聯想力，完成第四層！

生活片語這樣用

1. **set** about	開始、著手
2. **set** off	出發、啟程
3. **set** out	動身起程、開始
4. **set** up	建立、創立
5. **settle** down	定居、安身

易混淆單字一次破解

setting / **scene** 都有「佈景」的意思。

setting 一般專指舞臺佈景或戲劇、小說等的背景。

scene 多指真實事件的發生地點。

➲ The **setting** of this act is a tall building.
這一幕的佈景是幢高樓。

➲ A dark lane was the **scene** of the murder.
謀殺現場是條漆黑的小巷。

單字小試身手

Q. Sara enjoys amusing her friends by _____ stories.

　1. speaking out　　　　2. setting off

　3. making up　　　　　4. giving away

【90年學測】

A: 3. making up（莎拉喜歡編故事逗她朋友開心。）
speak out 表示「說出來」，set off 表示「出發」，make up 有「編造」的意思，give away 有「分發、分送」的意思。根據題意答案選 3. making up。

S sex 【sɛks】| n. 性別、性

用來表示「男性」和「女性」的單字有哪些呢？sex、man、male…等都是，把你想到的單字也列下來吧！

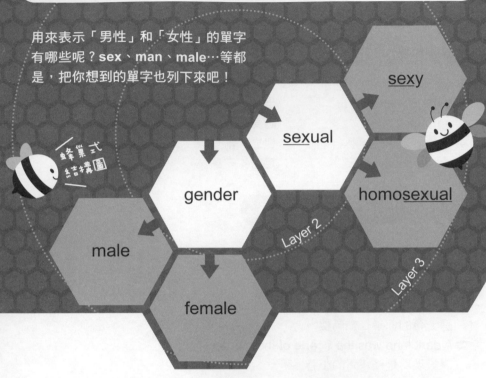

第一層	第二層	第三層
sex *n.* 性別、性		
	sexual *adj.* 性欲的、性行為的	
		sexy *adj.* 性感的
		homosexual *adj.* 同性戀的 *n.* 同性戀者
	gender *n.* 性別、性	
		female *adj.* 女性的 *n.* 女性
		male *adj.* 男性的 *n.* 男性

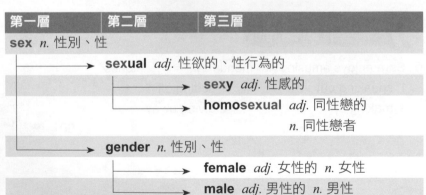

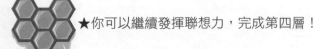

★你可以繼續發揮聯想力，完成第四層！

 生活片語這樣用

1. **sexual** discrimination　　性別歧視
2. **sexual** harassment　　性騷擾

易混淆單字一次破解

female / **male** / **feminine** / **masculine**等與性別相關單字的用法。
female / male用來指性別中的「女性 / 男性」以及與性別有關的事物。
feminine / masculine只用來指人的性格中具有女性或男性典型的特徵，
即「女性化的 / 男性化的」。

➲ **female** / **male** chauvinism
大女人 / 大男人主義

➲ He / She talks in a **feminine** / **masculine** voice.
他 / 她用女性化 / 男性化的腔調講話。

單字小試身手

Q. Sexual _____ still exists in her company. She's never got a raise
and promotion while her male colleagues are all promoted.

　1. harassment　　　　2. discrimination　　　　3. protection

 A: 2. discrimination（性別歧視依然存在於她的公司，當她的男同事們都升
官時，她卻從未得到任何加薪或升遷。）
sexual harassment表示「性騷擾」，sexual discrimination表示「性別歧
視」，而racial discrimination表示「種族歧視」，protection則是「保護」
的意思。根據題意答案選2. discrimination。

S sigh [saɪ] | v. / n. 嘆息

sigh、sight、insight⋯這些單字都
長得很像，但意思卻不相同，你能藉
此聯想到哪些單字呢？把它們列下來
吧！

蜂巢式
結巢圖

sightseeing

sight

eyesight

insight

shortsighted

Layer 2

nearsighted

Layer 3

第一層	第二層	第三層
sigh *v. / n.* 嘆息		
→ **sight** *n.* 視覺、看見 *v.* 觀測、看		
	→ **sightseeing** *n.* 觀光、遊覽	
	→ **insight** *n.* 洞察、見識	
→ **eyesight** *n.* 視力		
	→ **nearsighted** *adj.* 近視的、短視的	
	→ **shortsighted** *adj.* 近視的、短視的	

★你可以繼續發揮聯想力，完成第四層！

生活片語這樣用

1. in the **sight** of...	以…眼光來看
2. at first **sight**	乍看、第一眼看見時
3. in **sight**	看得見、在望
4. out of **sight**	看不見、在視野之外
5. lose **sight** of	看不見、消失

易混淆單字一次破解

sight / **see**都有「看」的意思。

兩者雖然都可以表示看見，但sight很少強調觀看者的主動性，而強調被觀看者。

而see則強調觀看者。

➲ I **saw** her dancing.
我看見她在跳舞。

➲ Few kinds of birds can be **sighted** in this area.
這個地區幾乎看不到鳥的蹤跡。

單字小試身手

Q. He's an _____ person. What he says can always get to the heart of social problems.

　　1. insightful　　　　2. representative　　　3. innocent

A: 1. insightful（他是個有洞見的人，他所說的話總是可以直指社會問題的核心。）

an後面必須接母音開頭的單字，只有insightful和innocent符合，而insightful表示「有洞察力的」，innocent表示「無辜的、純潔的」，所以答案選insightful。

S sign [saɪn] | n. 記號、標誌 v. 簽署

sign（記號）會令人聯想到signal、mark、remark…等字，除此之外，你還可以想到哪些單字呢？把它們列下來吧！

蜂巢式結構圖

signature

signal

trail

symbol

tag

Layer 2

Layer 3

trace

第一層	第二層	第三層
sign *n.* 記號、標誌 *v.* 簽署		
	signal *n.* 信號 *v.* 打信號	
		signature *n.* 簽名
		symbol *n.* 象徵、標誌
	trail *n.* 蹤跡 *v.* 追蹤、拖著走	
		trace *v.* 追蹤、追溯 *n.* 蹤跡、遺跡
		tag *n.* 標籤 *v.* 給…加上標籤、尾隨

★你可以繼續發揮聯想力，完成第四層！

生活片語這樣用

1. **sign** for	簽收
2. **sign** in	簽到、登記
3. **trace** back	追溯以往
4. **tag** along	尾隨、跟隨

易混淆單字一次破解

tag / **trail**都有「跟蹤」的意思。

兩字的共同含義是順著前人走過的路線前進，但tag指緊隨，可以是秘密的，也可以是得到被追隨者同意的，但尤指未經允許而尾隨。

trail一般指追蹤或尾隨，常指無精打采地跟在後面。

⊃ The child always **tagged** his mother wherever she went.
　無論母親走到哪裡，那孩子就會跟到哪裡。

⊃ The dog **trailed** the old man to the park.
　狗跟著老人去了公園。

單字小試身手

Q. We followed the ＿＿＿ left by her car in the snow and found her.

　1. footprints 　　2. tracks 　　3. smells

A: 2. tracks（我們沿著她的車在雪地上留下的車痕，而找到了她。）
footprint指的是「腳印」，smell表示「氣味」。track指一連串的或長條狀的痕跡，如車輪的痕跡。根據題意答案選2. tracks。

S sit 【sɪt】 | v. 坐、位於、騎

sit、seat、site…這幾個字是不是長
得很像呢？而且它們連字義都有點相
近。把和它們相關的字都列下來吧！

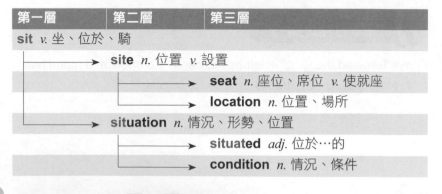

第一層	第二層	第三層
sit v. 坐、位於、騎		
	site n. 位置 v. 設置	
		seat n. 座位、席位 v. 使就座
		location n. 位置、場所
	situation n. 情況、形勢、位置	
		situated adj. 位於…的
		condition n. 情況、條件

★你可以繼續發揮聯想力，完成第四層！

生活片語這樣用

1. **sit** back　　　　　　　在一旁閒著、袖手旁觀
2. **sit** out　　　　　　　　耐著性子坐著旁觀直到結束
3. on **condition** (that)　只要
4. out of **condition**　　健康不佳

易混淆單字一次破解

sit / **seat**都有「坐」的意思。

sit指坐在某物的上面，如椅子等。

seat是正式用法，指向某人提供座位，就坐。

➲ He **sat** down and lit up a cigar.
　他坐下來，點燃了一支雪茄。

➲ He **seated** himself in front of me.
　他在我前面坐下了。

單字小試身手

Q. He _____ himself under the tree and then an apple dropped from the tree and hit his head.

　　1. seated　　　2. siten　　3. sited

A: 1. seated（他坐在樹下，然後一顆蘋果從樹上掉下來並擊中了他的頭。）
seat的過去式是seated，sit的過去式是sat，site的過去式是sited。根據題意
答案選1. seated。

S sleep 【slip】 | *v.* 睡覺、睡

sleep、asleep、sleepy…這些字不僅長得很像，意思也很接近。你可以由此聯想到哪些單字呢？把它們列下來吧！

蜂巢式結構圖

sleepy

asleep

wake

sheet

awake

Layer 2

waken

Layer 3

第一層	第二層	第三層
sleep *v.* 睡覺、睡		
	asleep *adj.* 睡著的、熟睡的	
		sleepy *adj.* 想睡的、睏的
		sheet *n.* 被單
	wake *v.* 喚醒、醒	
		waken *v.* 醒來、喚醒
		awake *v.* 喚醒 *adj.* 醒著的

 ★你可以繼續發揮聯想力，完成第四層！

生活片語這樣用

1. fall **asleep**　　　　　睡著
2. in the **wake** of　　　緊緊跟隨、尾隨…而來
3. **wake** up　　　　　　醒來、起床
4. **wake** up to　　　　　認識到、醒悟

易混淆單字一次破解

sleep / **go to sleep** / **go to bed**都有「睡」的意思。

sleep表示睡在床上的持續狀態。

go to sleep表示入睡，go to bed指上床睡覺，兩者都表示短暫的動作。

⮑ I **went to bed** at seven, **went to sleep** at ten, and **slept** until seven
this morning.

我7點上床，10點才入睡，一覺睡到今天早晨7點。

單字小試身手

Q. The old man always goes to bed at nine in the evening and _____
as early as five in the morning.

1. stays up　　　2. stands up　　　3. wakes up

A: 3. wakes up（這個老人總是在晚間九點上床睡覺，在早晨五點醒來。）
stay up表示「熬夜」，stand up表示「站起來」，wake up表示「醒來、起
床」的意思。根據題意答案選3. wakes up。

S speak 【spik】 | v. 說、講

speak、speech、talk、say…都有「說」的意思，它們會令你聯想到哪些單字呢？把你想到的單字列下來吧！

蜂巢式結構圖

loudspeaker

speaker

lecture

microphone

Layer 2

lecturer

speech

Layer 3

第一層	第二層	第三層
speak v. 說、講		
	speaker n. 演講者、說話者、擴音器	
		loudspeaker n. 擴音器、喇叭
		microphone n. 擴音器、麥克風
	lecture v./ n. 演講	
		speech n. 說話、演說
		lecturer n. 演講者、講師

★你可以繼續發揮聯想力，完成第四層！

生活片語 這樣用

1. **speak** out　　　　　大聲地說、大膽地說
2. **speak** for　　　　　代表…講話、為…辯護
3. make a **speech**　　　致辭、演說

易混淆單字 一次破解

speak / say / state都有「說」的意思。

speak指說話、交談。強調說話的動作。

say指說、講。強調說話的內容。

state指正式地陳述、聲明、說明。

➲ He **spoke** too fast and I could not follow him.
　他說話太快了，我聽不懂。

➲ I couldn't write down what he **said**.
　我記不下他所說的話。

➲ He has already **stated** his intention to run for election.
　他已經聲明打算參選。

單字 小試身手

Q. On receiving my letter of complaint, the hotel manager sent me a written _____.

　1. consent　　2. scandal　　3. lecture　　4. apology

【92年指考】

A: 4. apology（接到我的投訴信後，飯店經理寄給我書面道歉函。）
consent表示「贊同」，scandal表示「緋聞」，lecture表示「演講」，
apology表示「道歉」。根據題意答案選4. apology。

S stand 【stænd】 v. 忍受、站立 n. 站立

stand、bear、put up with…都有「忍受」的意思，它們還令你聯想到哪些單字呢？把你想到的單字列下來吧！

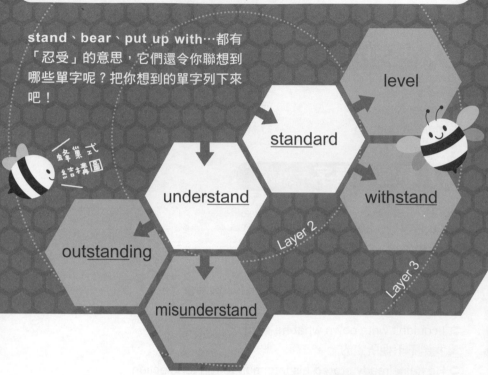

蜂巢式結構圖

level

standard

understand

withstand

outstanding

misunderstand

Layer 2

Layer 3

第一層	第二層	第三層
stand v. 忍受、站立 n. 站立		
	standard adj. 標準的 n. 標準	
		level adj. 水平的 n. 標準、水準
		withstand v. 經受、承受
	understand v. 領悟、理解	
		misunderstand v. 誤解
		outstanding adj. 傲人的、傑出的

★你可以繼續發揮聯想力，完成第四層！

生活片語 這樣用

1. **stand** up 　　　　　　站起來
2. **stand** for 　　　　　　代表、主張、支持
3. **stand** out 　　　　　　引人注目、傑出

易混淆單字 一次破解

stand / **endure** / **put up with** 都有「忍受」的意思。

stand指忍受侮辱、艱難、寒暑、費用等，肯定句中有固執與勇敢地接受、經受得住、不屈不撓之意。

endure指承受較大的、較長時間的各種各樣的艱難、困苦、不幸、災禍或肉體上的痛苦而不屈服，強調耐久力和耐心。

put up with是通俗用語，指容忍某人或某種不愉快的事，也指忍受某種輕微的傷害，有寬容、不計較、將就的含義，常用於否定句。

➲ She can't **stand** the hot weather there.
　她不能忍受那裡炎熱的天氣。

➲ She couldn't **endure** seeing animals ill-treated.
　她不能容忍看到動物受虐待。

➲ I can't **put up with** the noise any longer.
　我再也不能容忍那噪音了。

單字 小試身手

Q. A good politician must be able to ＿＿＿＿ public criticism.

　1. inspect　　2. withstand　　3. manage

A: 2. withstand（一個好的政治家必須能夠禁得起公眾的批評。）
withstand指抵擋得住別人的進攻，也指能經受外界責難、批評等。inspect表示「檢查」，manage表示「管理」。根據題意答案選2. withstand。

S state 【stet】 | n. 狀態、州、國家 v. 陳述、聲明

state有許多含意，包括「陳述」、「國家」、「情況」…等，它令你聯想到哪些單字呢？把你想到的單字列下來吧！

蜂巢式結構圖

statesman

statement

station

declaration

Layer 2

stationery

stationary

Layer 3

第一層	第二層	第三層
state *n.* 狀態、州、國家 *v.* 陳述、聲明		
→ **statement** *n.* 陳述、聲明		
	→ **statesman** *n.* 政治家、政府高級要員	
	→ **declaration** *n.* 宣告、聲明	
→ **station** *n.* 車站、局、署 *v.* 部署		
	→ **stationary** *adj.* 固定的、不動的、穩定的	
	→ **stationery** *n.* 文具	

★你可以繼續發揮聯想力，完成第四層！

生活片語這樣用

1. **station** agent	站長
2. **station** master	站長

易混淆單字一次破解

state / **country**都有「國家」的意思。

state解釋為國家時，主要指政治組織或政府。

country是一般普通用語，主要指主權國家及領土。

⊃ This company is run by the **state**.

這是個國有企業。

⊃ He has visited many foreign **countries**.

他遊歷了許多國家。

單字小試身手

Q. Everyone in this meeting is tolerant so you can ＿＿＿＿ your views freely.

    1. state   2. point   3. perform

A: 1. state（這會議上的每個人都很寬容，所以你可以自由地發表你的看法。）state表示「陳述」，point表示「指出」，perform表示「執行、表演」。根據題意答案選1. state。

S stop [stɑp] | v./ n. 停止、中止

stop、cease、pause…這些字都有「停」的意思，它們令你聯想到哪些單字呢？把你想到的單字列下來吧！

蜂巢式結構圖

halt

stay

step

pause

stepchild

stepfather

Layer 2

Layer 3

第一層	第二層	第三層
stop *v./ n.* 停止、中止		
	stay *v./ n.* 停止、停留	
		halt *v./ n.* 停止、休止
		pause *v./ n.* 暫停、停頓
	step *n.* 階段、腳步 *v.* 踏、踩、步行	
		stepfather *n.* 繼父、後父
		stepchild *n.* 前夫所生的子女、前妻所生的子女

★你可以繼續發揮聯想力，完成第四層！

生活片語 這樣用

1. **stop** by （順便）造訪
2. **stay** up 熬夜
3. **step** in 介入、開始參與
4. **step** by **step** 逐步地

易混淆單字 一次破解

stay / **remain** 都有「留」的意思。

stay指的是停留、暫住、暫待。

remain是指其他人離開後仍繼續留下，或指其他遭到毀壞後仍剩餘著、繼續存在。

➲ **Stay** at home.
請待在家裡。

➲ Much **remains** to be done before we can get a success.
我們想獲得成功還要做許多事情。

單字 小試身手

Q. Few trees _____ after the fire and the animals in the forest have moved to somewhere else.

1. regretted 2. reduced 3. remained

A: 3. remained（大火之後，存活的樹木很少。森林裡的動物們已搬到其他地方了。）

regret表示「後悔」，reduce表示「減少、降低」，remain表示「殘留、繼續留著」。根據題意答案選3. remained。

S strict 【strɪkt】 | adj. 嚴格的

strict、severe、sharp都有「嚴厲」的意思，它們還令你聯想到哪些單字呢？把你想到的單字列下來吧！

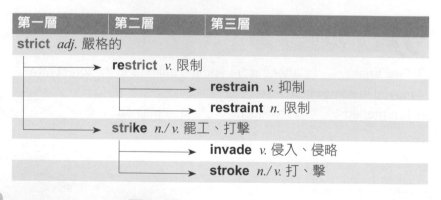

蜂巢式結構圖

restrain

restrict

restraint

strike

Layer 2

stroke

Layer 3

invade

第一層	第二層	第三層
strict *adj.* 嚴格的		
	restrict *v.* 限制	
		restrain *v.* 抑制
		restraint *n.* 限制
	strike *n./v.* 罷工、打擊	
		invade *v.* 侵入、侵略
		stroke *n./v.* 打、擊

★你可以繼續發揮聯想力，完成第四層！

🐝 生活片語這樣用

1. **strike** off	刪去、取消
2. **strike** out	想出
3. **stroke** down	安撫

🐝 易混淆單字一次破解

restrict / **restrain**都有「限制」的意思。

restrict指限制、限定（數量、範圍等）、約束自己只做某個特定活動或允許自己每天吃、喝一定量的東西。

restrain尤指強力制止、管制或約束控制自己的感情、情緒。

➲ He **restricts** himself one cigar a day.
　他限制自己每天只抽一根雪茄。

➲ She couldn't **restrain** her anger.
　她無法克制自己的憤怒。

🐝 單字小試身手

Q. She _____ herself to two meals in order to keep weight.

　1. restricted　　　2. released　　3. revealed

A: 1. restricted（為了保持體重，她限制自己只吃兩餐。）
restrict表示「限制」，release表示「解放、釋放」，reveal表示「顯示」。
根據題意答案選1. restricted。

S stupid [`stjupId`] | *adj.* 愚笨的

stupid、silly、foolish…這些字都
有「笨」的意思，它們還令你聯想到
哪些單字呢？把你想到的單字列下來
吧！

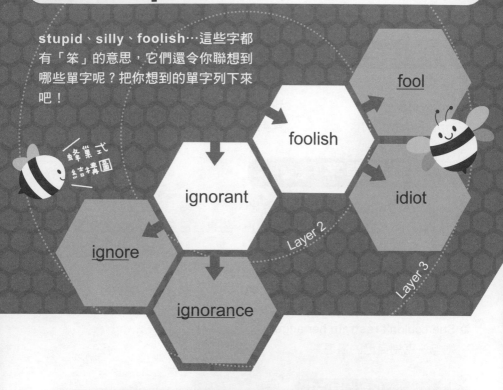

蜂巢式
結構圖

fool

foolish

ignorant

idiot

ignore

Layer 2

ignorance

Layer 3

第一層	第二層	第三層
stupid *adj.* 愚笨的		
→	foolish *adj.* 愚蠢的、愚笨的	
	→	fool *n.* 傻子 *v.* 愚弄、欺騙
	→	idiot *n.* 傻瓜、笨蛋
→	ignorant *adj.* 缺乏教育的、無知的	
	→	ignorance *n.* 無知、不學無術
	→	ignore *v.* 忽視、不理睬

★你可以繼續發揮聯想力，完成第四層！

生活片語這樣用

1. **fool** about / around	虛度光陰、遊手好閒
2. make a **fool** of	愚弄、使出醜
3. be **ignorant** of...	對…一無所知

易混淆單字一次破解

ignore / **be ignorant of**之間的差別是：

ignore是主觀上刻意地忽視、不予理會。

be ignorant of則是無知的意思，對某事物不瞭解。

➲ He **ignored** his parents advice.

　他對父母的建議不予理會。

➲ She **is** completely **ignorant of** computer.

　她對電腦一無所知。

單字小試身手

Q. Mr. Chang always tries to answer all questions from his students.

　He will not ＿＿＿＿ any of them even if they may sound stupid.

　1. reform　　2. depress　　3. ignore　　4. confirm

【94年學測】

A: 3. ignore（張先生總是試著回答他學生的所有問題，即使這些問題聽起來可能很蠢，他也不會忽視任何一個。）

reform表示「改革、改正」，depress表示「抑制、減少」，ignore表示「忽視不管」，confirm表示「證實、確定」。根據題意答案選3. ignore。

S succeed 【səkˋsid】 | *v.* 成功、繼承

success、victory、triumph…這些
字都有「成功」的意思，它們會令你
聯想到哪些單字呢？把你想到的單字
列下來吧！

蜂巢式
結構圖

successful

success

inherit

triumph

heritage

heir

Layer 2

Layer 3

第一層	第二層	第三層
succeed *v.* 成功、繼承		
	success *n.* 成功	
		successful *adj.* 成功的
		triumph *v.* 獲勝 *n.* 勝利
	inherit *v.* 繼承、接受	
		heir *n.* 繼承人
		heritage *n.* 遺產

★你可以繼續發揮聯想力，完成第四層！

 生活片語這樣用

1. **succeed** in...　　　　在…成功
2. **succeed** to　　　　　繼承
3. be **successful** in...　　在…成功

易混淆單字一次破解

success / **achievement**都有「成功」的意思。
success指的是得到一直努力想得到的名利等。
achievement常指透過努力和技能而獲得成就。

➲ What's your secret to **success**?
　你成功的秘訣是什麼？
➲ the greatest **achievement** in 19th century
　19世紀最偉大的成就

單字小試身手

Q. The Changjiang River Bridge is a great _____ of modern civil engineering.

　1. appreciation　　　2. achievement　　　3. approval

 A: 2. achievement（長江大橋是現代土木工程的一個偉大成就。）
appreciation表示「欣賞、鑑賞」，achievement表示「成就」，approval表示「承認、同意」。根據題意答案選2. achievement。

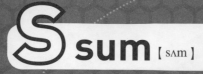

S sum 【sʌm】 | *n./v.* 總計、合計

sum、sun、son…這些字是不是長得很像呢？它們令你想到了哪些單字呢？把你想到的單字列下來吧！

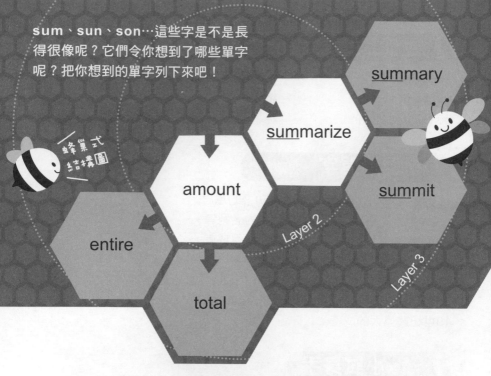

蜂巢式結構圖

summary

summarize

amount

summit

entire

total

Layer 2

Layer 3

第一層	第二層	第三層
sum *n./v.* 總計、合計		
	summarize *v.* 總結、概括	
		summary *n.* 摘要
		summit *n.* 頂、高峰
	amount *n.* 總額 *v.* 合計	
		total *adj.* 總計的 *n.* 合計 *v.* 合計為
		entire *adj.* 全部的、完全的 *n.* 總體、全部

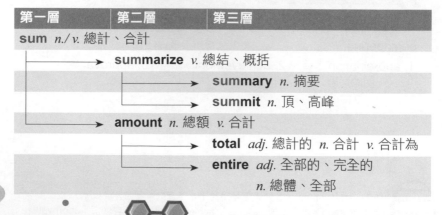

★你可以繼續發揮聯想力，完成第四層！

生活片語這樣用

1. in **sum**	總而言之
2. **sum** up	總結、計算
3. in **total**	總共

易混淆單字—次破解

entire(ly) / utter(ly)都有「完全」的意思。
entire(ly)用於說話人持肯定態度的場合。
utter(ly)用於說話人持否定態度的場合。

➲ I **entirely** agreed with you.
　我完全同意你的見解。

➲ He was **utterly** a politician.
　他絕對是一個政客。

單字小試身手

Q. Dr. Lee's new book is about his ＿＿＿＿ of the daily life of tribal people in East Africa.

　1. summaries　　　2. observations　　　3. assurances

A: 2. observations（李博士的新書是關於他對東非部落族人每日生活的觀察。）
summary是「摘要」的意思，observation是「觀察」的意思，assurance表示「保證、信心」。根據題意答案選2. observations。

T tempt 【tɛmpt】 | v. 誘惑、勾引

tempt（誘惑）、attempt（試圖）、temple（寺廟）…這些字雖然長得很像，但意思完全不同，它們會令你聯想到哪些單字呢？把你想到的單字列下來吧！

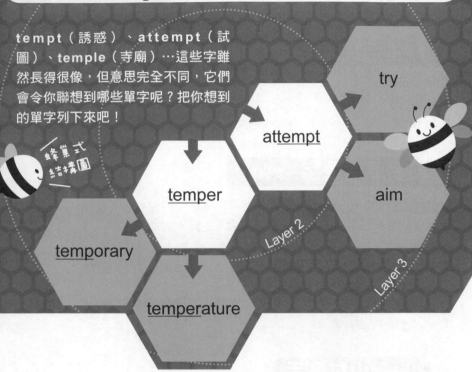

蜂巢式結構構圖

try

attempt

aim

Layer 2

temper

temporary

temperature

Layer 3

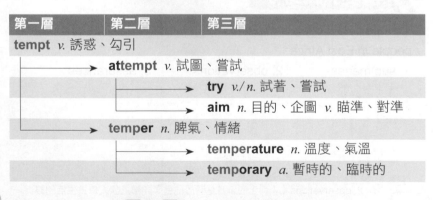

第一層	第二層	第三層
tempt *v.* 誘惑、勾引		
	attempt *v.* 試圖、嘗試	
		try *v./n.* 試著、嘗試
		aim *n.* 目的、企圖 *v.* 瞄準、對準
	temper *n.* 脾氣、情緒	
		temperature *n.* 溫度、氣溫
		temporary *a.* 暫時的、臨時的

★你可以繼續發揮聯想力，完成第四層！

生活片語這樣用

1. **try** on　　　　　　　試穿（衣服、鞋等）、試戴（帽子）
2. **try** out　　　　　　　試驗
3. lose one's **temper**　　發脾氣、發怒
4. take one's **temperature**　給某人量體溫

易混淆單字一次破解

attempt / **try**都有「試」的意思。

attempt指努力、嘗試，比try較為正式，常暗含不成功的意味。

try是一般用法，指試圖、設法去做某事，且很可能成功。

➲ He **attempted** to repair the watch himself, but failed.
　他試圖自己修錶，但沒修好。

➲ I **tried** hard not to laugh.
　我強忍住不笑出來。

單字小試身手

Q. Some convicts were caught when they _____ to escape.

　　1. tended　　　2. attempted　　　3. ought

A: 2. attempted（幾名囚犯在企圖逃跑時被抓住了。）
tend表示「易於…」，attempt表示「企圖、試圖」，ought to表示「應該」。
根據題意答案選2. attempted。

T tend 【tɛnd】 | *v.* 易於

tend（易於）、attend（出席）、
intend（計畫）…這些字雖然長得很
像，但意思卻完全不同，你可以藉此
想到哪些單字呢？把它們列下來吧！

蜂巢式
結構圖

第一層	第二層	第三層
tend *v.* 易於		
	tendency *n.* 趨向、傾向	
		trend *n.* 趨勢、方位
		tender *adj.* 溫柔的、脆弱的
	intend *v.* 計畫	
		intent *n.* 意圖、意思 *adj.* 熱心的
		intention *n.* 意圖、意向

★你可以繼續發揮聯想力，完成第四層！

生活片語 這樣用

1. **tend** to...   有…傾向、易於…
2. be **intent** on / upon   致力於、一心一意要
3. to all **intents** and purposes 幾乎、實際上

易混淆單字 一次破解

intend / mean都有「想做某事」的意思。

intend是正式用法，指心理已有做某事的目標或計畫，含有「行動堅決」之意。

mean強調做事的意圖、較為口語化。

- ◗ I **intended** to write to you.
  我要給你寫信。

- ◗ I **mean** to go to bed.
  我想去睡覺。

單字 小試身手

Q. He did something out of place, but I'm sure he _____ well.

    1. fit   2. meant   3. did

A: 2. meant（他做了不適當的事，可是我相信他的本意是好的。）
在說明一種不良的行為是出於善良動機時，往往用mean，例如說錯了話之後，通常會說"I didn't mean it." 指的是「我不是那個意思」來加以澄清。
fit表示「適合於」，did即do的過去式，表示「做」。根據題意答案選
2. meant。

T tense 【tɛns】 | *adj.* 拉緊的、緊張的
v. 拉緊、使緊張

ten、tense、tenth…這些字長得很像，發音也很類似，你能藉此想到其他類似的單字嗎？把你想到的單字列下來吧！

蜂巢式結構圖

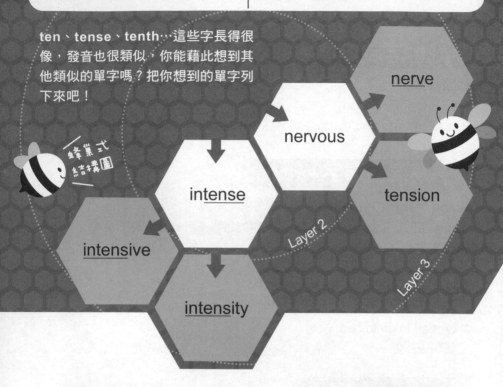

第一層	第二層	第三層
tense *adj.* 拉緊的、緊張的 *v.* 拉緊、使緊張		
⟶ **nervous** *adj.* 緊張不安的、神經質的、敏感的		
	⟶ **nerve** *n.* 神經	
	⟶ **tension** *n.* 拉緊、緊張	
⟶ **intense** *adj.* 極度的、劇烈的		
	⟶ **intensity** *n.* 強烈、強度	
	⟶ **intensive** *adj.* 強烈的、激烈的	

★你可以繼續發揮聯想力，完成第四層！

生活片語這樣用

1. **tense** up   使緊張
2. **nervous** breakdown   精神崩潰

易混淆單字一次破解

tense / **nervous**都有「緊張」的意思。

tense表示精神緊張時，與nervous同義，但nervous的語氣較強。

➲ She is **tense** because of tomorrow's examinations.
　她因為明天的考試而緊張。

➲ She is **nervous** because of tomorrow's examinations.
　她因為明天的考試而緊張不安。

單字小試身手

Q. When they fought over political issues, I changed the subject to relax the _____.

  1. tension   2. pressure   3. trend

A: 1. tension（當他們在為政治議題爭吵時，我改變話題，來緩和緊張氣氛。）
tension表示「緊張、緊張情況」，pressure表示「壓力、壓迫」，trend表示
「趨勢」。根據題意答案選1. tension。

T thick 【θɪk】 | *adj.* 厚的、密的

thick是「厚」，thin是「薄」，有哪些東西是可以用thick和thin來形容的呢？把你想到的單字列下來吧！

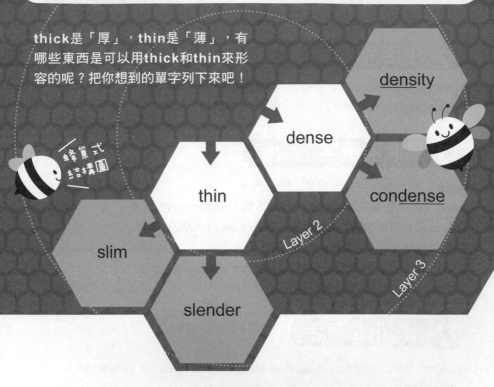

蜂巢式結構圖

density

dense

thin

condense

slim

slender

Layer 2

Layer 3

第一層	第二層	第三層
thick *adj.* 厚的、密的		
→	**dense** *adj.* 密集的、緊密的	
	→	**density** *n.* 稠密、濃密
	→	**condense** *v.* 濃縮、壓縮
→	**thin** *adj.* 薄的、稀薄的、瘦的	
	→	**slender** *adj.* 苗條的
	→	**slim** *adj.* 苗條的、薄的 *v.* 減輕

★你可以繼續發揮聯想力，完成第四層！

生活片語 這樣用

1. through **thick** and **thin**　　在任何情況下、不計甘苦
2. **thick** with　　　　　　　　　充滿、填滿

易混淆單字 一次破解

thin / **slender** / **slim**都有「瘦」的意思。

thin是一般的常用詞。

slender指女性身材苗條，纖細、修長。

slim和slender同義，尤指用節食或鍛練來控制體重的女子。

➲ He was tall and **thin**.

　他又瘦又高。

➲ her **slender** figure

　她苗條的身材

➲ How do you manage to stay **slim**?

　你是怎樣把身材保持得這麼苗條的？

單字 小試身手

Q. After the big flood, the area was mostly _____, with only one or two homes still clinging to their last relics.

　　1. condensed　　2. deserted　　3. excluded　　4. removed

【95年指考】

A: 2. deserted（在洪水發生後，這地區大部分都荒無人跡了，只有一兩戶人家依然堅持留在最後的廢墟中。）
condensed表示「濃縮的」，deserted表示「被廢棄的」，excluded表示「被排除在外的」，removed表示「被移開的」。根據題意答案選2. deserted。

T through [θru]

prep. 經過、通過
adv. 完全地、自始至終

through、though、thought…這些字都長得很像，但意思完全不同，你能藉此聯想到哪些單字呢？把你想到的單字列下來吧！

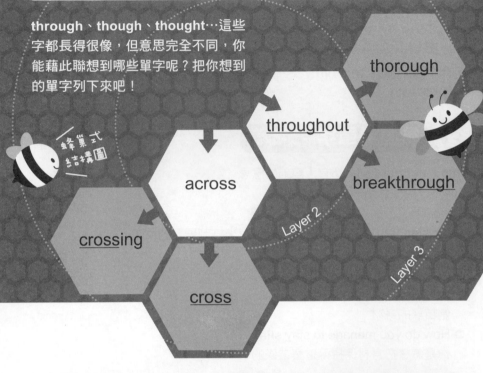

蜂巢式
結構圖

thorough

throughout

across

breakthrough

crossing

cross

Layer 2

Layer 3

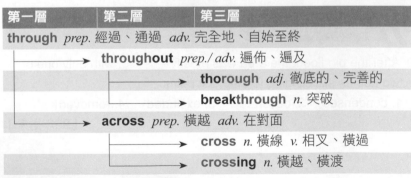

第一層	第二層	第三層
through *prep.* 經過、通過 *adv.* 完全地、自始至終		
	throughout *prep./ adv.* 遍佈、遍及	
		thorough *adj.* 徹底的、完善的
		breakthrough *n.* 突破
	across *prep.* 橫越 *adv.* 在對面	
		cross *n.* 橫線 *v.* 相叉、橫過
		crossing *n.* 橫越、橫渡

★你可以繼續發揮聯想力，完成第四層！

 生活片語這樣用

1. go **through**	經歷、進行
2. all **through**	始終、一直
3. **cross** out	劃掉、刪掉

 易混淆單字一次破解

across / **through**都有「越過」的意思。
across強調指從事物的表面（上面）穿過。
through指從事物的中間穿過。

➲ swim **across** the river
　 游泳渡河
➲ go **through** the forest
　 穿越森林

單字小試身手

Q. The discovery of the new vaccine is an important _____ in the fight against avian flu.

　1. breakthrough　　2. commitment
　3. demonstration　4. interpretation

【95年指考】

 A: 1. breakthrough（新疫苗的發現對抵抗禽流感而言是一項重大的突破。）
breakthrough表示「突破」，commitment表示「承諾」，demonstration表示「示範」，interpretation表示「解釋、翻譯」。根據題意答案選
1. breakthrough。

T tie 【taɪ】 | *n.* 領帶 *v.* 綁、繫

tie、strip、strap⋯都有「帶子」的
含意，它們會令你聯想到哪些字呢？
把你想到的單字列下來吧！

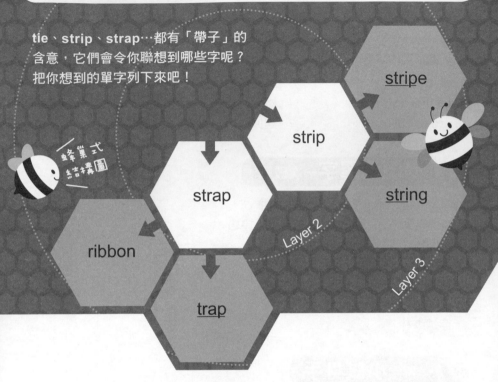

蜂巢式
結構圖

stripe

strip

strap

string

ribbon

trap

Layer 2

Layer 3

第一層	第二層	第三層
tie *n.* 領帶 *v.* 綁、繫		
	strip *n.* 條、帶 *v.* 剝、剝削	
		stripe *n.* 條紋、斑紋
		string *n.* 線、帶子 *v.* 紮起、串起
	strap *n.* 皮帶、帶子 *v.* 用帶子綁、用皮條抽	
		trap *n./v.* 陷阱、誘捕
		ribbon *n.* 絲帶

★你可以繼續發揮聯想力，完成第四層！

生活片語這樣用

1. **tie** down	壓住、束縛、限制
2. **tie** in with...	與…一致、配合…
3. **tie** up	拴住、捆牢

易混淆單字一次破解

strip / **strap**都有「條、帶」的意思。

strip指條狀物、（陸地、海域等）狹長地帶、帶狀水域等。

strap指帶子，由皮、布或其他材料製成，用來繫或綁等，如背包帶、鞋帶、皮帶等。

➲ He tore the cloth into **strips**.

他把布扯成一條一條的。

➲ He is always playing the **strap** of watch when he feels nervous.

他緊張時，總是玩弄著錶帶。

單字小試身手

Q. The kidnappers _____ the boy to a chair with a rope to avoid his escape.

   1. wound   2. sent   3. tied

A: 3. tied（綁架犯用繩子把男孩綁在椅子上，以避免他脫逃。）
wound是wind的過去式，表示「轉、捲」，sent是send的過去式，表示「送出」，tie有「綁」的意思。根據題意答案選3. tied。

T tight 【taɪt】

adj. 緊的、牢固的
adv. 緊緊地、牢固地

tight有「緊」的意思，loose有「鬆」的意思，它們能令你聯想到哪些單字呢？把你想到的單字列下來吧！

蜂巢式結構圖

confirm

firm

loose

affirm

Layer 2

lose

loosen

Layer 3

第一層	第二層	第三層
tight *adj.* 緊的、牢固的 *adv.* 緊緊地、牢固地		
	firm *adj.* 堅固的 *adv.* 牢固地 *v.* 使堅固	
		confirm *v.* 證實、確定
		affirm *v.* 斷言
	loose *adj.* 寬鬆的	
		loosen *v.* 放鬆
		lose *v.* 遺失、丟掉

★你可以繼續發揮聯想力，完成第四層！

生活片語這樣用

1. be **firm** in one's beliefs	堅定信仰
2. be on **firm** ground	立於穩固的基礎上
3. **loosen** up	（使）放鬆
4. **lose** oneself in	全神貫注於

易混淆單字一次破解

tight / **tightly**都有「緊緊地」的意思。

兩者均為形容詞tight的副詞，意思相同。但在動詞後，尤其在非正式用語和複合詞中多用tight，而過去分詞前多用tightly。

➲ packed **tight**
擠得緊緊地

➲ a **tight**-fitting lid
緊實的蓋子

➲ Her eyes were **tightly** closed.
她的雙眼緊閉著。

單字小試身手

Q. I called the airline to _____ my flight reservation a week before I left for Canada.

   1. expand   2. attach   3. confirm   4. strengthen

【93年學測】

A: 3. confirm（在我出發前往加拿大的一個星期前，我打電話到航空公司確認我的班機訂位。）
expand表示「擴張」，attach表示「附加」，confirm表示「確定」，strengthen表示「加強」。根據題意答案選3. confirm。

T toilet [ˋtɔɪlɪt] | *n.* 洗手間

toilet（洗手間）會令人聯想到
restroom、bathroom、soap…等
單字，你還想到哪些和toilet相關的
單字嗎？把它們列下來吧！

蜂巢式
語言構圖

bath

bathroom

towel

shower

Layer 2

tower

soap

Layer 3

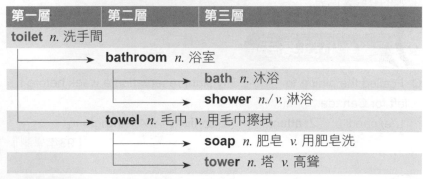

第一層	第二層	第三層
toilet *n.* 洗手間		
→	bathroom *n.* 浴室	
	→	bath *n.* 沐浴
	→	shower *n./v.* 淋浴
→	towel *n.* 毛巾 *v.* 用毛巾擦拭	
	→	soap *n.* 肥皂 *v.* 用肥皂洗
	→	tower *n.* 塔 *v.* 高聳

★你可以繼續發揮聯想力，完成第四層！

1. take a **bath** 　　　　泡澡
2. take a **shower** 　　　沖澡
3. **soap** opera 　　　　肥皂劇

bath / **bathe**都有「洗澡」的意思。

一般英式英語為have a bath，美式英語為take a bath。幫別人洗澡（如嬰兒）時，用法亦如上所述，但在洗身體某部位（尤指清洗傷口）或用藥水浸泡時用bathe。

➲ sun**bathe**
　　日光浴

➲ It's your turn to **bath** / **bathe** the baby.
　　輪到你給孩子洗澡了。

➲ At first, you should **bathe** the wound.
　　首先，你該清洗傷口。

Q. It is suggested by the workers in the zoo that it is best to <u>call on</u> the bears at an early hour when they are most active.（請選出同義字）

　　1. play　　　　2. shower　　　3. offer　　　4. visit

【90年四技二專】

A: 4. visit（ 物園工作人員建議，參觀熊的最好時機是在牠們活動力最強的稍早時刻。）

call on是「拜訪」的意思，只有visit 與它的意思相同，play表示「玩」，shower表示「淋浴」，offer表示「提供」。所以答案選4. visit。

T travel [`trævl] | v./n. 旅行

travel、trip、tour…等都有「旅遊」的意思，它們會令你聯想到哪些單字呢？把你想到的單字列下來吧！

蜂巢式結構圖

tourist

tour

journey

trip

journalist

journal

Layer 2

Layer 3

第一層	第二層	第三層
travel *v./n.* 旅行		
	tour *n./v.* 旅行、旅遊	
		tourist *n.* 觀光客
		trip *v./n.* 旅行、旅程
	journey *n./v.* 旅程、旅遊	
		journal *n.* 期刊
		journalist *n.* 新聞工作者

★你可以繼續發揮聯想力，完成第四層！

生活片語這樣用

1. take a **trip**　　　　　　　　旅行
2. break one's **journey**　　　　中斷旅行

易混淆單字一次破解

travel / **tour** / **trip** / **journey**都有「旅行」的意思。

travel泛指旅行、遊歷。

tour指旅遊、遊覽、觀光，常為休閒、娛樂。

trip指短程的、往返的旅行。

journey從一地到另一地的旅行，尤其指長途的旅行、行程。

➲ He loves **traveling**.
　 他喜歡旅行。

➲ a walking **tour**
　 徒步旅行

➲ We went on a **trip** to the mountain.
　 我們到山裡遊玩了。

單字小試身手

Q. We bought our plane tickets at a travel _____, not at an airline counter.

　　1. salesman　　2. dealer　　3. tourist　　4. agency

【91年學測參考試題：大考中心】

A: 4. agency（我們是在旅行社買了機票，不是在航空公司櫃台。）
travel agency指的是「旅行社」，旅行社的業務之一即是機票的訂購。
salesman是「推銷員」，dealer是「商人」，tourist是「遊客」。只有第四個選項符合題意，所以答案選4. agency。

T tree【tri】| n. 樹

tree（樹）令人聯想到許多大自然的生物，例如grass（草）、flower（花）、mountain（山）…等都是，把你想到的單字也列下來吧！

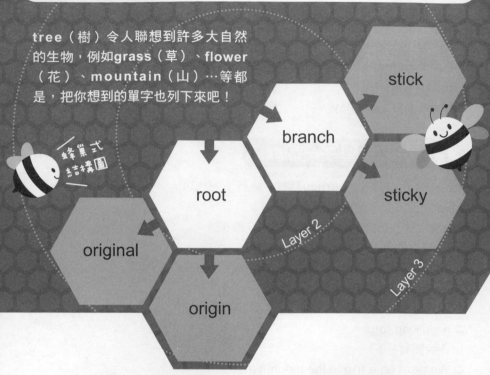

蜂巢式
結構圖

stick

branch

root

sticky

Layer 2

Layer 3

original

origin

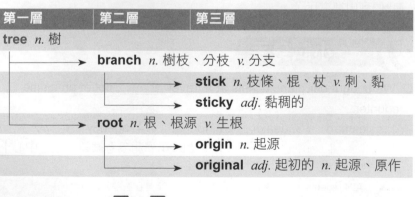

第一層	第二層	第三層
tree n. 樹		
	branch n. 樹枝、分枝 v. 分支	
		stick n. 枝條、棍、杖 v. 刺、黏
		sticky adj. 黏稠的
	root n. 根、根源 v. 生根	
		origin n. 起源
		original adj. 起初的 n. 起源、原作

★你可以繼續發揮聯想力，完成第四層！

生活片語 這樣用

1. be **rooted** in   起源於
2. **stick** at   繼續努力做、堅持做
3. **stick** by   忠於、堅持

易混淆單字 一次破解

stick / **rod** 都有「棒」的意思。

stick所指的棒，可指如同手杖長短和粗細般的棒子，也可指大棒。

rod可能是更長的棒，而且包括金屬、塑膠等各種材料的棒。

➲ Granddad walks with a **stick**.
爺爺拄著木棍走路。

➲ Spare the **rod**, spoil the child.
孩子不打不成器。（諺語）

單字 小試身手

Q. Some words, such as "sandwich" and "hamburger," were _____ the names of people or even towns.

    1. originally   2. ideally   3. relatively   4. sincerely

【95年學測】

A: 1. originally（一些字像是「三明治」和「漢堡」原先都是人名，或甚至是城鎮名。）
originally表示「原先、起初」，ideally表示「理想上」，relatively表示「相對而言」，sincerely表示「誠摯地」。根據題意答案選1. originally。

T trouble 【`trʌbḷ】 | v./ n. 煩惱、麻煩

trouble（麻煩）會令你聯想到哪些單字呢？annoying（煩人的）、bother（打擾）、還是disturbance（擾亂）？把你想到的單字列下來吧！

蜂巢式結構圖

worry

bother

disturb

harass

upset

Layer 2

Layer 3

disturbance

第一層	第二層	第三層
trouble *v./ n.* 煩惱、麻煩		
	bother *v./ n.* 煩惱、打擾	
		worry *v./ n.* 憂慮、煩惱
		harass *v.* 煩惱、騷擾
	disturb *v.* 打擾、擾亂	
		disturbance *n.* 擾亂、打擾
		upset *v.* 攪亂 *n.* 攪亂
		adj. 攪亂的、心煩的

★你可以繼續發揮聯想力，完成第四層！

生活片語這樣用

1. in **trouble**　　　　　　陷入困境、有麻煩
2. **trouble**-free　　　　　無憂無慮的

易混淆單字一次破解

disturb / **upset**都有「打擾、攪亂」的意思。

disturb指長時間的心神不寧，或指愈來愈嚴重的不安。

upset是一般常用詞，指心裡一時失衡，過一段時間即可恢復正常。

➲ It **disturbed** him to realize that he made a big mistake.

意識到他犯了個大錯後，他感到十分不安。

➲ The result **upset** me a lot.

結果讓我十分不快。

單字小試身手

Q. She was growing more and more _____ that she had not heard from her husband for a year.

　1. disturbed　　　2. ambitious　　　3. divorced

A: 1. disturbed（一年沒有得到丈夫的音訊，她愈來愈感到不安。）
disturbed指「擾亂不安的」，ambitious表「有野心的」，divorced表示
「離婚的」。根據題意答案選1. disturbed。

T true 【tru】 *adj.* 真實的、正確的

true、real、actual⋯等都有「真實」的意思，它們會令你聯想到哪些單字呢？把你想到的單字列下來吧！

蜂巢式結構圖

trust

truth

real

distrust

reality

realize

Layer 2

Layer 3

第一層	第二層	第三層
true *adj.* 真實的、正確的		
→ **truth** *n.* 真理、真相		
	→ **trust** *n./v.* 信任	
	→ **distrust** *n./v.* 不信任、不信	
→ **real** *adj.* 真實的		
	→ **realize** *v.* 了解、實現	
	→ **reality** *n.* 真實	

★你可以繼續發揮聯想力，完成第四層！

生活片語這樣用

1. come **true**	（夢想、期望等）實現、成為事實
2. in **truth**	的確、事實上
3. for **real**	真正的、確實的
4. in **reality**	實際上、事實上

易混淆單字一次破解

trust / **confidence** / **faith**都有「信任」的意思。

trust指信任某人的善良、真誠等。

confidence指對他人的信心、對自己的信心、對別人會保守秘密的信任。

faith指相信某人的能力、才能或相信會遵守承諾。

◯ Her **trust** in him was unfounded.
她對他的信任不是毫無道理的。

◯ He answered the questions with **confidence**.
他信心滿滿地回答了那些問題。

◯ They've lost **faith** in the government's promises.
他們不再相信政府的承諾。

單字小試身手

Q. The mayor of the city _____ the citizens he would clean up the environment.

　1. realized　　2. rewarded　　3. assured　　4. rejected

【91年學測參考試題：大考中心】

A: 3. assured（市長向人民擔保他會清理環境。）
realize表示「瞭解」，reward表示「獎賞」，assure表示「擔保」，reject表示「拒絕」。根據題意答案選3. assured。

Uunder 【ˋʌndɚ】 | *prep.* 在…之下 *adv.* 在下面

under、below、down…等字都有「下」的意思，但用法卻不相同。它們令你聯想到哪些單字或片語呢？把你想到的單字或片語列下來吧！

蜂巢式結構圖

emphasize

underline

underneath

emphasis

underpass

Layer 2

beneath

Layer 3

第一層	第二層	第三層
under *prep.* 在…之下 *adv.* 在下面		
→ **underline** *v.* 在下方畫線、強調 *n.* 底線		
	→ **emphasize** *v.* 強調	
	→ **emphasis** *n.* 強調、重點	
→ **underneath** *prep.* 在…下面 *adv.* 在下面 *n.* 下面 *adj.* 底層的、下面的		
	→ **beneath** *prep.* 在…下面	
	→ **underpass** *n.* 地下道	

★你可以繼續發揮聯想力，完成第四層！

生活片語這樣用

1. **under** a cloud　　情緒低落、名譽受損
2. put **emphasis** on　　強調

易混淆單字一次破解

below / **under**都有「在⋯下面」的意思。
below表示等級的「低」。under則表示「受⋯管理、被⋯領導」。
另外，below在表示數量「在⋯以下」時，可和under互換。

⮕ A captain is **below** a major.
　 上尉低於少校。

⮕ The captain is **under** his major.
　 這個上尉在少校的直接領導下工作。

⮕ He can't be much **below** / **under** sixty.
　 他的年齡不可能比60歲小很多。

單字小試身手

Q. Sam is always bragging, and all of my friends have warned me not
　 to take what he says ＿＿＿＿.
　　1. under a cloud　　　　2. behind his back
　　3. at face value　　　　4. in due course

【93年指考補考】

A: 3. at face value（山姆總是說大話，我所有的朋友都警告我不要對他的話
信以為真。）
under a cloud表示「情緒低落」，behind one's back表示「在某人背後」，
take...at face value表示「只看到⋯的表面就信以為真」，in due course表
示「在適當時候」。根據題意答案選3. at face value。

Update 【ʌpˋdet】 v. 更新

up後面接上其他單字常常就可以變成另一個單字了,例如upbringing (養育)、upcoming (即將來臨)、update (更新)…等都是,把你想到的單字也列下來吧!

蜂巢式
結構圖

upon

up

upper

upright

straightforward

straight

Layer 2

Layer 3

第一層	第二層	第三層
update *v.* 更新		
	up *adv./ prep./ adj./ n./ v.* 朝上、高處、提高、上升、增加	
		upon *prep.* 在…上面
		upper *adj.* 上流的、較高的
	upright *adj.* 直立的 *adv.* 直立地 *n.* 直立的狀態	
		straight *adj.* 筆直的、正直的 *adv.* 直接地、誠實地
		straightforward *adj.* 正直的

★你可以繼續發揮聯想力,完成第四層!

生活片語這樣用

1. **up** to 　　　　　　　勝任、取決於
2. **up** to date 　　　　　最新的
3. What's **up**? 　　　　　怎麼了？
4. **ups** and downs 　　　盛衰、沉浮
5. go **straight** 　　　　直走、改邪歸正

易混淆單字一次破解

upon / **on**都有「上」的意思。

除某些習慣用法外，upon與on一般可通用，但on較為通俗常用。在句末的不定詞後往往用upon。

➲ rely **on** / **upon**
　依靠

➲ They all earn enough to live **upon**.
　他們賺的錢都足夠維持生活。

單字小試身手

Q. A _____ mistake found in parenthood is that parents often set unrealistic goals for their children.

　1. terrific 　　2. common 　　3. straight 　　4. favorable

【95年學測】

A: 2. common（在父母身上發現的一個普遍錯誤是，父母常常為孩子訂定了不切實際的目標。）
terrific表示「可怕的、嚇人的」，common表示「普遍的、一般的」，straight表示「直的、直接的」，favorable表示「受人喜愛的」。根據題意答案選2. common。

Use 【juz】 | *v./n.* 運用、使用

use、used、useful、useless…等都是很常用的字，哪些單字常常和它們連用呢？把你想到的單字列下來吧！

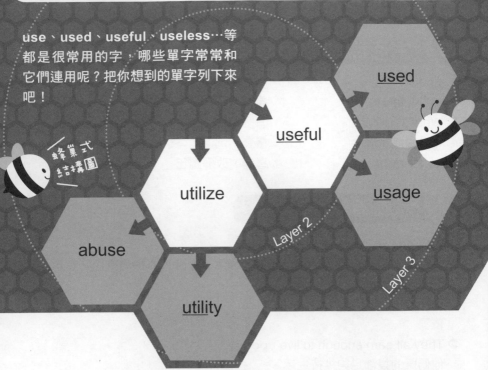

蜂巢式結構圖

used

useful

utilize

usage

abuse

Layer 2

utility

Layer 3

第一層	第二層	第三層
use *v./n.* 運用、使用		
	useful *adj.* 有用的	
		used *adj.* 用過的、二手的
		usage *n.* 使用、習俗
	utilize *v.* 利用、派上用場	
		utility *n.* 效用、有用
		abuse *v./n.* 濫用、污衊

★你可以繼續發揮聯想力，完成第四層！

生活片語這樣用

1. in **use**	在使用著、在用的
2. out of **use**	沒有人在用的、不再被用的
3. make (full) **use** of...	（充分）利用…
4. **use** up	用完、用光

易混淆單字一次破解

used to V / **be used to N/doing** / **be used to V** 三者的區別。

used to V指過去常常做某事，而現在卻不做了。to後面接動詞。

be used to N/doing指習慣於。to後面接名詞或動名詞。

be used to V指被用來…。to後面接動詞。

⭢ He **used to** smoke.
　他過去吸煙（現在不吸了）。

⭢ You'll soon **be used to** college life.
　你會很快適應大學生活。

⭢ Bamboos **are** usually **used to** make chopsticks.
　竹子常被用來製作筷子。

單字小試身手

Q. They _____ waterfall for producing electric power.

　1. utilize　　　2. transit　　　3. surpass

A: 1. utilize（他們利用瀑布發電。）
utilize表示「利用」，通常是書面用語。transit表示「運送、通過」，
surpass表示「超越、超過」。根據題意答案選1. utilize。

V vary [ˋvɛrɪ] | *v.* 使變化、變化

vary（變化）令人想到了very、various、change…等單字，你還想到哪些單字呢？把它們也列下來吧！

蜂巢式結構圖

various

variation

variety

variable

category

sort

Layer 2

Layer 3

第一層	第二層	第三層
vary *v.* 使變化、變化		
	variation *n.* 變化、變種	
		various *adj.* 各種各樣的
		variable *adj.* 多變的、易變的 *n.* 易變的東西
	variety *n.* 多樣化、種類	
		sort *n.* 種類 *v.* 分類
		category *n.* 種類

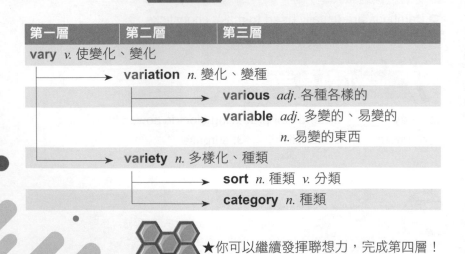

★你可以繼續發揮聯想力，完成第四層！

生活片語這樣用

1. **vary** with...　　　　　　隨…而變化
2. **vary** from...　　　　　　不同於…
3. a **variety** of　　　　　　種種、各式各樣

易混淆單字一次破解

variation / variety都有「變化」的意思。

variation意為「變化、改變」，強調局部或形式的變化。

variety表示「變化、多樣」，可指事物的多樣性，也可指同類事物的不同品種。

⊃ slight **variations** in numbers
　數量的微小變化

⊃ He resigned for a **variety** of reasons.
　他由於種種原因辭職了。

單字小試身手

Q. We lead a life full of change and ＿＿＿＿, so we never feel bored.

　　1. variety　　　　2. danger　　　　3. supply

A: 1. variety（我們過著豐富多彩的生活，所以從來不覺得無聊。）
variety表示「多樣化」，danger表示「危險」，supply表示「供給、補給」。
根據題意答案選1. variety。

385

V vent 【vɛnt】 | *v.* 放出、排出、發洩

vent（排出）令人想到了vend（出售）、vender（小販、賣家）、van（小貨車）…，你還想到哪些其他的單字呢？把你想到的單字也列下來吧！

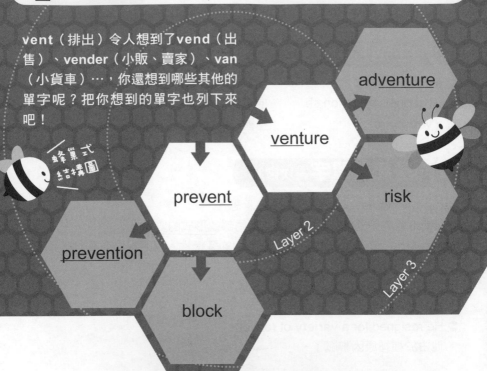

蜂巢式結構圖

adventure

venture

prevent

prevention

risk

block

Layer 2

Layer 3

第一層	第二層	第三層
vent *v.* 放出、排出、發洩		
	venture *v.* 冒險	
		adventure *n.* 冒險、奇遇
		risk *v.* 冒險 *n.* 風險
	prevent *v.* 預防、阻止	
		block *v.* 妨礙 *n.* 街區、障礙物
		prevention *n.* 預防

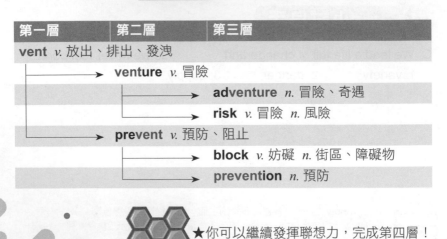

★你可以繼續發揮聯想力，完成第四層！

生活片語這樣用

1. give **vent** to 　　　　　發洩、表達（感情等）
2. **vent** one's anger on sb. 　向某人發洩怒氣
3. take a **risk** 　　　　　冒險

易混淆單字一次破解

venture / adventure 都有「冒險」的意思。
venture無論作名詞還是動詞都有危及人命或錢財的含義。
adventure指很有刺激性的經歷，可能有危險，也可能沒危險，複數
adventures常用在故事名稱中。

● Nobody **ventured** to speak to the angry king.
　沒有人膽敢對憤怒的國王説話。
● The **Adventures** of Sinbad the Sailor
　《水手辛巴德歷險記》

單字小試身手

Q. For a child of eight, it is quite an _____ to go away from home for
　several weeks.

　　1. advertisement　　2. attitude　　3. adventure

A: 3. adventure（對一個八歲的孩子來説，離家出走幾個星期，實在是一次
歷險。）
advertisement表示「廣告」，attitude表示「態度」，adventure表示「冒
險、奇遇」。根據題意答案選3. adventure。

V vision 【`vɪʒən】 | n. 視力、視覺、眼光

vision（視力）令人聯想到eye（眼睛）、nearsighted（近視）、contact lens（隱形眼鏡）…等，你還想到哪些單字呢？把它們也列下來吧！

蜂巢式結言典圖

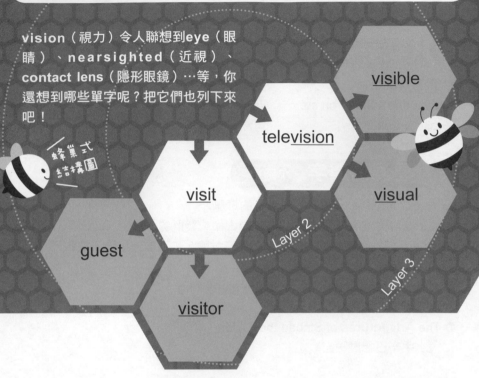

第一層	第二層	第三層
vision *n.* 視力、視覺、眼光		
	television *n.* 電視	
		visible *adj.* 可看見的
		visual *adj.* 視覺的
	visit *v./n.* 拜訪、訪問	
		visitor *n.* 訪客、觀光客
		guest *n.* 客人 *adj.* 客人的 *v.* 款待

★你可以繼續發揮聯想力，完成第四層！

生活片語這樣用

1. pay a **visit** to ...　　　　　　訪問…、參觀…
2. on a **visit** to ...　　　　　　正在訪問…

易混淆單字一次破解

visit / call on都有「拜訪、參觀」的意思。

visit指正式的禮節性的拜訪，包括訪問某人，參觀某一地方等。是及物動詞。

call at／on指隨性地、任意地順路去了一下某地，或看望了一下某人，與drop in at／on 可以互換。at後面接地點，on後面接人。

➲ President Chen **visited** American last week.
　　陳總統上周訪問了美國。

➲ I will **call on** my aunt on my way to post office.
　　在去郵局的途中我要順便去看一下我的姑姑。

單字小試身手

Q. We need a man of ＿＿＿＿ to be our college president and lead us to a better future.

　1. vision　　　2. shame　　3. portrait

A: 1. vision（我們需要一個有遠見卓識的人來擔任我們的大學主席，領導我們走向更好的未來。）
vision有「眼光、遠見」的意思，shame表示「羞恥、羞愧」，portrait表示「肖像」。根據題意答案選1. vision。

W watch [wɑtʃ] | n. 手錶 v. 看、注意、注視

watch（手錶）令人聯想到了time
（時間）、clock（時鐘）、wrist
（手腕）…等，你還想到哪些相關單
字呢？把它們都列下來吧！

stare

gaze

peep

glare

peer

Layer 2

peek

Layer 3

第一層	第二層	第三層
watch *n.* 手錶 *v.* 看、注意、注視		
	gaze *v./n.* 注視、凝視	
		stare *v./n.* 注視、盯著
		glare *v./n.* 怒視
	peep *v./n.* 窺視、偷看	
		peek *v./n.* 窺視、偷看
		peer *v.* 凝視

★你可以繼續發揮聯想力，完成第四層！

生活片語這樣用

1. **watch** for　　　　　盼望或等待著
2. **watch** out　　　　　注意、小心
3. **watch** over　　　　　看管、照顧
4. **glare** at　　　　　　瞪著

易混淆單字一次破解

watch / **look** / **see**都有「看」的意思。

watch指觀看正在動的東西。

look指用眼睛有目的地看，表主觀，常與at連用。look at強調看的過程。

see指用眼睛看，往往指看到的結果，不含主觀、有意還是無意。

➲ I **looked** at the photograph carefully, but I could not **see** my teacher.

　　我仔細看著照片，但我沒看到我的老師在照片上。

➲ Boys are **watching** the football match.

　　男孩子們正在看足球賽。

單字小試身手

Q. She _____ me and made me feel embarrassed.

　　1. look for　　2. stared at　　3. watch out

A: 2. stared at（她盯著我看，讓我覺得不好意思。）
look for...表示「尋找…」，stare at...表示「盯著…」，watch out表示「小心、留意」。根據題意答案選2. stared at。

W wear 【wɛr】 | v./ n. 穿戴、穿著

wear（穿、戴）令人聯想到了 glasses（眼鏡）、gloves（手套）、mask（面具、口罩）…等衣物，你還想到哪些單字呢？把它們也列下來吧！

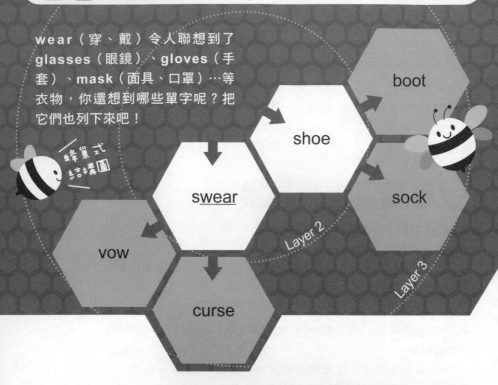

蜂巢式結構圖

boot

shoe

swear

sock

vow

Layer 2

curse

Layer 3

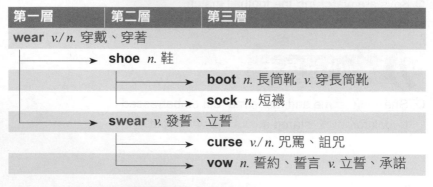

第一層	第二層	第三層
wear v./ n. 穿戴、穿著		
	shoe n. 鞋	
		boot n. 長筒靴 v. 穿長筒靴
		sock n. 短襪
	swear v. 發誓、立誓	
		curse v./ n. 咒罵、詛咒
		vow n. 誓約、誓言 v. 立誓、承諾

★你可以繼續發揮聯想力，完成第四層！

生活片語這樣用

1. **wear** away   磨損、磨去
2. **wear** out   使精疲力盡、耗盡

易混淆單字一次破解

wear / **dress** / **put on**都有「穿」的意思。

wear意義最廣，既可指穿衣服、戴帽子、穿襪子等，也可指戴手錶、戴眼鏡等，擦上香水也是用wear。強調穿著、戴著的狀態。

dress可以表示「穿」的動作，也可表示「穿著」的狀態。

put on強調「穿上」的動作，可接衣服、鞋襪、手套等。

➲ You should **wear** a tie.
  你應該打條領帶。

➲ I **dressed** quickly.
  我很快穿好了衣服。

➲ It's cold outside. **Put on** your coat.
  外面很冷，把外套穿上。

單字小試身手

Q. Kim was completely _____ after jogging in the hot sun all afternoon; she had little energy left.

　　1. kicked out　　2. handed out　　3. worn out　　4. put out

【95年學測】

A: 3. worn out（在豔陽下慢跑了整個下午後，金完全地精疲力盡，她只剩一點力氣。）
kick out表示「解雇」，hand out表示「分發」，wear out表示「精疲力盡」，put out有「熄滅」的意思。根據題意答案選3. worn out。

393

W wed 【wɛd】 | v. 結婚

wed（結婚）、wet（溼的）、web
（網）…這些字長得很像，但意思完
全不同，有哪些單字也有類似的情形
呢？把你想到的單字列下來吧！

蜂巢式
結構圖

wedding

bride

marry

bridegroom

Layer 2

divorce

marriage

Layer 3

第一層	第二層	第三層
wed v. 結婚		
→	wedding n. 婚禮	
	→	bride n. 新娘
	→	bridegroom n. 新郎
→	marry v. 結婚	
	→	marriage n. 婚姻
	→	divorce n./ v. 離婚

★你可以繼續發揮聯想力，完成第四層！

🐝 生活片語這樣用

1. **marry** off...　　　　　　　把…嫁出去
2. **marriage** certificate　　　結婚證書

🐝 易混淆單字一次破解

wed / **marry**都有「結婚」的意思。

wed是文學用語，也是新聞用語。

marry是一般用語。

wed的過去分詞wedded和marry的過去分詞married均可用來修飾名詞。如：a married / wedded couple（一對夫婦）

⊃ Peter **wedded** Jane.
　彼得娶珍妮為妻。

⊃ She **married** a sailor.
　她跟一個水手結婚了。

🐝 單字小試身手

Q. Because of the rapid increase in the _____ rate, custody of children has become one of the most important issues today.

　1. birth　　　　2. death　　　3. divorce

A: 3. divorce（由於離婚率的快速增加，孩子的監護權在今日已變成最重要的議題之一。）

birth rate表示「出生率」，death rate表示「死亡率」，divorce rate表示「離婚率」。根據題意答案選3. divorce。

W widespread 【`waɪd,sprɛd】

adj.
廣佈的、流傳廣的

widespread（廣佈的）令人聯想到了wide（廣的）和spread（散佈），你還能想到哪些單字也有類似的情形呢？把它們列下來吧！

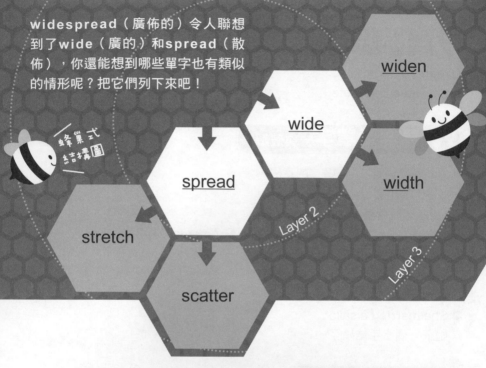

蜂巢式結構圖

widen

wide

width

spread

stretch

scatter

Layer 2

Layer 3

第一層	第二層	第三層
widespread *adj.* 廣佈的、流傳廣的		
	wide *adj.* 寬廣的 *adv.* 寬廣地	
		widen *v.* 使變寬、增寬
		width *n.* 寬度
	spread *v.* 展開、散佈、傳播 *n.* 散佈、伸展、桌布	
		scatter *v./n.* 散佈、散播
		stretch *v./n.* 伸長、伸展

★你可以繼續發揮聯想力，完成第四層！

生活片語這樣用

1. **spread** on / over   展開、攤開
2. **spread** out   （人群等）散開、延伸
3. **stretch** out   延長

易混淆單字一次破解

wide / **widely** 都有「寬廣」的意思。
wide著重於「寬」，尤指使開閉之物的開口放寬，從而「安全地、充分地」敞開。
widely著重於「廣」。

➲ a road twelve feet **wide**
   十二英尺寬的路
➲ He traveled **widely**.
   他廣遊各地。

單字小試身手

Q. Television is one of the modern media through which scientific
   knowledge is _____.
   1. known   2. spread   3. searched

A: 2. spread（電視是傳播科學知識的現代化工具之一。）
know表示「知道」，spread表示「傳播」，search表示「搜尋」。根據題意答案選2. spread。

W will 【wɪl】 | *n.* 意願、意志 *v./ aux.* 將、會

will有很多含意，包括「意志」、「將會」、「遺囑」…等，它會令你聯想到哪些單字呢？把你想到的單字列下來吧！

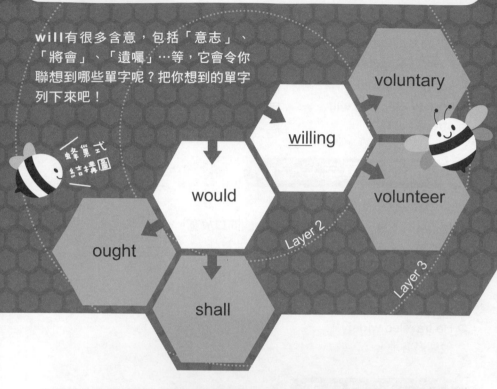

蜂巢式結構圖

voluntary

willing

would

volunteer

ought

Layer 2

shall

Layer 3

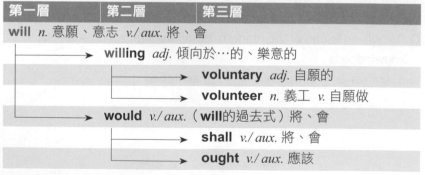

第一層	第二層	第三層
will *n.* 意願、意志 *v./ aux.* 將、會		
→ **willing** *adj.* 傾向於…的、樂意的		
	→ **voluntary** *adj.* 自願的	
	→ **volunteer** *n.* 義工 *v.* 自願做	
→ **would** *v./ aux.*（**will**的過去式）將、會		
	→ **shall** *v./ aux.* 將、會	
	→ **ought** *v./ aux.* 應該	

★你可以繼續發揮聯想力，完成第四層！

生活片語這樣用

1. at **will**　　　　　　　任意、隨意
2. of one's own free **will**　自願、心甘情願
3. be **willing** to do sth.　樂意做某事
4. **ought** to do sth.　　　應該做某事

易混淆單字一次破解

would / used to 都有「過去習慣做某事」的意思。
would強調過去反復發生的動作。
used to指過去習慣做的事，強調現在不再做了。

➲ Five years ago, my mother wanted to learn English, so she **would** go back her room to study after meals.
　五年前，媽媽想學英語，因此每天晚飯後她就回自己的房間去研讀。

➲ This village **used to** be very poor before reform.
　在改革之前，這個村子很貧窮。

單字小試身手

Q. A variety of preventive measures are now _____ in order to minimize the potential damage caused by the deadly disease.

　1. by birth　　2. at will　　3. in place　　4. on call

【93年指考】

A: 3. in place（為了將致命疾病所造成的潛在傷害減到最低，各式各樣的預防措施都已經就定位了。）
by birth表示「先天上」，at will表示「隨心所欲地」，in place表示「到位、適所」，on call表示「值班、待命」。根據題意答案選3. in place。

W win 【wɪn】 | *v. / n.* 贏取、贏得

win（贏）和lose（輸）會令你聯想到哪些單字呢？把你想到的單字都列下來吧！

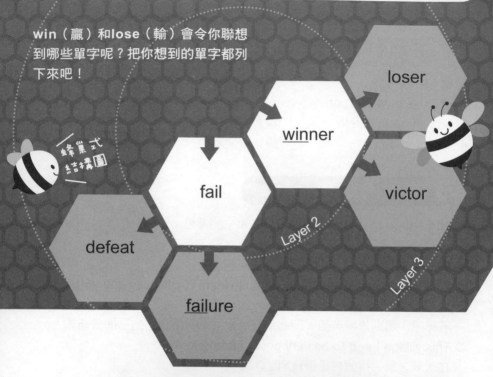

蜂巢式結構圖

loser

winner

fail

victor

defeat

Layer 2

failure

Layer 3

第一層	第二層	第三層
win *v. / n.* 贏取、贏得		
	winner *n.* 獲勝者、優勝者	
		loser *n.* 失敗者
		victor *n.* 勝利者、戰勝者
	fail *v. / n.* 失敗、不及格	
		failure *n.* 失敗、失策
		defeat *v. / n.* 擊敗、打敗、挫折

★你可以繼續發揮聯想力，完成第四層！

生活片語這樣用

1. **win** over... 説服…、把…爭取過來
2. **win** out 完全成功
3. without **fail** 必定、一定

易混淆單字一次破解

win / **beat** / **defeat**都有「戰勝、擊敗」的意思。

win主要是指贏得比賽、獎金或戰爭。

beat是指打敗人、球隊、部隊等。

defeat指在一次交手或一次戰爭中打敗對方。

➲ He **won** the race.
他贏了這場賽跑。

➲ I can easily **beat** him at golf.
打高爾夫球時我可輕易擊敗他。

➲ Our men were heavily **defeated** in the battle.
我軍在此戰役中受到重創。

單字小試身手

Q. Helen _____ with anger when she saw her boyfriend kissing an attractive girl.

  1. collided   2. exploded   3. relaxed   4. defeated

【92年學測】

A: 2. exploded（當海倫看到男友和一個迷人的女孩親吻時，她的怒意爆發。）collide表示「碰撞、抵觸」，explode表示「爆炸、爆發」，relax表示「放鬆」，defeat表示「擊敗」。根據題意答案選2. exploded。

Wwindy [ˋwɪndɪ] | *adj.* 有風的、風大的

windy（有風的）令人聯想到了其他的天氣變化，例如sunny（出太陽的）、cloudy（有雲的）、rainy（下雨的）…等都是，把你想到的單字也列下來吧！

蜂巢式結構圖

breeze

wind

stormy

window

typhoon

Layer 2

storm

Layer 3

第一層	第二層	第三層
windy *adj.* 有風的、風大的		
→	**wind** *n.* 風	
	→	**breeze** *n.* 微風 *v.* 微風輕吹
	→	**window** *n.* 窗戶
→	**stormy** *adj.* 有暴風雨的、暴風雨的	
	→	**storm** *n.* 風暴 *v.* 猛擊
	→	**typhoon** *n.* 颱風

★你可以繼續發揮聯想力，完成第四層！

生活片語這樣用

1. **wind** down 　　　　　　放鬆一會兒
2. **wind** up 　　　　　　　結束、捉弄

易混淆單字—次破解

breeze / **wind**都有「風」的意思。
breeze指輕柔宜人的微風。
wind是一般用語，泛指流動的氣流。

➲ a sea **breeze**
　柔和的海風
➲ The trees were swaying in the **wind**.
　樹在風中搖晃。

單字小試身手

Q. I prefer a/an _____ seat because I can enjoy watching the
　beautiful scene outside.
　　1. center　　　2. window　　　3. aisle

A: 2. window（我較喜歡靠窗座位，因為我可以欣賞外面美麗的景色。）
一般飛機上或火車上的座位，靠窗的座位是window seat，靠走道的座位是
aisle seat，而中間的座位是center seat。根據題意答案選2. window。

W wonder 【ˋwʌndə】

n. 驚異、驚奇
v. 感到疑惑
adj. 奇妙的

wonder（驚奇）令人聯想到了 wander（閒晃）、wonderful（驚人的）…等單字，把你想到的單字也列下來吧！

蜂巢式結構圖

marvelous

wonderful

confuse

miracle

complicate

Layer 2

puzzle

Layer 3

第一層	第二層	第三層
wonder *n.* 驚異、驚奇 *v.* 感到疑惑 *adj.* 奇妙的		
	wonderful *adj.* 令人驚奇的、奇妙的	
		marvelous *adj.* 令人驚訝的
		miracle *n.* 奇蹟
	confuse *v.* 使困惑	
		puzzle *v./n.* 困擾、迷惑
		complicate *v.* 使複雜

★你可以繼續發揮聯想力，完成第四層！

生活片語這樣用

1. no **wonder**	難怪
2. **wonder** at...	對…感到驚奇
3. **confuse** with	混淆
4. do a **miracle**	創造奇蹟

易混淆單字一次破解

confuse / **puzzle**都有「困惑」的意思。

confuse指由於混淆、混亂而感到糊塗。

puzzle的語氣較強，指複雜的情況或問題，使人難以理解，而感到傷腦筋。

➲ I'm **confused** by his varied character.
我被他善變的性格搞糊塗了。

➲ He is **puzzled** by the complication of the stock market.
他對股票市場的複雜情況感到很困惑。

單字小試身手

Q. The detailed directions only served to _____ me further. Why not make it simple?

　　1. confuse　　　2. command　　　3. guide

A: 1. confuse（細瑣的說明反而使我更加糊塗了。為什麼不把它弄得簡單一些？）
confuse表示「使困惑」，command表示「命令」，guide表示「引導」。
根據題意答案選1. confuse。

W worth 【wɜθ】 | adj. 值得的 n. 價值

worth令人聯想到了worse、worthy…等單字，你可以藉此聯想到哪些單字呢？把它們都列下來吧！

蜂巢式結構圖

worthwhile

worthy

evaluate

valuable

Layer 2

estimate

evaluation

Layer 3

第一層	第二層	第三層
worth *adj.* 值得的 *n.* 價值		
	worthy *adj.* 有價值的	
		worthwhile *adj.* 值得的
		valuable *adj.* 貴重的
	evaluate *v.* 估價、評價	
		evaluation *n.* 估價、評價
		estimate *v./n.* 估價、評價

★你可以繼續發揮聯想力，完成第四層！

生活片語這樣用

1. be **worth** doing...   值得做…
2. **worth** sb's while   對某人有利益或有好處
3. be **worthy** of   值得

易混淆單字一次破解

worth / **worthwhile** / **worthy**都有「值得」的意思。
worth意為「值…錢、值得…的」，一般後面接表示錢數的名詞。
worthwhile意為「值得做的、有價值的」，後面可接不定詞或動名詞。
worthy指「有價值的、可尊敬的」，也可指「值得的、配得上的」，常與of搭配，後面可接動名詞或不定詞。

➲ The house is **worth** a lot of money.
  = The house is **worthy** of a lot of money.
  這幢房子值一大筆錢。

➲ The matter is **worth** considering.
  = The matter is **worthy** to be considered/of being considered.
  = It is **worthwhile** considering/to consider the matter.
  這件事值得考慮。

單字小試身手

Q. I think that this new program will be _____ of your effort.
  1. cautious   2. fruitful   3. worthy   4. patient

【90年學測】

A: 3. worthy（我認為這個新方案值得你去努力。）
be worthy of...表示「值得」。cautious表示「謹慎的」，fruitful表示「有成效的」，patient表示「有耐心的」。根據題意答案選3. worthy。

原來如此 系列 E250

這些單字最常用！蜂巢式記憶法
一網打盡生活必備英文單字

「蜂巢式記憶法」串聯生活必備單字，無限擴充你的單字量！

作　　　者	曾韋婕
顧　　　問	曾文旭
社　　　長	王毓芳
編輯統籌	耿文國
主　　　編	吳靜宜
執行編輯	廖婉婷、黃韻璇、潘妍潔
美術編輯	王桂芳、張嘉容
法律顧問	北辰著作權事務所　蕭雄淋律師、幸秋妙律師

初　　　版	2021年08月
出　　　版	捷徑文化出版事業有限公司
電　　　話	（02）2752-5618
傳　　　真	（02）2752-5619

定　　　價	新台幣380元／港幣127元
產品內容	1書

總 經 銷	采舍國際有限公司
地　　　址	235新北市中和區中山路二段366巷10號3樓
電　　　話	（02）8245-8786
傳　　　真	（02）8245-8718

港澳地區經銷商	和平圖書有限公司
地　　　址	香港柴灣嘉業街12號百樂門大廈17樓
電　　　話	（852）2804-6687
傳　　　真	（852）2804-6409

▶本書部分圖片由 Shutterstock、freepik 圖庫提供。

捷徑 Book 站

現在就上臉書（FACEBOOK）「捷徑BOOK站」並按讚加入粉絲團，
就可享每月不定期新書資訊和粉絲專享小禮物喔！

http://www.facebook.com/royalroadbooks
讀者來函：royalroadbooks@gmail.com

國家圖書館出版品預行編目資料

這些單字最常用！蜂巢式記憶法一網打盡生活必
備英文單字 / 曾韋婕著. -- 初版. -- 臺北市：捷徑
文化出版事業有限公司, 2021.08
　面；　公分. (原來如此：E250)

ISBN 978-986-5507-72-5(平裝)

1. 英語　2. 詞彙

805.12　　　　　　　　　　　　110012281